Un candidat si charmant

---

Pour une nuit avec son rival

JULES BENNETT

# Un candidat si charmant

*Traduction française de*
EDOUARD DIAZ

PASSIONS

HARLEQUIN

*Collection :* PASSIONS

*Titre original :*
HIDDEN AMBITION



**HARPERCOLLINS FRANCE**
83-85, boulevard Vincent-Auriol, 75646 PARIS CEDEX 13
Service Lectrices — Tél. : 01 45 82 47 47 - www.harlequin.fr
ISBN 978-2-2804-4911-3 — ISSN 1950-2761

Composé et édité par HarperCollins France. Achevé d'imprimer en juin 2021.
par CPI Black Print - Barcelone - Espagne
Dépôt légal : juillet 2021.

FSC www.fsc.org MIXTE Papier issu de sources responsables FSC® C159065

Pour limiter l'empreinte environnementale de ses livres, HarperCollins France s'engage à n'utiliser que du papier fabriqué à partir de bois provenant de forêts gérées durablement et de manière responsable.

# - 1 -

Haley Shaw se pencha vers le grotesque entassement de bouquets de fleurs et de boîtes de cupcakes, les écartant d'une main impatiente à la recherche de son surligneur jaune.

— Voilà un spectacle impressionnant, remarqua quelqu'un derrière elle.

La voix grave, un peu rauque n'était que trop familière… et trop troublante.

Haley se redressa pour se trouver face au sourire moqueur du très sexy Chase Hargrove. Cet homme insistant était candidat au poste très convoité de P-DG du fonds d'investissement Black Crescent. La célèbre entreprise venait de traverser une période très difficile, et Haley avait affronté bravement la tempête, ce qui avait fait d'elle la cible d'une avalanche de CV et de nombreuses tentatives de la soudoyer. C'était à cela qu'il fallait attribuer la débauche de petits cadeaux qui encombraient son espace de travail, d'ordinaire impeccable.

— J'ose espérer que vous faisiez allusion aux fleurs et aux boîtes de cupcakes, et pas au spectacle de mon derrière tourné vers vous, répondit-elle, lissant un pli imaginaire sur sa jupe droite gris tourterelle très classique. Je cherchais mon surligneur.

— Oui, naturellement, assura-t-il d'un ton aimable, ses yeux brun sombre rivés aux siens.

Haley n'en croyait pas un mot. Le sourire coquin démentait ses paroles, et elle soupçonnait qu'un homme aussi puissant que Chase ne dévoilait pas facilement ses émotions ou ses projets. Il désirait la voir déstabilisée, troublée. La vérité, c'était qu'il aurait fallu beaucoup plus qu'une manifestation de charme et un peu de flirt pour retenir réellement son attention.

Haley était fière de son professionnalisme. Elle avait travaillé tellement dur, surmonté tant d'obstacles pour arriver là où elle était aujourd'hui. Certes, elle était seulement assistante de direction, mais ici, chez Black Crescent, elle détenait un certain pouvoir, et elle ne permettait jamais à ses émotions – ou à un homme, quel qu'il soit – de la détourner de ses devoirs.

Pas même cet homme extrêmement sexy, possédant toutes les qualifications requises pour décrocher la succession très convoitée au poste de P-DG de cette entreprise et, par là même, susceptible de devenir son patron.

— Avez-vous rendez-vous ? s'enquit-elle, sachant parfaitement que ce n'était pas le cas.

Chase était passé à plusieurs reprises au cours de ces dernières semaines, depuis que Josh Lowell, l'actuel P-DG, avait annoncé son intention de quitter la direction de l'entreprise, ouvrant la voie à sa succession. Chase avait présenté un CV assez impressionnant et il avait même décroché un entretien personnel quelques semaines plus tôt. Le poste avait d'abord été proposé à Ryan Hathaway, mais celui-ci avait décliné ces responsabilités, et le nom de Chase s'était rapproché d'autant plus du haut de la liste. Aujourd'hui, il avait le poste de P-DG dans sa ligne de mire… et c'était pour cette raison qu'il flirtait avec elle.

Haley n'était pas contre cette petite distraction sensuelle, mais elle avait besoin de se concentrer sur son travail, et ce serait impossible aussi longtemps que Chase resterait planté devant sa table de travail avec ce sourire de carnassier sur les lèvres.

Il était peut-être réellement ici pour des raisons professionnelles, mais il passait énormément de temps à essayer de la charmer.

Haley était le bras droit de Josh, et tout le monde la considérait comme la gardienne du temple, protégeant le grand patron. Haley devait admettre qu'elle ne détestait pas toute cette attention. Qui pouvait s'offusquer de ce que des fleurs et des pâtisseries lui soient livrées quotidiennement ?

— J'ai en effet rendez-vous, répondit-il avec un sourire en coin follement sexy. Avec vous.

— Avec moi ? répéta-t-elle, étonnée.

— Pour déjeuner, précisa-t-il.

Il se croyait visiblement très habile. Il s'imaginait qu'il lui suffirait d'apparaître devant elle et de déployer tout son charme pour qu'elle accepte de sortir avec lui ? À l'évidence, il ne connaissait pas les femmes… ou tout du moins cette femme-ci. Personne ne pouvait la détourner de son travail. En tout cas, jamais personne ne l'avait fait avant lui.

— Je ne suis pas libre pour déjeuner, déclara-t-elle en continuant à fouiller dans le fatras qui encombrait sa table de travail. Mais allez-y, vous, et bon appétit.

— Que cherchez-vous donc ? demanda-il, visiblement peu pressé de se retirer.

— Mon surligneur jaune, l'informa-t-elle. Je reçois tous ces cadeaux, et je n'ai plus aucune place pour les choses dont j'ai vraiment besoin. Habituellement, tout est bien rangé place, mais maintenant…

— En allant déjeuner, nous pourrons nous arrêter en chemin et vous acheter autant de surligneurs qu'il vous plaira, suggéra-t-il. Je vous les offre.

Haley leva les yeux vers lui. Pourquoi fallait-il que son cœur batte la chamade comme celui d'une adolescente pour l'unique raison qu'un homme séduisant proposait de lui acheter des marqueurs à deux sous ?

Quelle importance si ses larges épaules remplissaient parfaitement la veste noire de son costume ? Ou si ses cheveux un peu en désordre lui donnaient l'air de sortir tout juste du lit d'une amante ? Ce ne serait jamais son lit à elle qu'il quitterait, et cela signifiait qu'elle était bien sotte d'entretenir de telles rêveries.

Elle avait des affaires importantes à régler, et se laisser distraire par un homme qui ne s'intéressait probablement à elle que pour faire avancer sa carrière n'était pas à l'ordre du jour.

Le téléphone sur sa table de travail se mit à sonner au même instant, et elle poussa un soupir.

— À présent, si vous voulez bien m'excuser, je dois reprendre mon travail.

Elle prit l'appel et, un moment plus tard, lorsqu'elle raccrocha, elle eut la surprise de constater qu'il était réellement parti. Mais, dans son esprit, il ne faisait aucun doute que Chase Hargrove serait bientôt de retour. Un homme comme lui ne renonçait jamais.

Sa surprise serrée dans sa main, Chase se rendit au siège du fonds d'investissement Black Crescent pour la seconde fois de cette matinée. La détermination et le désir de vengeance étaient une combinaison qu'aucun rejet ne pouvait décourager.

Peu importait le nombre de fois où il devrait se montrer en personne et flirter un peu, ou le nombre de pots-de-vin un peu niais qu'il devrait offrir. Rien ne l'arrêterait. Un soupçon d'humilité n'était pas grand-chose, comparé à ce que sa famille avait dû endurer aux mains de Vernon Lowell.

Ce salopard sournois avait détourné des millions avant de disparaître, quinze ans plus tôt. Mais ce que Chase n'oublierait jamais, c'était l'enfer que sa famille avait traversé à cette période, car Vernon s'était arrangé pour que son père porte une partie de la responsabilité de ses détournements.

Le père de Chase avait été emprisonné durant plusieurs années à cause des indices compromettants que Vernon avait habilement semés pour conduire les enquêteurs jusqu'à lui.

Puisque Vernon n'avait jamais eu à répondre de ses actions, Chase avait à présent l'opportunité de faire justice lui-même. Son fils Josh était aujourd'hui à la tête de l'entreprise, et, Chase ne le tenait pas quitte des souffrances que sa famille avait subies.

De plus, son plan de vengeance avait produit un bonus inattendu. Haley Shaw était assurément un régal pour les yeux. Son flegme imperturbable était un défi, et il ne regrettait pas du tout qu'elle l'ait surpris à fixer son joli derrière.

Chase n'était pas un imbécile, ni un type à profiter

d'une femme. Il respectait les femmes, mais, bien entendu, si un homme avait occupé le poste de Haley aujourd'hui, il aurait adopté une approche toute différente à ce problème.

Les portes de verre s'ouvrirent devant lui, et il salua la réceptionniste avant de se diriger vers les ascenseurs. Un jour, bientôt, tout ceci serait à lui. Chase avait toutes les références nécessaires, et il était parfaitement qualifié pour se sentir à l'aise dans les fonctions de P-DG. Mais, même dans le cas contraire, il aurait au moins en sa possession les informations dont il avait besoin pour anéantir Black Crescent pour de bon. C'était tout ce qu'ils méritaient, et, sans s'en douter, Haley allait l'aider à accomplir son projet.

Quant à la direction de cette entreprise, Chase n'en avait pas vraiment besoin. Il ne manquait pas d'argent. Pourtant, il ne voyait aucun inconvénient à ajouter un nouvel investissement à son portefeuille.

Chase sortit de l'ascenseur et se dirigea tout droit vers le grand bureau circulaire de Haley, et, une nouvelle fois, un parfum entêtant de fleurs vint assaillir ses narines. Le nombre des candidats se disputant son attention n'aurait pas dû l'étonner, même s'ils étaient tous trop prévisibles. Des boîtes de chocolats de luxe ? Des arrangements floraux spectaculaires ? Des pâtisseries ? Ces candidats n'étaient que des amateurs, plus ennuyeux les uns que les autres.

Haley lui tournait le dos et, une liasse de documents entre ses mains, elle marmonnait. Une femme surprise en plein de travail était un spectacle délicieusement érotique, mais Chase n'était pas ici pour la séduction. Dommage.

Il n'aurait pas été contre un tête-à-tête avec Haley dans d'autres circonstances. Elle avait de la classe, elle était intelligente, énergique… Un concentré de sex-appeal.

Refoulant fermement ces pensées érotiques, il frappa quelques coups sur le bord de la table de travail. Elle sursauta et tourna vivement la tête vers lui, ses cheveux blonds bouclés encadrant son joli visage.

— Déjà de retour ? dit-elle.

Curieusement, ce sarcasme évident ne fit qu'augmenter l'attirance qu'il ressentait déjà pour elle. Haley l'intriguait. Avec elle, il ne risquait pas de s'ennuyer une seule seconde.

— J'ai quelque chose pour vous, dit-il en lui tendant le cadeau qu'il lui avait apporté.

— Vraiment ? répondit-elle, amusée, en faisant le tour de sa table de travail. Est-ce un bouquet de surligneurs ?

— Vous aviez l'air d'avoir le plus grand mal à retrouver le vôtre, rappela-t-il. De plus, vous aviez visiblement déjà plus qu'assez de fleurs et de pâtisseries.

Elle contempla un instant les marqueurs multicolores entourés d'un ruban dans sa main, et le sourire sincère qui étira ses lèvres lui fit l'effet d'un coup de poing à l'estomac. Il se sentait sexuellement excité. Ce n'était pas exactement ce qu'il était venu chercher ici, mais quelque chose chez cette femme, sa simplicité et sa beauté naturelle, faisait vibrer en lui une corde sensible qu'il aurait préféré ignorer.

Hélas, le désir et la luxure n'obéissent à aucune règle. Chase était bien incapable de faire cesser cette attirance, et il se demandait malgré lui si elle éprouvait un désir similaire.

— Bravo, dit-elle, lui adressant un sourire lumineux. J'apprécie les personnes capables d'une pensée originale.

— Suffisamment pour accepter une invitation à déjeuner ? Car vous avez droit à une pause déjeuner, n'est-ce pas ?

— Oui, en effet, confirma-t-elle. Mais je ne déjeunerai pas avec vous. J'ai déjà d'autres plans.

— Annulez-les.

— Êtes-vous toujours aussi exigeant ?

— Seulement lorsque je désire quelque chose très fort.

Et alors, il la vit. Une lueur de désir qu'il n'avait osé espérer brilla un instant dans son regard. *Tiens, tiens*. C'était peut-être un angle à explorer pour décrocher le job et, en bonus, une agréable aventure. Gagnant-gagnant.

Elle capitula.

— Soit. Nous déjeunerons ensemble. Mais nous ne parlerons pas de travail.

Pas de problème, songea-t-il. Il se sentait capable de lui soutirer des informations compromettantes à son insu. Il n'était pas arrivé là où il était, à la tête d'une fortune de plusieurs milliards, sans avoir appris à déchiffrer les pensées des gens.

De plus, il devinait qu'il avait déjà émoussé sa résistance – et grâce à un simple bouquet de surligneurs, s'il vous plaît.

— Je vous suis, déclara-t-il en lui désignant la porte.

Chase lui emboîta le pas, fasciné par le balancement de ses hanches, s'efforçant de se rappeler qu'il était là dans un but bien précis – pour venger sa famille et pas pour vérifier combien de temps il lui faudrait pour tirer cette fermeture à glissière et l'extraire de sa robe crayon.

Seul le temps dirait lequel des deux en ressortirait vainqueur… mais Chase n'avait aucune intention de perdre la partie.

# - 2 -

Haley remercia le voiturier qui vint leur ouvrir la portière, et Chase et elle descendirent de la limousine. Le luxueux restaurant était un peu trop somptueux pour un déjeuner entre deux personnes qui se connaissaient à peine, mais c'était celui que Chase avait choisi, et Haley devait reconnaître qu'elle adorait leur salade méditerranéenne.

— Heureux de vous revoir chez nous, monsieur Hargrove, dit l'hôtesse avec un grand sourire de bienvenue. Votre table habituelle vous attend.

Dissimulant son étonnement, Haley suivit la jeune femme jusqu'à un coin intime au fond de la salle, où une table pour deux était dressée, face à une vue spectaculaire de New York qu'elle avait particulièrement appréciée lorsqu'il lui était arrivé de dîner ici.

Lorsqu'ils furent confortablement installés et à nouveau seuls, Haley tourna son regard vers l'homme assis en face d'elle.

— Alors, combien de femmes avez-vous invitées ici, monsieur Hargrove ?

— Chase, corrigea-t-il avec un sourire en coin. Et elles n'ont pas été nombreuses.

— Cependant, vous avez votre table habituelle. J'ai peine à imaginer un homme comme vous dînant seul…

Elle prit une profonde inspiration et le regarda bien en face, avant d'ajouter :

— Chase.

À la seconde où elle prononça son prénom, elle vit son regard sombre descendre vers ses lèvres et elle regretta vivement de n'être pas restée au « monsieur Hargrove ». Cela ne lui ressemblait pas du tout, de se sentir tout excitée à la vue d'un homme. Mais, bien sûr, aucun homme ne l'avait jamais regardée comme s'il avait envie de la dévorer toute crue… au moins pas depuis longtemps.

Peut-être devrait-elle sortir davantage. Peut-être passait-elle trop de temps à travailler. Dès que le prochain P-DG serait nommé, elle renouerait avec sa vie sociale. Mais sûrement pas avec un homme comme Chase Hargrove.

Chase était un homme qui appréciait sûrement les belles choses, qui devait constamment parader avec une femme sexy à son bras, et qui exigeait que les gens s'inclinent devant lui. Elle avait vu suffisamment d'hommes de son genre, dans le cadre de son travail, pour deviner exactement ce qu'il exigeait. Elle n'était pas du tout son type, c'était certain.

Non, décida-t-elle. Chase se donnait la peine de flirter avec elle dans le seul but de se placer tout en haut de la liste des candidats au poste de P-DG de Black Crescent. Haley n'était pas naïve, mais elle allait le laisser jouer à son petit jeu si cela lui faisait plaisir.

Et pourquoi pas ? Elle y avait même gagné des surligneurs tout neufs et un déjeuner gratuit. Cette journée ne serait pas tout à fait perdue. Sans compter que le spectacle de l'autre côté de la table était plutôt agréable.

— Je ne crains pas de prendre mes repas seul, répondit-il. Mais il m'arrive souvent de rencontrer des connaissances ou des amis ici et, occasionnellement, c'est vrai, il m'est arrivé d'y déjeuner avec une femme.

— Et dans quelle catégorie me classez-vous ? s'enquit-elle, étalant sa serviette sur ses genoux.

Ces yeux sombres à l'abri de paupières lourdes pouvaient faire oublier à une femme à qui elle avait affaire. Mais Haley n'était pas une petite oie, en dépit de la façon dont sa famille l'avait traitée pendant des années.

Elle avait lutté farouchement pour arriver à sa situation actuelle, sans aucune aide de ses parents. Être assistante de direction n'était pas un job de tout repos, mais Josh et elle travaillaient bien ensemble. Il leur arrivait quelquefois d'avoir quelques accrochages dans leur travail, mais ils se respectaient l'un l'autre.

Aujourd'hui, ils travaillaient en proche collaboration pour trouver le successeur idéal à la tête de la société, la personne qui conduirait Black Crescent vers un avenir de succès et de prospérité.

Haley était toujours restée loyale et totalement dévouée à cette entreprise qui, après s'être effondrée sur fond du plus grand scandale que la ville ait jamais connu, était ressuscitée de ses cendres.

Certes, elle avait fait ses études dans une petite université locale, mais son diplôme n'avait pas moins de valeur que celui des universités huppées.

— À quelle catégorie voulez-vous appartenir ? répliqua-t-il.

Revenant au présent, Haley pesait encore la réponse qu'elle allait lui faire lorsqu'un serveur apparut près de leur table. Naturellement, Chase connaissait le nom de cet homme. Il lui demanda des nouvelles de son travail, et ils échangèrent quelques plaisanteries. Cet établissement devait être l'un des spots favoris de Chase en ville… Ou alors, il était le propriétaire des lieux.

Josh disait souvent qu'elle voyait des détails qui lui échappaient, et il lui faisait confiance. Allison Randall, la chasseuse de têtes que Black Crescent avait recrutée, avait passé le CV de Chase au crible. Tout était parfait.

Trop parfait ? Haley nota mentalement qu'elle devrait faire sa petite enquête sur le passé de Chase et découvrir ce qui le motivait. Bien sûr, il avait un CV impressionnant, et toutes ses références avaient été vérifiées, mais elle avait envie d'en savoir davantage à son sujet. Elle désirait explorer la facette personnelle qu'il ne lui avait pas encore révélée.

Haley ne croyait pas qu'il se donnait toute cette peine uniquement pour devenir le P-DG de Black Crescent. Et moins encore qu'il songeait réellement à la convaincre de sortir avec lui – et peut-être même de partager son lit.

Ils commandèrent des boissons, et le serveur se retira. Mais, avant qu'ils n'aient eu le temps de reprendre leur conversation, le téléphone de Haley vibra. Elle le tira de son sac, consulta l'écran et lui adressa un sourire d'excuse.

— Je dois répondre.

— Je comprends, assura Chase. Les affaires d'abord.

Mais il ne s'agissait pas du genre d'affaires auquel il pensait, et elle n'avait pas nécessairement besoin de s'isoler pour prendre cet appel. Alors, elle s'adossa à sa chaise, et établit la communication.

— Bonjour, Marcus, dit-elle. J'allais justement vous appeler cet après-midi.

— Je voulais seulement vous dire un mot au sujet de nos tout derniers financements, expliqua son assistant au téléphone. Le dernier investisseur a doublé sa donation initiale.

— Êtes-vous sérieux ? s'enquit Haley, le souffle coupé.

Il ne lui avait pas échappé que Chase la dévisageait, attentif à sa moindre parole. Cet appel n'avait aucun rapport avec Black Crescent. Il concernait uniquement l'association caritative que Haley avait créée.

— Totalement sérieux, confirma Marcus. Cela signifie que nous pouvons accueillir sept nouveaux lycéens de terminale dans notre programme.

Haley ferma les yeux et prit une profonde inspiration. C'était une merveilleuse nouvelle, et un grand soulagement. Ils allaient pouvoir aider d'autres adolescents des lycées de la région qui en avaient besoin.

Son association à but non lucratif, Leaders de Demain, venait en aide à des lycéens qui n'auraient pu poursuivre leurs études à l'université sans une aide financière extérieure. Les jeunes défavorisés méritaient, eux aussi, un petit coup de pouce pour les aider à établir de solides fondations pour un meilleur avenir. Et Haley n'était que trop heureuse de pouvoir y contribuer.

Elle avait été une enfant défavorisée comme eux. Ses parents avaient financé les études à Harvard de son frère aîné, mais ces dépenses avaient englouti toutes leurs économies. Ils s'imaginaient peut-être qu'il deviendrait un grand chirurgien ou un célèbre avocat. Haley ignorait ce qu'avaient pu être leurs plans. Tout ce qu'elle savait, c'était qu'ils n'avaient pas de grandes ambitions pour elle, et pas d'argent pour l'aider à poursuivre son éducation au-delà du lycée. Donc, Haley avait travaillé d'arrache-pied, s'était inscrite à la petite université locale, et elle en était sortie première de sa promotion sans aucune aide extérieure.

— Je vais consacrer la soirée à ressortir tous les dossiers, déclara-t-elle. Vous ne pouvez imaginer à quel point je suis heureuse d'apprendre que nous allons pouvoir accueillir d'autres enfants dans notre programme.

— Je savais que cela vous ferait plaisir, répondit Marcus. C'est pourquoi je vous ai appelée au lieu de vous envoyer un texto. J'espère que je n'ai rien interrompu.

Haley rencontra de nouveau le regard de Chase, qui la dévisageait sans même se donner la peine de se cacher.

— Non, répondit-elle. Votre appel tombe à pic. Je vous rappellerai ce soir, ou au plus tard demain matin, pour discuter des candidatures avec vous.

Là-dessus, Elle coupa la communication et replaça son téléphone dans son sac.

— Des enfants ? s'enquit Chase, intrigué.

— Plutôt des adolescents, précisa-t-elle en souriant. Mais, avec mes trente-quatre ans, ils sont pour moi comme des enfants.

— Alors, vous travaillez avec des adolescents ? insista-t-il, visiblement étonné – et, peut-être, un tout petit peu impressionné.

— Depuis plusieurs années déjà, confirma-t-elle, fière du travail qu'elle avait accompli toute seule. Je suis présidente de l'association Leaders de Demain, qui aide des lycéens à poursuivre leurs études lorsque leurs familles n'ont pas les moyens de les envoyer à l'université.

Chase l'écoutait sans la quitter du regard une seconde. Peu de gens étaient au courant de ce qu'elle faisait durant son temps libre. Elle était fière de son travail, mais elle n'était pas du genre à s'en vanter. De plus, entre la quête d'un nouveau P-DG pour Black Crescent et son travail à l'association, il ne lui restait plus aucun temps pour la vie sociale.

— Impressionnant, observa-t-il en s'adossant à sa chaise. Vous êtes une femme extrêmement occupée.

— C'est pourquoi je déjeune souvent d'un sandwich à ma table de travail.

— Dans ce cas, je me réjouis doublement d'avoir réussi à vous faire sortir de votre retraite.

Chase souriait, ce qui, en toute logique, n'aurait pas dû déclencher ce frisson dans tout son corps. Mais cet homme était plus fort qu'elle ne l'avait cru tout d'abord. Avec lui, elle devait absolument rester sur ses gardes.

— Depuis quand dirigez-vous cette association ? demanda-t-il.

Haley ne se lassait jamais de parler de sa cause. Elle ne parlait pas avec beaucoup de gens en dehors de son travail, à part des personnes directement concernées par Leaders de Demain. Même les membres de sa famille ne savaient rien de ses activités mais, bien sûr, elle ne leur parlait pas très souvent.

Mais – qui sait ? – Chase désirerait peut-être devenir un généreux donateur.

— Douze ans, l'informa-t-elle. Dès la fin de mes études, j'ai lancé une campagne de dons, et j'ai travaillé à créer une structure efficace. La première année, nous n'avons pu financer qu'un seul lycéen, mais c'était mieux que rien. Et cela justifiait tous mes efforts. Même si je ne pouvais aider qu'une seule personne chaque année à accomplir ses rêves, mon travail serait utile.

Chase la dévisagea un instant de l'autre côté de la table, puis il se pencha vers elle, les coudes sur la nappe blanche.

— Pourquoi cette mission vous tient-elle tant à cœur ? Vous-même avez fait des études universitaires, n'est-ce pas ?

— Oui, en effet, confirma-t-elle, mais le récit de ma vie ne fait pas partie de la discussion.

Elle n'aimait pas particulièrement parler des raisons pour lesquelles elle s'était engagée dans son combat associatif, et la dernière chose au monde qu'elle désirait, c'était que quelqu'un puisse croire qu'elle se lamentait sur son propre sort. Elle ne s'apitoyait pas sur l'enfant qu'elle avait été, ni sur les efforts qu'elle avait dû déployer pour pouvoir continuer ses études à l'université. Si elle n'avait pas dû vaincre toutes ces difficultés, elle ne serait pas devenue la femme de carrière qu'elle était aujourd'hui, forte et assurée, elle n'aurait pas fondé Leaders de Demain. D'une certaine manière, ses parents lui avaient peut-être rendu service.

À cela, il fallait ajouter que Chase était toujours à l'affût d'informations supplémentaires, et elle ne souhaitait pas lui offrir l'occasion de découvrir des détails de sa vie personnelle. Ceci était un déjeuner entre deux inconnus. S'il essayait seulement de la séduire… Ce serait une tout autre histoire, et elle devrait y réfléchir à un tout autre niveau.

— Lors de notre second rendez-vous, peut-être ? suggéra-t-il avec un sourire désarmant.

— Ceci n'est pas un rendez-vous, observa-t-elle en riant.

— Ah, non ? répliqua-t-il, levant son verre d'eau. Dans ce cas, nous allons devoir remédier à cet oubli. Vendredi, 20 heures ? J'enverrai une voiture pour vous prendre.

Haley le dévisagea un instant, puis elle éclata de rire.

— Est-ce ainsi que vous procédez habituellement ? Vous exigez, et c'est tout ?

— Aviez-vous d'autres projets ? s'enquit-il avec un haussement d'épaules dégagé.

— Ma vie privée ne vous regarde pas, rappela-t-elle.– Cependant, vous m'avez parlé de votre association avec beaucoup de compassion. C'était très personnel, ne croyez-vous pas ?

— J'espérais peut-être que vous désireriez devenir l'un de nos donateurs.

Elle nota qu'il s'efforçait de réprimer un sourire, et elle s'en réjouit. Pour sa tranquillité d'esprit, il valait mieux qu'il s'abstienne le plus possible de ses sourires trop sexy.

— Cent mille dollars.

— Pardon ? fit-elle, ouvrant de grands yeux.

— Je ferai don de cent mille dollars à Leaders de Demain si vous acceptez de dîner avec moi vendredi soir.

Haley lui décocha un regard désapprobateur, déçue qu'il ait essayé de l'acheter.

— Je ne suis pas à vendre, rétorqua-t-elle. Pas même pour le bien de mon association.

À l'évidence, il n'avait pas l'habitude qu'on lui oppose un refus, mais il allait devoir s'y habituer, car elle n'avait pas l'intention de céder. Les surligneurs qu'il lui avait offerts lui avaient rapporté un déjeuner, mais rien de plus.

Ils avaient passé leurs commandes, et Haley regrettait déjà de n'être pas restée déjeuner au bureau comme d'habitude. Elle avait trop à faire. Trop de problèmes à régler, et, en vérité, elle détestait s'absenter en plein milieu d'une journée de travail.

L'importance de son rôle au sein de Black Crescent renforçait son estime de soi comme rien d'autre ne l'avait jamais fait dans sa vie. Elle avait été recrutée comme simple stagiaire dès sa sortie de l'université, et, avec chaque année qui passait, elle avait fait son chemin. Elle connaissait des secrets qu'elle ne dévoilerait jamais, raison pour laquelle Josh Lowell lui avait confié la lourde tâche de l'aider à trouver un successeur à son poste de P-DG.

Comme elle était la plus ancienne à son poste, les CV des candidats lui étaient envoyés directement, à elle et non à Josh, ni même à Allison Randall, la chasseuse de têtes qu'il avait recrutée.

Haley et Josh riaient ensemble du fait que les gens exigeaient de traiter avec elle, car Haley ne disposait pas du pouvoir de décision final. Mais elle devait avouer qu'il ne lui était pas désagréable que tous ces gens lui attribuent un tel pouvoir.

Son téléphone tinta à nouveau, et elle prit cet appel sans se donner la peine de s'excuser. Depuis que Chase lui avait proposé une somme extravagante pour qu'elle accepte de sortir avec lui, elle se fichait pas mal qu'il la trouve mal élevée.

Le nom de Josh s'affichait sur l'écran, et elle prit la communication.

— Bonjour, Josh.

— Bonjour, Haley. Je vous demande pardon d'interrompre votre déjeuner. J'avais seulement une question à vous poser.

— Aucun problème.

Le serveur réapparut avec leurs plats, et, bien que Chase fît mine de se concentrer sur la découpe du poulet dans son assiette, elle devina qu'il écoutait attentivement chacune de ses paroles.

— Je ne retrouve pas le CV de Matt, dit Josh. Je l'avais lu avant son premier entretien, mais j'avais envie d'y jeter un nouveau coup d'œil.

Elle se souvenait très bien du candidat en question. Matteo Velez. Un CV impeccable et un premier entretien sans faute.

— J'ai encore son CV sur mon ordinateur, répondit-elle. Je vous l'envoie dès mon retour au bureau.

— Je l'ai croisé un soir alors que j'étais au restaurant avec Sophie, observa Josh. À vrai dire, c'est même lui qui a réglé la note de mon dîner.

Josh rit comme s'il trouvait cette histoire très drôle, mais Haley fronça les sourcils. Tout le monde s'imaginait qu'il suffisait de se montrer généreux pour obtenir ce que l'on désirait, mais, avec Haley, cela ne fonctionnait pas ainsi. Pour elle, les actions comptaient plus que l'argent.

Une leçon que Chase ferait bien de ne pas oublier.

— Souvenez-vous que j'aurai besoin d'une personne avenante, avec qui je pourrai m'entendre lorsque vous serez parti, et je ne connais pas très bien Matt.

— Je vous promets de ne pas vous abandonner entre les griffes d'une brute, répondit Josh. Envoyez-moi son

CV dès que vous le pourrez. À présent que Ryan n'est plus dans la course, je voudrais seulement examiner de plus près le profil de Matt. Même avant qu'il ne m'offre mon dîner, je l'avais trouvé sympathique.

— Je serai de retour au bureau dans un quart d'heure et je m'en occuperai immédiatement, promit-elle.

— Je savais pouvoir compter sur vous.

Et, là-dessus, Josh raccrocha.

Haley redoutait réellement le jour où il partirait. Josh avait été un excellent patron, et elle avait même fini par le considérer comme un ami. Mais il désirait commencer un nouveau chapitre de sa vie, et Haley ne pouvait pas l'en blâmer.

Après l'énorme scandale qui avait suivi la disparition de son père avec les millions escroqués aux clients, Josh avait fait renaître le fonds d'investissement Black Crescent de ses ruines. Jake, son jumeau, qui ne voulait plus entendre parler de la société familiale, s'était installé en Europe, et Oliver, le benjamin de la fratrie, avait ses propres problèmes, notamment parce que c'était un ancien toxicomane et un fêtard invétéré à la réputation sulfureuse. Il n'était certainement pas en position d'assumer les responsabilités de P-DG d'un fonds d'investissement discrédité.

Alors, Josh s'était attelé à la tâche, et Haley avait été là, à ses côtés, pour l'aider à rebâtir l'entreprise. Deux personnes qui avaient traversé l'enfer ensemble et partageaient un lien très spécial. Pour succéder à une personnalité aussi forte, aussi résiliente, que Josh Lowell, seul un homme ou une femme exceptionnel conviendrait.

— On dirait que la chasse est encore ouverte,

remarqua Chase d'un air innocent, piquant une petite pomme de terre du bout de sa fourchette. J'imagine qu'il n'est pas facile pour Josh et vous de réduire la liste des candidats à la succession.

— Nous avions convenu de ne pas parler de travail, rappela-t-elle en souriant. Mais, si vous tenez à aborder le sujet des affaires, vous pouvez commencer par m'expliquer ce que vous faites exactement. J'ai très envie de savoir tout ce qui n'est pas dans votre CV.

— Désirez-vous réellement mieux me connaître ? s'enquit-il avec un sourire malicieux. Je m'occupe d'investissements, mais je voyage également et j'aide d'autres entreprises à travers le globe à consolider leur position.

À première vue, un profil idéal pour succéder à Josh. Mais Chase allait devoir apporter davantage qu'une réponse parfaite pour obtenir le poste, et, de plus, ceci n'était pas un entretien professionnel.

— Êtes-vous natif de la région ? demanda-t-elle.

— Je suis né et j'ai été élevé à vingt minutes d'ici, répondit-il. Mon père était aussi un investisseur, et ma mère était femme au foyer. Je suis leur seul enfant. Rien que de très ordinaire, vraiment. Je suis allé à l'université grâce à une bourse d'études, car j'étais un bon joueur de football. Je ne suis pas certain que ma famille aurait eu les moyens de m'y envoyer autrement, car nos affaires n'étaient pas florissantes.

Voilà qui pourrait expliquer ces larges épaules et ce corps athlétique, songea-t-elle. Elle l'imaginait facilement sur un stade, capitaine de son équipe, parmi les cris de la foule.

*Concentre-toi, Haley. Tu n'aimes même pas le football.*

Haley découvrait avec étonnement à quel point ils étaient semblables. Aussi entêtés l'un que l'autre, et luttant avec détermination pour ce qu'ils désiraient. Mais il n'était pas question de le reconnaître. À l'évidence, Chase cherchait à avancer ses pions, et elle n'allait certainement pas l'y aider.

Quelle que soit son attirance pour cet homme, la décision finale appartenait à Josh, et Haley n'était pas certaine que désirer sexuellement son nouveau patron soit une position très enviable.

— J'ai mis mon CV à jour depuis mon premier entretien, poursuivit-il. Vous devriez en avoir une copie dans votre boîte mail.

Très étonnée, elle reposa sa fourchette et s'essuya les lèvres avec sa serviette.

— Et quand l'avez-vous envoyée ?

— Juste avant de repasser vous voir avec votre cadeau, expliqua-t-il. J'ai renfloué une entreprise de plusieurs milliards en Europe. J'ai inclus ces statistiques et toutes mes références, et vous ne trouverez que des commentaires élogieux à mon sujet.

Bien malgré elle, Haley dut reconnaître qu'il semblait plus qualifié pour le poste à chaque minute qui passait.

Elle se vit soudain travaillant avec lui presque quotidiennement. Elle avait travaillé aux côtés de Josh durant des années sans jamais ressentir la moindre attirance sexuelle pour lui. Josh était un homme séduisant, mais il n'avait jamais provoqué en elle cette espèce de vertige des sens… Rien qui ressemble à ce qu'elle ressentait pour Chase… Et elle n'était avec lui que depuis une heure à peine.

Vertige ? Non. Une sorte d'élan de désir, ce qui était encore plus dangereux.

Oui, décidément, travailler avec Chase des heures durant serait une erreur. Elle ne doutait pas une seconde qu'il continuerait à essayer d'éroder sa résistance.

Heureusement, elle l'avait percé à jour.

# - 3 -

Chase sentait que ce déjeuner avec Haley ne serait pas du temps perdu,

Il aimait flirter et, à vrai dire, il avait été aussitôt captivé par sa beauté. Soudain, la charmer ne lui apparaissait plus du tout comme une corvée.

Il avait été ébahi d'apprendre qu'elle avait fondé une association caritative. Il trouvait extrêmement sexy qu'une personne avec une carrière exigeante comme la sienne consacre son temps libre à aider des gens moins fortunés qu'elle. C'était un contraste assez saisissant avec les comportements de la famille Lowell.

Bien sûr, Joshua Lowell distribuait de l'argent çà et là, sans doute poussé par la culpabilité, mais les Lowell occupaient toujours un piédestal au-dessus de tous les autres habitants de la région.

Chase se leva et traversa son salon pour se planter devant la baie vitrée, face au panorama du fleuve. Les lumières de Falling Brook scintillant dans le crépuscule l'apaisaient. Même si son esprit continuait à bouillonner il trouvait une certaine sérénité dans l'idée de savoir où il allait.

Il avait soigneusement planifié son parcours pour arriver là où il était aujourd'hui. Son statut de grand investisseur international lui donnait un avantage évident pour devenir P-DG de Black Crescent, mais ce poste ne l'intéressait pas réellement. Ce qu'il désirait, c'était obtenir des informations susceptibles d'anéantir cette société et la famille Lowell une bonne fois pour toutes.

Il avait vu ses parents se battre pour survivre après avoir perdu toutes leurs économies. Son père était allé en prison à cause des malversations de Vernon Lowell, et les frais d'avocat avaient achevé de les ruiner. Sa mère avait fait une dépression nerveuse, et elle avait eu besoin de soins médicaux. Rien ne faisait réagir Chase davantage que de voir quelqu'un faire souffrir une personne qu'il aimait. Ses parents vivaient beaucoup mieux aujourd'hui, mais une vague tristesse planait encore au-dessus de leurs têtes. Ils n'étaient certainement plus les mêmes, mais ils étaient toujours une famille unie, et ils s'efforçaient chaque jour de faire du mieux qu'ils pouvaient.

Chase devait se rapprocher encore de Haley. Elle l'avait momentanément désarçonné lorsqu'elle avait évoqué son association caritative. Où trouvait-elle le temps de gérer une telle structure, alors qu'elle passait toutes ses heures chez Black Crescent ? Son job d'assistante de direction était très prenant, et il savait qu'elle s'y consacrait corps et âme. Cette femme, qui ne prenait même pas le temps de déjeuner, poussait la loyauté et le dévouement à de nouvelles hauteurs.

Josh exigeait-il ce niveau d'engagement dans son travail, ou était-il seulement dans la nature de Haley de vouloir repousser ses limites ?

Avec deux jobs à plein temps qui exigeaient toute son attention, elle n'avait probablement pas une vie sociale trépidante. Il nota mentalement qu'il devrait récolter quelques renseignements au sujet de Leaders de Demain. À première vue, cette association était une brillante initiative. Que Haley accepte ou non de sortir avec lui, il ferait une généreuse donation à son association, parce qu'il avait adoré le concept. Mais il le ferait anonymement, car il ne voulait surtout pas lui donner l'impression qu'il essayait littéralement d'acheter son affection. Il n'était pas tombé aussi bas. Ce genre de comportement était plutôt la marque de la famille Lowell.

Mais Haley allait accepter de dîner avec lui, avec ou sans donation. Il n'aborderait plus ce sujet. Il avait parlé sans réfléchir, et il avait aussitôt regretté de l'avoir placée dans cette situation, de lui avoir donné l'impression qu'il pensait pouvoir facilement la soudoyer.

S'il avait réussi à la charmer suffisamment pour qu'elle accepte ce déjeuner, cela ne signifiait en aucun cas qu'il puisse répéter ce succès. Non. Une femme comme Haley avait besoin d'être constamment surprise. Lorsqu'il lui avait offert ce ridicule bouquet de surligneurs, il ne lui avait pas échappé qu'elle avait souri comme si elle avait été réellement impressionnée par son geste.

Chase tira son téléphone de sa poche et envoya un bref texto à son assistant, activant son plan suivant. La réponse immédiate qu'il reçut vint confirmer que Dave, son bras droit, était son meilleur collaborateur. Il s'occuperait de tout. Chase n'avait plus qu'à répéter son offensive de charme avec Haley. Les surligneurs étaient un joli geste, mais l'offensive suivante serait d'une tout autre ampleur.

Un sourire aux lèvres, il se dirigea vers la salle de sport personnelle qu'il avait fait bâtir dans sa maison. Il avait besoin d'exercice pour brûler son excès d'énergie. Il avait de grands plans à mettre en œuvre, et une femme à séduire, d'abord par l'esprit... Quoique, bien sûr, si elle venait le rejoindre dans son lit, il ne la repousserait pas.

Haley n'avait pas eu le temps de pousser très loin ses investigations au sujet de Chase. Une avalanche de candidatures continuait à arriver chaque jour, sans compter d'autres fleurs, auxquelles il avait fallu trouver de la place.

Il y avait tant de bouquets qu'elle avait commencé à les distribuer à ses collègues. À présent, chaque bureau dans l'immeuble croulait sous les fleurs, et, au moins, sa table de travail était à nouveau dégagée.

Les cupcakes, donuts et chocolats avaient trouvé le chemin de la salle de pause. Si elle avait mangé tout cela, elle aurait dû remplacer toute sa garde-robe par de plus grandes tailles, et elle n'avait pas le temps de courir les boutiques.

Haley se rassit à son bureau et se rapprocha de l'ordinateur. Le bouquet de surligneurs lui arracha un sourire malgré elle. Elle ne voulait pas sourire. C'était exactement ce qu'il attendait qu'elle fasse. Il désirait qu'elle pense à lui... et, pour être honnête, c'était ce qu'elle n'avait cessé de faire depuis leur rendez-vous impromptu pour déjeuner.

Non, ce n'était pas un rendez-vous. Plutôt une sorte de réunion de travail. Haley ne sortait pas, d'abord parce qu'elle n'en avait jamais le temps, et parce qu'elle n'avait jamais rencontré un homme qui l'intéresse suffisamment pour la détourner de son travail.

Pourtant, c'était exactement ce que Chase avait fait durant une heure. Il l'avait convaincue de quitter son bureau, et il y avait réussi sans beaucoup d'efforts.

Mais il lui avait souri. Il avait été adorable à sa façon un peu dominatrice, et il avait envisagé de faire une donation à Leaders de Demain. Bien entendu, il y avait une contrepartie à cette générosité. Chase ignorait visiblement qu'on ne pouvait pas l'acheter. Elle continuerait à travailler avec d'autres donateurs qui ne lui dicteraient pas sa vie sociale.

Elle en voulait à cet homme de lire trop clairement dans son esprit. Il ne s'intéressait pas réellement à la femme qu'elle était. Il désirait un poste qu'elle pouvait l'aider à obtenir… si elle le désirait. Ce qui n'était pas le cas.

Il appartiendrait à Josh de lui confier ou non les rênes de Black Crescent. Ses sentiments personnels ne feraient pas pencher la balance.

— Comptez-vous rentrer bientôt chez vous ?

Haley se détourna de l'écran de l'ordinateur qu'elle fixait sans le voir depuis de longues minutes, et découvrit Josh planté près d'elle.

— Dans un petit moment, répondit-elle en souriant.

Les cheveux blonds striés de gris de Josh étaient décoiffés comme s'il avait passé une bonne partie de la journée à y passer les doigts, sa cravate était desserrée et il s'était débarrassé de sa veste, qu'il portait pliée sur son bras. À l'évidence, le stress de la recherche d'un successeur commençait à le rattraper. Ce n'était pas une décision qui pouvait être prise à la légère.

— Je m'étonne que vous songiez vous-même à partir, ajouta-t-elle. Il n'est même pas 18 heures. D'ordinaire, vous avez encore quelques heures productives devant vous.

— Sophie m'a fait promettre de rentrer tôt, expliqua-t-il

avec un sourire embarrassé. Elle m'a préparé un dîner spécial, et une autre surprise dont elle refuse de parler.

Haley était heureuse que Sophie et Josh se soient rencontrés. Ils étaient très amoureux l'un de l'autre, et, grâce à cette relation, Josh était devenu un homme totalement différent. Il n'y avait pas si longtemps, accablé par le poids de ses responsabilités de P-DG et par le stress, Josh lui aboyait des ordres ou gardait un air continuellement renfrogné, presque comme s'il ne voulait plus d'elle dans ce bureau.

Durant cette période, Haley avait eu le bon sens de s'abstenir de lui rappeler qu'elle travaillait pour Black Crescent depuis plus longtemps que lui et qu'elle connaissait les rouages de la société aussi bien que lui. Lorsqu'elle était encore à l'université, Haley avait déjà travaillé pour Vernon Lowell comme stagiaire. Sa loyauté envers sa société expliquait qu'elle soit restée, alors que quasiment tous les autres employés avaient quitté le navire lorsque Josh avait en pris la barre. Elle l'avait aidé à rebâtir Black Crescent.

Depuis, Sophie avait adouci quelque chose en Josh, et Haley était un peu triste de le voir partir. Il était comme le frère qu'elle n'avait jamais eu. En fait, elle avait un frère, mais il n'y avait aucune relation solide entre eux. Haley se sentait plus proche de sa famille de travail que de sa famille biologique.

— J'espère que vous passerez une très bonne soirée, dit-elle. Je pense que vous allez bien vous amuser.

— Puisqu'il est question d'amusements, qu'est-ce qui vous a poussée à quitter le bureau pour déjeuner en ville ? s'enquit-il avec un sourire entendu, comme s'il était au courant d'un petit secret un peu honteux.

— Désolée de vous décevoir, répondit-elle, soutenant tranquillement son regard. Ce n'était qu'un déjeuner de travail avec une vague connaissance.

Une vague connaissance qui l'avait éblouie, charmée, soumise à sa volonté.

Naturellement, Haley n'avait pas l'intention d'informer son patron du nom de l'homme avec qui elle avait déjeuné, d'autant moins que Chase avait déjà eu un entretien avec Josh. De plus, quelques semaines plus tôt, Sophie avait surpris Haley et Chase en train de flirter.

Sophie était intervenue, demandant à Haley si tout allait bien. Heureusement, Josh ne savait rien de cette innocente rencontre. Haley ne souhaitait pas être vue en train de dîner ou de flirter avec un candidat au plus haut poste dans la société. Haley n'avait jamais eu de relations intimes avec ses collègues ou avec son patron, et il n'était pas question de commencer aujourd'hui.

Et elle ne mentait pas lorsqu'elle avait déclaré à Sophie qu'elle était de taille à gérer Chase. C'était vrai... Jusqu'à ce qu'il se présente devant elle avec ce cadeau absurde, et qu'elle se retrouve dans sa voiture, puis assise à sa table personnelle dans l'un de ses restaurants favoris.

Elle allait devoir se montrer plus vigilante avec ce magnat des affaires trop malin. Elle allait aussi devoir s'atteler sérieusement à quelques recherches à son sujet. Elle désirait en savoir un peu plus long au sujet de l'homme qui ambitionnait de devenir son patron. Les journées étaient trop courtes pour tout ce qu'elle avait à faire, mais cette petite enquête ne pouvait pas être confiée à quelqu'un d'autre. C'était une affaire strictement personnelle.

— Vous devriez prendre votre soirée, suggéra Josh, la ramenant brusquement au présent. Vous travaillez trop.

— Je n'aurais jamais cru vous entendre dire une chose pareille, remarqua-t-elle en riant. Vous et moi sommes des bourreaux de travail.

— J'ai seulement une perspective différente sur la vie, désormais, répliqua Josh, souriant d'une oreille à l'autre. Et maintenant, je dois vous quitter. Bonne soirée.

Sur ces mots, il tourna les talons et s'éloigna dans le couloir.

Comme Josh et elle étaient généralement les derniers à quitter l'immeuble chaque soir, Haley supposa qu'elle était seule. Elle ouvrit donc l'une de ses compilations de musique préférées sur son ordinateur, et elle augmenta le volume pour empêcher son esprit de vagabonder vers l'image d'un certain milliardaire qui essayait de capter son attention.

Tout en chantonnant à mi-voix avec la musique, Haley ouvrit ses e-mails pour trier les CV qui continuaient d'arriver, avant de les envoyer à Allison Randall, qui réduirait la liste encore davantage. Josh souhaitait s'entretenir uniquement avec les trois premiers candidats de cette liste. Ils approchaient enfin de la conclusion du processus de sélection, et Haley était fière du travail qu'elle avait accompli.

Son téléphone tinta à cet instant, et un numéro inconnu s'afficha sur l'écran. Elle baissa la musique pour répondre.

— Allô !

— Mademoiselle Shaw ?

Cette voix grave déjà familière n'aurait pas dû avoir un tel effet sur elle, mais il lui fut impossible d'ignorer le frisson qui la parcourut tout entière. Prenant une profonde inspiration, elle s'adossa à son fauteuil.

— Ah, monsieur Hargrove, répondit-elle d'une voix soigneusement contrôlée. Je ne vous ferai pas l'insulte de vous demander par quel moyen vous avez obtenu mon numéro personnel.

Son rire grave ne fit qu'accentuer le frisson qu'elle s'efforçait d'ignorer. Aucun homme n'avait jamais eu cet effet sur elle. Les baisers pouvaient quelquefois déclencher de tels frissons, mais… une voix au téléphone ?

C'était bien la première fois que cela lui arrivait.

— Je suppose que vous êtes encore au travail, dit-il.

— Oui, en effet.

— Vous arrive-t-il de quitter ce bureau, quelquefois ?

Haley se leva et fit le tour de sa table de travail pour aller sortir une bouteille d'eau de son petit réfrigérateur. Il n'était pas question de lui rappeler ce qu'il savait déjà – qu'elle le quittait lorsqu'un homme ultra-sexy l'y contraignait en abusant de son charme pour lui faire accepter de déjeuner avec lui.

Mais ce déjeuner n'avait pas été un tête-à-tête amoureux, décida-t-elle. Elle devait faire très attention à ce genre de pensées. Elle ne pouvait peut-être pas s'empêcher de fantasmer à ce sujet, mais l'idée même d'une possible relation entre eux devait être proscrite. Trop dangereuse…

— Je suis très fière de mon travail, répondit-elle. De plus je suis particulièrement occupée par une mission extrêmement importante.

— Oui, je sais, la sélection du prochain P-DG. Quel soir pourriez-vous être libre à votre avis ?

— Libre de toute obligation ? répliqua-t-elle, posant la bouteille d'eau sur sa table de travail. Ou libre de passer du temps avec vous ?

— Belle et intelligente, observa-t-il. J'aime cela.

Haley laissa passer cette remarque. Pour un charmeur comme Chase, rien n'était plus facile que d'enchaîner les compliments. Un homme comme lui, riche et puissant, avait probablement l'habitude d'obtenir tout ce qu'il désirait, et il devait s'imaginer que toutes les femmes le trouvaient irrésistible.

Et, à son grand dam, Haley devait reconnaître qu'elle faisait partie de cette catégorie. Mais comment lutter contre un tel charme ?

— Qu'essayez-vous donc de me demander, exactement, monsieur Hargrove ? s'enquit-elle en se rasseyant dans son fauteuil.

— J'ai des billets pour un spectacle de Broadway, ce mercredi soir, expliqua-t-il. J'aimerais beaucoup que vous m'accompagniez.

Haley se figea. Des billets pour Broadway ? Un… rendez-vous avec lui ?

Un déjeuner aux heures de bureau était une chose, mais une soirée au théâtre en compagnie d'un homme qui essayait de devenir son patron, c'était très différent.

— Je ne suis pas sûre que ce soit une bonne idée, dit-elle.

— Je m'attendais à cette réponse, répliqua-t-il en riant. Vous sentiriez-vous rassurée si nous appelions cette soirée une réunion de travail ?

— Ce qui me rassurerait, ce serait que vous vous montriez honnête avec moi. Dans quel but m'avez-vous appelée ?

— J'aimerais que vous m'accordiez un rendez-vous.

Il n'avait pas hésité une seule seconde, et cette tranquille assurance fit battre son cœur plus vite. Désirait-il réellement sortir avec elle. La courtisait-il en tant que femme, ou ne voyait-il en elle qu'un marchepied vers les plus hautes fonctions chez Black Crescent ?

— N'y a-t-il pas d'autres femmes à qui vous pourriez faire cette proposition ? demanda-t-elle.

— Vous êtes la seule que j'aie eu *envie* d'inviter.

Haley resta un instant silencieuse. Pourquoi fallait-il qu'il ait déjà toutes les réponses ? Et pourquoi laissait-elle cette fascination l'entraîner de plus en plus loin dans cette spirale ?

Parce qu'elle était curieuse. Il lui était aussi impossible de refouler son attirance pour lui que d'arrêter la course du soleil couchant. De plus, ce n'était qu'une soirée au théâtre. Que risquait-elle dans ce lieu très public ?

— D'accord.

— D'accord ? répéta-t-il en riant. C'est tout ? N'ayez surtout pas l'air trop excitée par ma proposition.

— Monsieur Hargrove, si vous cherchez une femme qui trépigne de joie parce que vous l'avez invitée à sortir avec vous, vous vous êtes trompé de personne.

À l'autre bout de la ligne, elle entendit de nouveau ce rire rauque, et elle serra plus fort le téléphone dans sa main. L'idée de passer une soirée avec Chase faisait battre son cœur trop vite, et elle avait la bouche sèche.

— Oh ! non ! répliqua-t-il. Vous êtes bien la femme à laquelle je pense. Et vous allez devoir commencer à m'appeler Chase, puisque nous sortons ensemble.

— Nous ne sortons pas ensemble, corrigea-t-elle.

— Pas avant vendredi. Nous nous verrons ce jour-là, Haley.

Là-dessus, il raccrocha, la laissant sans voix, et se demandant ce qu'elle venait exactement d'accepter.

# - 4 -

— Êtes-vous sûr de vouloir faire cela, monsieur ?

Chase garda les yeux fixés sur les rues de la ville, qui défilaient derrière sa vitre. Il payait son chauffeur pour conduire, pas pour qu'il lui offre des conseils non sollicités. Certes, Al était le chauffeur de Chase depuis plus de dix ans, et il lui arrivait souvent de lui prodiguer des conseils… qu'en temps normal Chase appréciait.

Mais, à cet instant, il n'avait pas envie de les entendre. Chase commettait peut-être une erreur, mais il désirait Haley, et cette attirance n'avait aucun rapport avec sa vengeance, ni avec le poste auquel il était candidat. Cette femme l'intriguait, même s'il ne savait pas trop pourquoi c'était avec elle qu'il avait envie de partager son temps. Et, en temps voulu, de partager aussi son lit.

Mais il ne renoncerait à rien de ce qu'il désirait. Ni au poste ni à la femme. Il n'y avait aucune raison pour qu'il ne puisse pas les conquérir tous deux.

— Tout à fait certain, répondit-il.

— Je ne suis pas sûr que devenir intime avec Haley Shaw soit une bonne idée en ce moment, observa Al. Cette femme est innocente dans toute cette histoire.

Al était au courant de tout. Il savait que le père de Chase était allé en prison à cause des fausses preuves que Vernon Lowell avait semées derrière lui pour l'impliquer dans la faillite de la société. Al savait aussi que Chase n'aurait pas de repos jusqu'à ce que la famille Lowell soit ruinée… Même si cela signifiait faire payer les enfants de Vernon pour se faire justice.

Mais Al avait raison de lui rappeler que Haley était innocente dans ce drame. Certes, elle était restée fidèle à Black Crescent malgré le scandale, même après la fuite à l'étranger de Vernon et ensuite durant la transition, lorsque Josh avait pris les commandes de la société. Elle devait avoir été au courant des malversations, mais elle était restée une employée modèle. Elle était aussi le meilleur atout de Chase pour obtenir les informations internes dont il aurait besoin pour planifier son attaque.

— Elle représente ma seule entrée dans la place, déclara Chase, rencontrant le regard désapprobateur de son chauffeur dans le rétroviseur.

Il y avait cependant un secret qu'Al ne connaissait pas. Chase ne lui confierait jamais que ce qui avait commencé comme un flirt innocent, une petite offensive de charme de sa part, s'était transformé en une extraordinaire attirance contre laquelle il se sentait incapable de lutter.

Il ne s'était pas attendu à ce que son style conservateur un peu collet monté lui paraisse aussi diaboliquement sexy. Ses robes étroites qui couvraient tout juste ses genoux, ses escarpins tout simples aux talons nus éveillaient en lui des fantasmes qu'il n'aurait osé confier à personne.

— Alors, je ne peux rien dire qui vous fasse changer d'avis à ce sujet ? s'enquit Al en arrêtant la voiture devant la maison de Haley.

— Contentez-vous de m'attendre ici, répondit Chase en souriant. Nous ne serons pas longs.

Chase ne manqua pas d'entendre le soupir désapprobateur d'Al, mais il n'avait pas besoin de son accord. Il respectait Al, qui était bien plus qu'un simple chauffeur pour lui, mais il avait besoin de vivre sa propre vie, de prendre ses propres décisions… de commettre ses propres erreurs.

Cependant emmener Haley assister à une comédie musicale à Broadway n'était pas une erreur. Lui faire l'amour pourrait l'être, mais il n'était pas question de laisser passer une telle opportunité. En lui proposant cette soirée, la séduire n'était pas sa priorité absolue, pourtant il n'avait pas non plus totalement rejeté cette possibilité.

Aucun homme sain d'esprit ne pouvait ignorer la beauté naturelle, toute en simplicité, que Haley offrait aux regards. Le fait qu'elle ne se soit pas laissé impressionner, qu'elle lui ait opposé une attitude quasiment de défi, l'avait surpris, et pour tout dire émoustillé. Si l'on ajoutait à cela sa loyauté envers son travail… Chase admirait les femmes qui savaient rester concentrées.

Cependant, il ignorait toujours pourquoi elle était restée à ce point fidèle à la famille Lowell et à Black Crescent. D'après les renseignements qu'il avait recueillis à ce sujet, Haley travaillait pour eux depuis l'université. Pourquoi diable s'accrochait-elle à son job malgré un énorme scandale dans lequel Vernon Lowell avait ruiné les vies d'innombrables familles ? Comment justifiait-elle de telles actions ?

Quelles que fussent ses raisons, ce n'était pas le problème de Chase. Il avait besoin qu'elle lui fournisse des informations susceptibles de faire avancer son projet de vengeance.

Son téléphone sonna dans sa poche, mais il se contenta de l'ignorer. À cet instant, rien n'était plus important que sa soirée avec Haley. Hors du contexte de son bureau, après ses heures de travail, elle serait peut-être plus détendue, et elle se montrerait plus bavarde. Sans compter qu'il serait peut-être aussi plus facile de la déshabiller.

Chase frappa à sa porte, et, quelques instants plus tard, Haley apparut devant lui. Chase dut puiser au fond de ses réserves de volonté pour ne pas se décrocher la mâchoire de stupéfaction.

S'il l'avait trouvée sexy dans les petites robes conventionnelles qu'elle portait au bureau, cette combinaison-pantalon sans manches au décolleté plongeant la plaçait dans une tout autre catégorie. Elle portait des sandales à lanières fines qui révélaient ses orteils vernis de rouge vif… Ce rouge était un détail totalement inattendu.

Avec ses cheveux blonds ondulés et ses lèvres rouges et brillantes, Haley était totalement transfigurée.

Et, de ce fait, elle venait de bouleverser la dynamique de ce jeu. Il n'était pas venu à l'esprit de Chase qu'elle entrerait dans la bataille avec tout son arsenal de sex-appeal, mais il était plus que prêt à l'affronter. Haley n'était ni stupide ni naïve. Elle s'était habillée de cette façon dans le but évident de le désarçonner.

Eh bien, ce serait peut-être elle qui mordrait la poussière. Elle avait accepté ce rendez-vous, et cela signifiait visiblement qu'il détenait un certain pouvoir sur elle. Autrement, elle l'aurait éconduit. Chase devait absolument garder la main dans ce jeu, ou il risquait d'oublier tout ce qu'il espérait y gagner.

Faisant un gigantesque effort pour se ressaisir, Chase fit un pas à sa rencontre.

— Vous êtes sexy au-delà des mots, murmura-t-il lorsqu'elle fut tout près de lui.

— Je ne sors pas très souvent avec un homme, répondit-elle en souriant. J'ai essayé de soigner mon apparence, ce soir.

— J'apprécie énormément le résultat.

Les beaux yeux de Haley vinrent se fixer dans les siens, et ses lèvres rouges esquissèrent un sourire assassin qui lui coupa littéralement le souffle.

— Oh ! je l'ai fait pour moi, répliqua-t-elle. J'adore le sentiment de puissance que cela me procure… Pas vous ?

Elle passa devant lui pour descendre les marches du perron en ondulant des hanches, et Chase la suivit des yeux en silence. Dans quel guêpier était-il allé se fourrer ? Cette femme le provoquait délibérément et, à l'évidence, elle adorait chaque seconde de cette torture.

Chase ne savait peut-être pas comment tout ceci allait se terminer, mais, de toute évidence, il n'allait pas s'ennuyer une seule seconde en essayant de tirer les vers du nez de Haley.

La véritable question était… qui séduisait qui, en réalité ?

Haley ignorait par quel moyen Chase avait réussi à se procurer des billets pour le spectacle le plus couru de Broadway à la dernière minute, mais cela lui était égal. Ils avaient eu droit aux meilleures places de la salle, le spectacle avait été fabuleux, et, à présent, ils se promenaient parmi la foule de Times Square.

Tous les immeubles qui les entouraient scintillaient

de néons, et la douce brise de cette soirée de fin d'été caressait son visage. Autour d'eux les passants se hâtaient vers des destinations inconnues. Haley adorait cette ville, tout spécialement en été. Elle n'avait pas souvent l'opportunité d'oublier son travail pour profiter de la vie sociale que New York avait à offrir. Dès que la succession du P-DG serait assurée, elle devrait vraiment se réserver plus de temps pour elle-même, goûter à nouveau à la vie nocturne et s'amuser. Elle était encore jeune. Elle avait encore des souvenirs à se construire.

— Que diriez-vous d'aller boire un verre ? suggéra Chase.

— Je dois reprendre le travail de bonne heure, demain matin, observa-t-elle.

Il prit sa main dans la sienne, comme si c'était la suite la plus logique à donner à cette soirée. Ce soir, elle avait vraiment l'impression qu'ils vivaient un vrai rendez-vous. Chase n'avait pas dit un mot au sujet du travail, ce qui était à la fois surprenant et rafraîchissant.

— Un seul verre, promit-il. Je connais le parfait endroit.

Haley n'en était pas du tout surprise. C'était sans doute là qu'il emmenait toutes ses conquêtes. Elle n'avait pas du tout envie de rejoindre la liste – sans doute longue – de ses liaisons, et elle refusait de donner à ce moment plus d'importance qu'il ne méritait. Ce n'était… qu'un jeu.

Même si elle n'était pas très sûre de ce qu'il désirait réellement, ni de la raison pour laquelle il se donnait tant de mal pour la charmer, elle ne devait surtout pas baisser sa garde. Cependant, si, ce faisant, elle pouvait s'amuser un peu, quel mal y avait-il à cela ? Un soupçon de flirt, un peu de badinage sexuel, peut-être même une petite aventure... Mais tout ce qui se produirait arriverait selon ses propres termes, et parce qu'elle l'aurait désiré. Chase ne pouvait pas y gagner un pouvoir quelconque sur elle. Elle ne le permettrait pas.

*Oui, c'est cela. Continue à te le répéter.*

— Un verre, répondit-elle. Mais seulement parce que je n'ai plus de vin à la maison.

Ce rire grave un peu rauque, éminemment masculin, qu'elle connaissait déjà si bien, lui répondit. Sans que Haley sache trop comment c'était arrivé, ces semaines de flirt et d'innocent badinage les avaient conduits là où ils étaient ce soir, et elle ne regrettait pas d'avoir accepté. Bien au contraire. Elle restait parfaitement lucide face à cette situation et ne la prenait pas pour ce qu'elle n'était pas.

Ce que Chase recherchait, ce n'était pas une quelconque exclusivité, ou une relation sérieuse. Pas même une aventure sexuelle. Ce qu'il désirait réellement, c'était le poste de numéro un chez Black Crescent, et il faisait de vaillants efforts pour se gagner son affection dans ce but.

— Je vais noter de vous faire venir un carton de chablis demain matin à la première heure, déclara-t-il. Je connais un excellent distributeur qui se fera un plaisir de vous le livrer à votre porte demain matin à la première heure.

— C'est un peu trop, ne croyez-vous pas ? Que vais-je bien pouvoir faire de tout un carton de vin ?

— Organisez un dîner avec vos amis, suggéra-t-il. Ou alors, plus modestement, invitez une personne pour vous aider à le boire. Les verres ne sont pas obligatoires. Il est possible de déguster un bon vin de façons plus intimes.

Il lui adressa un regard qui lui donna le vertige, déclenchant dans son esprit un flot de visions, comme celle d'un ruisselet de vin doré coulant sur son corps nu et de la bouche de Chase suivant le même trajet.

— Combien d'étudiants allez-vous financer, cet automne ?

Sa question la prit au dépourvu, envoyant ses pensées dans une direction totalement différente, et elle le dévisagea.

— Pardon ?

— Avec votre association, précisa-t-il en la guidant habilement à travers un autre carrefour embouteillé, comme s'il ne venait pas d'introduire une pensée coquine dans son esprit. Combien d'adolescents avez-vous réussi à aider ?

— Oh ! heu… Dix-huit. Mais nous avons reçu d'autres demandes, et j'espère parvenir à en ajouter deux de plus.

— Entre votre association et votre travail chez Black Crescent, vous reste-t-il parfois le temps de faire quoi que ce soit d'autre ?

Haley n'avait jamais considéré le problème sous cet angle, mais, à bien y réfléchir, elle devait reconnaître que son emploi du temps était si serré qu'en réalité il ne lui restait plus une minute à elle. Elle lui sourit et haussa les épaules.

— J'adore ce que je fais, assura-t-elle. Avec mon association et chez Black Crescent. C'est la vie que j'ai choisie, et je n'y renoncerais pas pour tout l'or du monde.

— À ce que je vois, vous donnez votre temps à tous

ceux qui vous entourent. Est-ce pour cette raison que vous ne sortez pas beaucoup avec des hommes ?

Il désigna l'entrée d'un bâtiment surmontée d'une grande marquise noire et dorée. Ils étaient arrivés, et Haley réprima un soupir de soulagement. Elle n'aurait pas à se lancer dans d'ennuyeuses explications au sujet du néant de sa vie sociale. Ne pouvait-elle pas simplement adorer son travail ? Pourquoi devrait-elle défendre son style de vie face à quelqu'un qui ne la connaissait même pas ?

Chase et elle furent escortés directement au premier étage, et installés dans une salle privée avec un barman pour eux seuls. Haley n'aurait pas dû s'en étonner. Pourquoi Chase se serait-il contenté d'un tabouret devant le bar, coude à coude avec le commun des mortels, alors que l'argent lui donnait droit à l'intimité ?

Haley prit place dans le confortable box aux formes arrondies, et Chase se glissa sur le siège près d'elle, mais sans la serrer de trop près. Puis, ils passèrent leurs commandes et se retrouvèrent à nouveau seuls. Haley ne pouvait pas ignorer la délicieuse onde de désir qui la traversait tout entière. L'expression du regard de Chase posé sur elle toute la soirée, le naturel de son geste lorsqu'il s'était emparé de sa main… Au risque de passer pour une incorrigible romantique, elle ne pouvait s'empêcher de trouver du sens à ces petites choses.

Et la présence de cet homme incroyablement sexy en élégant costume assis près d'elle ne gâchait rien non plus. Difficile de désapprouver un monsieur si bien vêtu, et qui savait remplir à la perfection une veste sur mesure.

— Nous aurions pu simplement nous installer au bar, en bas, remarqua-t-elle.

Chase glissa son bras sur le dossier du siège derrière elle et lui sourit.

— Oui, c'est vrai, convint-il. Mais, alors, je n'aurais pas pu entendre ce que vous m'auriez dit. En revanche, si vous aimez la bonne musique, la salle du rez-de-chaussée est le lieu idéal. Il se trouve que je connais le propriétaire.

— Êtes-vous le propriétaire ? s'enquit-elle.

— Non, répondit Chase en riant. Mais lui et moi sommes allés à l'université ensemble.

— Harvard ? Yale ? Je ne me souviens plus du nom de l'université mentionnée dans votre CV.

— Rien d'aussi élitiste, répondit-il, tournant son regard sombre vers elle. Je suis allé à la petite université d'Ithaca grâce à une bourse de football, et j'y ai fait des études de commerce. J'étais bon élève au lycée, mais pas au point où les grandes universités se seraient battues pour ma candidature. Comme, de plus, ma famille n'aurait pas eu les moyens de m'envoyer où que ce soit sans une bourse, je suis heureux d'avoir été un bon athlète.

Intéressant. C'était une facette de lui qu'elle n'avait pas soupçonnée. Un homme né dans un foyer modeste qui avait réussi à se faire un nom, et même à devenir un magnat des affaires milliardaire, méritait le respect. Peut-être n'était-il pas l'individu à l'ego surdimensionné à qui elle avait cru d'abord avoir affaire. À présent qu'elle savait qu'il méritait amplement d'être fier de son parcours, elle ne l'en appréciait que davantage.

Le barman leur apporta leurs consommations et s'éclipsa aussitôt. Haley sirota une gorgée de son vin, puis elle tourna son verre de cristal dans sa main, avant de remarquer :

— Moi aussi j'ai étudié dans une petite université, mais je n'avais aucun talent athlétique. Mes seuls hobbys sont chanter faux sous la douche et rédiger des bilans financiers dans mon sommeil.

Chase éclata de rire. C'était un rire sincère, pas le petit rire poli de quelqu'un s'efforçant de se ménager ses grâces ou de garder toute son attention.

— Je suis certain que vous avez vos propres talents, déclara-t-il. Vous n'avez pas besoin d'être une athlète.

— J'ai joué au softball une fois, mais, pendant les entraînements, je faisais la roue sur le terrain au lieu de courir pour marquer des points. J'avais huit ans, à l'époque. Ma carrière a été très courte.

— Vous auriez pu suivre des cours de gymnastique à la place du softball, observa Chase, se retenant visiblement de rire.

— Non, répondit-elle en lui coulant un regard par-dessus le bord de son verre. Mes parents n'avaient pas les moyens de me payer des leçons. D'ailleurs, je ne m'entendais pas très bien avec eux.

Êtes-vous proches, aujourd'hui ?

— Nous avons toujours des points de vue différents.

— Ils doivent pourtant être fiers de votre parcours, remarqua-t-il en la fixant plus attentivement. Vous avez fait une brillante carrière.

— Pour eux, je ne suis qu'une petite secrétaire. Rien d'aussi brillant que la carrière de médecin ou d'avocat dont ils rêvaient pour mon frère.

— Et… Votre frère est-il devenu médecin ou avocat ?

— Non. Ils se sont sacrifiés pour lui offrir une

université prestigieuse, mais il n'a pas décroché son diplôme parce qu'il passait trop de temps à faire la fête. Mais, bien sûr, ce ne sont pas mes affaires.

— Comment peuvent-ils ne pas être très fiers du travail que vous avez accompli ? demanda Chase, étonné. Vous êtes chez Black Crescent depuis si longtemps que vous êtes devenue irremplaçable.

Haley faillit éclater de rire. Elle aussi s'était crue indispensable, mais ce n'était qu'une manifestation de son ego meurtri. Si elle s'en allait, quelqu'un d'autre la remplacerait, et la société continuerait à fonctionner.

— Vous savez vraiment comment vous faire apprécier des gens, observa-t-elle. Mais la flatterie ne suffit pas toujours à remporter la victoire.

— Non, mais mon CV impeccable s'en chargera, répliqua-t-avec un sourire charmeur, sirotant tranquillement son bourbon. Tout le monde sait que vous êtes la colonne vertébrale de toute l'entreprise. Qui sait ce qui aurait pu advenir lors de ce scandale, autrefois, si vous n'étiez pas restée à votre poste ?

— Je n'étais qu'une stagiaire, à l'époque, rappela-t-elle.

— Mais plus au courant des affaires de l'entreprise que n'importe qui d'autre, argua-t-il. Lorsque Josh a repris le poste de P-DG, c'est vous qui avez dû le mettre au courant, et lui construire une image positive auprès du public.

Haley haussa les épaules. Elle n'avait pas besoin de félicitations pour son travail. Elle aimait réellement rendre service aux autres. Le fait que le père de Josh ait été un menteur et un tricheur ne signifiait pas que Josh et ses frères doivent en payer le prix.

Cependant, en ville, tout le monde n'était pas de cet

avis. Certains blâmaient encore Josh pour les actions de Vernon. La vie de ses frères avait été passée au microscope après la fuite de leur père, mais Josh était celui qui avait fait face, qui s'était efforcé de sauver la société et de restaurer la réputation de la famille.

— Alors, que cherchez-vous vraiment ? s'enquit-elle. Désirez-vous si fort ce poste de P-DG que vous êtes prêt à faire semblant de me faire la cour ? Ou bien est-ce autre chose que vous désirez ?

Son regard s'assombrit en descendant vers ses lèvres, et elle se rendit compte tout à coup que sa question ouverte pouvait appeler trop de réponses différentes.

— Oui, Haley, c'est vrai, reconnut-il. Il y a plusieurs choses que je désire.

Et elle aurait parié qu'elles n'étaient pas sans rapport avec ces bouteilles de vin qu'il avait promis de lui faire livrer.

C'était elle qui s'était placée toute seule dans cette situation. Elle s'était demandé ce qu'elle ressentirait si elle sortait avec un homme comme Chase en sachant qu'elle avait l'avantage, car il avait besoin d'elle.

Mais était-ce toujours vrai ? Elle n'était plus aussi sûre de contrôler la situation. Si elle n'y prenait pas garde, elle risquait de finir au lit avec cet homme. Et, avec sa chance, Chase finirait aussi par devenir son patron.

Haley se pencha donc pour lui chuchoter à l'oreille :

— Le sexe ne fait pas partie des possibilités envisageables.

— Non ?

Ce regard sombre restait rivé sur sa bouche. Une partie d'elle-même désirait reprendre ses distances, consciente que Chase ne faisait pas tout cela uniquement pour ses beaux yeux. Mais elle était tentée d'ignorer ces signaux d'alarme et de voir ce qui se produirait si elle se penchait un peu plus vers lui. Achèverait-il de refermer la distance entre eux, et poserait-il ses lèvres là où étaient fixés ses yeux ? Le lui permettrait-elle ?

Oui, décida-t-elle. Sans aucune hésitation. Elle avait envie de découvrir la sensation de ses lèvres sur les siennes, de sentir ses mains glisser sur son corps nu. Ce fantasme deviendrait-il jamais réalité ?

— Je sais que je ne suis pas vraiment votre type, déclara-t-elle, ramassant son verre pour le finir d'un trait. Mais je finirai par découvrir ce que vous désirez réellement. J'ai peine à croire que vous vous donnez tout ce mal dans le seul but de décrocher un poste chez Black Crescent.

Il se rapprocha sur le siège, glissant son bras plus loin derrière son dos, et il inclina son visage vers le sien. Ses yeux presque noirs descendirent une nouvelle fois vers ses lèvres, et elle ne put s'empêcher de les humecter du bout de sa langue.

Une vague d'anticipation déferla sur elle, et le temps sembla s'arrêter. Allait-il l'embrasser, maintenant ? S'apprêtait-elle à ressentir ce contact qu'elle avait si longtemps désiré ?

— J'ai peut-être seulement envie de vous séduire, murmura-t-il tout contre ses lèvres.

Haley ne put s'empêcher de frissonner. Leur petit jeu de flirt et de séduction venait de prendre une nouvelle direction, c'était indéniable. Et elle n'était pas très sûre de ce qu'elle devait penser de cette évolution.

# - 5 -

— M'écoutez-vous ?

Sortant de sa rêverie, Haley leva les yeux vers son patron. Josh était planté devant sa table de travail, un CV à la main.

— Je suis désolée, s'excusa-t-elle. Que disiez-vous ?

— Tout va bien ? demanda-t-il, fronçant les sourcils. Vous avez l'air ailleurs, ce matin.

C'était peut-être parce que, le soir précédent, durant leur rendez-vous – mais était-ce vraiment un rendez-vous ? –, elle s'était attendue à ce que Chase l'embrasse et qu'elle était restée sur sa faim. Ou peut-être parce qu'elle devenait folle à essayer d'anticiper ce que serait sa prochaine action. Il était peut-être temps de mettre un terme à cette espèce d'égarement dans lequel elle s'était enlisée et de préserver sa santé mentale.

— Oui, tout va très bien, assura-t-elle en se levant, un sourire aux lèvres. Que disiez-vous ?

Josh la dévisagea encore une seconde, avant de baisser les yeux vers le document qu'il tenait dans ses mains.

— Je vous disais que j'aimerais organiser un second entretien avec Matt Velez. Lui et moi avions bavardé ensemble en une occasion en dehors du bureau, vous souvenez-vous ? J'aimerais le convoquer une nouvelle fois.

Haley se souvenait très bien du CV de Matt. Allison

et elle avaient passé au crible toutes les candidatures. Haley n'était pas très sûre que Matt soit le choix idéal pour le poste de P-DG, mais elle était aussi consciente que ses perceptions étaient de plus en plus influencées par ses hormones, plutôt que par son bon sens.

Elle devait à l'entreprise de faire de son mieux pour lui assurer un avenir stable, une position solide. Ce qui était en jeu, c'était son propre job, et beaucoup d'autres. Elle ne pouvait pas permettre à Chase d'influencer ses décisions par le moyen d'une offensive de charme méthodique.

— Je vais m'occuper tout de suite de le contacter, assura-t-elle. Préférez-vous que l'entretien ait lieu lundi matin, après votre téléconférence ?

— Cela ira très bien. Je sais que c'est un peu court, mais essayez de voir si Allison peut sauter dans un avion pour y assister, elle aussi. Et, comme pour tous les autres entretiens, je veux que vous aussi soyez près de moi. Vous allez devoir travailler en étroite collaboration avec mon remplaçant, et il n'est que justice que vous ayez votre mot à dire.

Haley acquiesça, heureuse qu'il tienne compte de son opinion. Mais si elle avait son mot à dire, concernant la personne avec qui elle préférerait passer la plus grande partie de ses journées et de ses soirées au bureau, ce ne serait pas Matt qu'elle choisirait.

Un homme impressionnant aux yeux brun sombre, aux cheveux châtains toujours un peu en désordre lui venait immédiatement à l'esprit. Un homme aux larges épaules, aux élégants costumes sur mesure, au regard sensuel évocateur de draps froissés et de nuits sans sommeil.

Haley ?

— Je vais l'inscrire sur mon planning, assura-t-elle, s'obligeant à revenir à la réalité et à ses responsabilités professionnelles. Pas de problème.

— Avez-vous quelque chose d'autre à me dire ? s'enquit-il, fronçant les sourcils d'un air perplexe.

Josh se souciait sincèrement de chacun de ses employés. Haley en était venue à le considérer comme un ami, une personne à qui elle pouvait faire confiance et sur qui elle pouvait compter. Mais il était impossible de lui avouer la réalité de sa situation. Il ne comprendrait pas et il n'approuverait certainement pas du tout qu'elle fréquente en privé l'un des candidats à sa succession.

Haley prit le CV qu'il lui tendait et le posa sur sa table de travail.

— Je suis un peu distraite, s'excusa-t-elle. Mais rien qui puisse affecter mon travail.

Ce n'était pas entièrement vrai, bien sûr, si l'on considérait qu'elle passait une bonne partie de son temps en rêveries, alors qu'elle aurait dû rester concentrée sur la phase suivante de l'avenir de Black Crescent.

— Vous savez que vous pouvez me parler, n'est-ce pas ? observa Josh en soupirant.

— Je pensais seulement à mon rendez-vous de l'autre soir, avoua-t-elle. J'essaie de me convaincre qu'il n'est pas l'homme qu'il me faut, mais cela devient de plus en plus difficile parce que je commence à éprouver des sentiments dont je devrais me garder.

Le regard intense de Josh fixé sur elle se transforma instantanément, et un grand sourire s'épanouit sur ses lèvres.

— Moi aussi, j'ai cru que Sophie n'était pas la

femme qu'il me fallait, répondit-il. Et pourtant, vous voyez où nous en sommes aujourd'hui. J'ignorais que vous sortiez avec quelqu'un.

Elle n'était pas très sûre, elle non plus, que ce soit le terme exact pour la relation entre Chase et elle. Il jouait avec elle, c'était presque une certitude, mais elle était humaine. Les sentiments qu'elle éprouvait pour lui étaient très réels, et il lui était impossible de les ignorer. Elle devait croire qu'il éprouvait les mêmes pour elle. Ou alors, il était un formidable acteur.

Mais cela ne signifiait nullement qu'elle puisse baisser sa garde. Chase n'était ni crédule ni stupide. En homme méticuleux, il avait certainement déjà un plan tout prêt. Elle allait seulement devoir garder une longueur d'avance sur lui.

— C'est-à-dire… Nous ne sommes sortis ensemble qu'une seule fois, expliqua-t-elle. J'ai été si occupée avec mon travail ici et avec Leaders de Demain que je n'avais plus vraiment de vie sociale, ces temps derniers. Je suis sûre que je me fais une montagne d'un rien.

— Ne sous-estimez pas le pouvoir de vos sentiments, l'avertit Josh. Vous avez droit à une vie sociale, et vous avez aussi le droit de quitter ce bureau avant la nuit, je vous le rappelle.

— J'en suis consciente, convint Haley en riant. Mais je me sentirais coupable, sachant qu'il reste tant à faire pour préparer la succession.

— Vous êtes restée fidèle à cette société lors de la catastrophe provoquée par mon père. Je ne doute pas une seconde que vous ferez en sorte que la transition se passe dans les meilleures conditions. La personne qui prendra ma place sera heureuse de vous avoir à ses côtés.

Haley ne quêtait pas les compliments. Ce n'était pas pour cela qu'elle travaillait dur, mais elle savait que celui-ci était sincère.

— Merci, répondit-elle. Je vais inscrire votre entretien sur mon agenda pour ce lundi.

— Formidable.

Josh commença à se détourner d'elle, puis il s'arrêta et il lui sourit.

— J'ignore qui cet homme peut-être, remarqua-t-il, mais il a beaucoup de chance d'avoir retenu votre attention.

Haley se contenta de hocher la tête en souriant.

Comment avait-elle pu accepter un rendez-vous avec l'un des candidats à la succession ? Et comment expliquer que, même si elle avait senti une indéniable tension sexuelle entre eux, elle n'était toujours pas convaincue que ses intentions soient totalement honnêtes ?

Le lendemain matin, Haley s'installa à sa table de travail et alluma son ordinateur. Elle n'avait pas vraiment le temps de se charger de ce travail supplémentaire à cet instant, mais elle avait besoin de creuser davantage le sujet de Chase Hargrove.

Au lieu de fantasmer à son sujet, Haley avait besoin de découvrir qui il était vraiment. Elle désirait mieux connaître l'homme derrière l'image, les réelles motivations derrière sa volonté de non seulement conquérir le poste de P-DG de Black Crescent, mais également de lui faire une cour à ce point assidue.

Elle explora une succession de sites en ligne, se plongeant dans l'univers baroque de ce célèbre investisseur international. Il avait une maison à Cannes qui lui avait coûté plus de vingt millions de dollars, et Haley se surprit à s'imaginer en train de se dorer au soleil au bord de la piscine, avant de passer précipitamment à la suite.

Elle ne parvenait même pas à s'imaginer en propriétaire d'une telle résidence, ni même avoir le temps de prendre des vacances de luxe. À l'évidence, Chase avait fait d'excellents investissements et il s'occupait bien de ses clients, pour se permettre de telles extravagances.

Et elle connaissait une partie de son histoire. Le fait qu'il soit issu d'un milieu modeste rendait sa réussite encore plus impressionnante.

Plus elle explorait son univers, et mieux elle comprenait que Chase était bien davantage que ce que révélait son CV.

Il ne portait pas non plus le nom de Chase Hargrove à sa naissance. Pourquoi diable en avait-il changé, et quand ? Il devait y avoir une histoire, là-dessous, car, apparemment, ses parents étaient toujours mariés et en vie. Ce changement de nom n'avait pas beaucoup de sens.

Une meilleure stratégie consisterait peut-être à chercher des renseignements concernant ses parents. Avait-il cessé totalement de les voir ? Il n'avait pas dit un mot à ce sujet pendant leur dîner, l'autre soir.

Encore d'autres secrets qu'elle avait besoin de découvrir.

Lorsque son téléphone sonna, Haley sursauta. Puis elle vit le nom de Chase s'afficher sur l'écran. Elle songea une seconde à laisser son répondeur prendre l'appel, mais elle était incapable d'ignorer cet homme. Cette impuissance la conduirait-elle un jour à sa perte ?

Elle essayait de se convaincre qu'elle lui cédait uniquement pour en savoir plus long à son sujet… En réalité, c'était parce qu'elle était égoïste et qu'elle désirait plus de lui. Elle aurait tout de même aimé savoir jusqu'à quel point elle était prête à céder à sa curiosité, et jusqu'où elle accepterait que ce petit jeu la conduise.

Se détournant de l'ordinateur, elle ramassa son téléphone et prit la communication.

— Bonjour, dit-elle.

— Il est presque midi, observa Chase.

Un coup d'œil à la pendule lui confirma que c'était vrai. À l'évidence, elle s'était plongée si loin dans l'univers fascinant de Chase qu'elle en avait oublié tout le reste. Mais, bien sûr, il n'était pas question de l'admettre.

— Vous marquez un point, répondit-elle. J'ai eu une matinée très chargée.

Elle avait notamment découvert qu'il n'était pas exactement celui qu'il disait être. Elle se demandait encore pourquoi, mais elle entendait bien trouver la réponse toute seule. Si elle lui posait directement la question, lui dirait-il la vérité ?

— Êtes-vous libre, ce soir ? s'enquit-il.

— Cela dépend de ce que vous proposez.

Était-ce un nouveau rendez-vous ? Tenait-elle réellement à se lier davantage avec un homme qui, à l'évidence, avait des raisons cachées de lui faire la cour ?

La réponse était oui. Elle était intriguée. Elle était charmée… et même émoustillée. Elle était simplement incapable de refouler d'aussi puissantes émotions. Chase était un homme puissant, et ce de plus d'une façon.

— J'en conclus que vous êtes libre, observa-t-il.

Sa voix grave, un peu rauque, avait un effet saisissant sur ses hormones. Des sensations qu'elle n'avait pas éprouvées depuis beaucoup trop longtemps, ce qui les rendait impossibles à ignorer.

Pourquoi ne pouvait-elle pas garder les idées claires, face à cet homme ? Pourquoi ne pouvait-elle pas tout simplement lui dire non et reprendre le cours normal de sa vie ?

Parce qu'elle ne pouvait s'empêcher d'imaginer la sensation de ses lèvres contre les siennes. Et qu'elle se demandait s'il ressentait le même désir qu'elle. En fin de compte, il n'existait qu'une seule manière de le découvrir.

— Si vous n'êtes pas ennemie des surprises, je pourrai passer vous prendre chez vous à 18 heures, ajouta-t-il.

S'adossant à son fauteuil, Haley tourna son regard vers l'écran de son ordinateur, où s'affichait la preuve qu'il n'était pas totalement honnête avec elle. Mais elle ne reculait jamais devant un défi – c'était la raison pour laquelle elle était restée chez Black Crescent même après le scandale qui avait terni la réputation de l'entreprise. Et qu'elle était restée aux côtés de Josh durant la période la plus difficile, lorsqu'il aurait été plus facile de détaler comme tous les autres.

Et donc, Haley n'avait pas l'intention de se dérober devant Chase. Tout le monde avait un squelette ou deux dans son placard, non ?

— Je serai prête, répondit-elle. Mais puis-je vous demander à quoi je dois me préparer ? Allons-nous sauter en parachute ou regarder un film ? Je dois venir convenablement habillée pour l'occasion.

Son rire grave résonna à nouveau dans son oreille, et elle fut épouvantée par la flambée d'émotions que ce simple rire pouvait déclencher en elle. Le désir.

L'excitation, l'ivresse de la séduction – bien qu'elle ne sache pas encore avec certitude lequel des deux séduisait l'autre.

— Que porteriez-vous si nous allions sauter en parachute ?

— Probablement un bandeau sur les yeux parce que je serais terrifiée, plaisanta-t-elle.

— Apportez donc ce fameux bandeau, suggéra-t-il. Nous lui trouverons sûrement un usage plus intéressant.

Une image érotique jaillit instantanément dans son esprit, et elle sut sans l'ombre d'un doute qu'il avait franchi la ligne invisible du simple flirt. Mais aussi que cela ne la dérangeait pas du tout. Elle était humaine, après tout. Elle était une femme avec des besoins essentiels. Pourquoi se refuserait-elle une petite distraction sans conséquence ?

La réponse était simple. Parce qu'un jour prochain il pourrait bien devenir son patron et qu'elle savait qu'il lui mentait, même si elle ignorait à quel sujet.

Tout cela ne suffisait pas à éteindre son désir, ou à faire cesser son attirance pour lui. Son commentaire au sujet du foulard lui faisait se demander ce que pouvaient être ses préférences au lit. Il ne serait pas inintéressant de le découvrir.

— Je serai prête à 18 heures, l'informa-t-elle. Sans bandeau.

— Cela me convient parfaitement. J'en ai quelques-uns que je vous prêterai volontiers.

Sur ces mots, il raccrocha, la laissant se demander s'il plaisantait ou pas au sujet de cette collection de bandeaux. Mais, tout au fond d'elle-même, elle savait qu'il était sérieux, et cette idée l'émoustillait encore davantage.

Comment étaient-ils passés du flirt innocent à ces sous-entendus sexuels ? Haley n'en avait pas la moindre idée, ce qui prouvait que Chase était très habile. C'était ce genre d'homme qui pouvait réellement causer des ennuis à une femme, mais… comment lui résister ?

Haley poussa un soupir et reposa son téléphone sur sa table de travail. Puis, elle se tourna à nouveau vers son ordinateur pour se replonger dans sa recherche du véritable Chase. Pourquoi avait-il changé de nom ? Sûrement pas à cause d'une brouille avec ses parents. Mais était-ce si sûr ? C'était une information qu'elle pouvait facilement vérifier.

Aujourd'hui, elle n'avait pas vraiment le temps d'approfondir ses recherches, mais son investigation n'était pas terminée pour autant. Peut-être Chase lui dévoilerait-il d'autres détails au cours de leur prochaine soirée, lui permettant de se faire une meilleure idée de l'homme qu'il était réellement, derrière son diabolique sex-appeal et son charme désarmant.

Il ne lui avait jamais vraiment précisé ce qu'ils allaient faire, ou comment elle était censée s'habiller. Mais elle adorait qu'on la surprenne, et personne ne l'avait fait depuis bien longtemps – si l'on oubliait l'avalanche de fleurs et de pâtisseries que lui envoyaient les candidats au poste de P-DG.

Refoulant l'image de Chase dans un recoin de sa conscience, Haley se concentra sur les derniers CV qu'Allison avait présélectionnés. Haley tenait beaucoup à ce que la personne qui occuperait le poste de P-DG soit le plus qualifiée possible. Elle aimait cette entreprise, et il lui faudrait travailler avec cette personne jour après jour.

Une partie d'elle-même ne pouvait s'empêcher d'imaginer Chase dans ces fonctions. Quel genre de patron serait-il ? Pourraient-ils même espérer avoir une relation de travail normale ?

Certes, sur le plan physique, ils n'avaient franchi aucune ligne rouge, mais mentalement… elle ne s'en était pas privée. S'ils finissaient au lit, comment pourraient-ils jamais redevenir simplement un patron et son assistante ?

Tout à coup, elle l'imagina balayant d'un revers de bras tout ce qui l'encombrait pour l'allonger sur son bureau directorial. Elle ne pouvait simplement pas ignorer son désir, ni les fantasmes qui revenaient dans son esprit.

Toutefois, Chase Hargrove – ou quel qu'ait pu être son nom par le passé – n'était pas encore le P-DG de Black Crescent, et cela signifiait que la chasse était toujours ouverte. S'il lui déclarait qu'il la désirait, Haley entendait bien lui montrer à quel point elle le désirait aussi. Aucun code d'éthique ne stipulait qu'il lui était interdit de fréquenter socialement un candidat.

S'il ne s'agissait que d'une sorte de petit jeu qu'il avait imaginé pour se distraire, elle le lui ferait amèrement regretter. Mais… s'il ne jouait pas ? S'il la désirait réellement, autant qu'il désirait le poste de P-DG du fonds d'investissement Black Crescent ? Ce n'était pas impossible, n'est-ce pas ?

Et, si tel était le cas, Haley avait le pressentiment que Chase Hargrove pourrait bien devenir une présence constante dans sa vie… d'une manière ou d'une autre.

# - 6 -

Haley se pelotonna sur son canapé, ramenant ses jambes sous elle. Comme dans la plupart des entreprises pratiquant des horaires d'été, le vendredi, les employés de Black Crescent ne travaillaient qu'une demi-journée. Après sa conversation au téléphone avec Chase, Haley expédia quelques tâches urgentes, puis elle rangea ses affaires et rentra chez elle pour l'après-midi.

Elle profita de ce temps de liberté pour boucler quelques dossiers pour Leaders de Demain, mais, lorsqu'elle eut terminé, il restait encore plusieurs heures avant son rendez-vous avec Chase.

Un temps employé avec profit, car elle apprit bien davantage à son sujet qu'elle ne l'aurait cru possible.

Elle fixa l'écran de l'ordinateur, abasourdie par toutes les informations qu'elle venait de glaner. Les questions qu'elle se posait au sujet des motivations de Chase avaient trouvé une réponse, mais elle n'en éprouvait aucune satisfaction et elle regrettait presque d'avoir fouillé dans son passé.

Le père de Chase, Dale Groveman, avait autrefois été en affaires avec Vernon Lowell. Lorsque le scandale de Black Crescent avait explosé, Vernon l'avait apparemment désigné comme son complice, et Dale avait été jeté en prison.

D'après les informations que Haley avait pu recueillir,

c'était à cette même époque que la maman de Chase avait dû quitter leur somptueuse résidence à la campagne pour un petit appartement dans un quartier peu reluisant. Peu de temps après, elle avait été admise dans une clinique psychiatrique, mais ses dossiers étaient confidentiels. Haley imaginait aisément qu'elle avait fait une dépression, car, apparemment, elle avait toujours été en bonne santé avant ces événements.

Sa famille avait tout perdu, et Chase cherchait sûrement à se venger. Le cœur de Haley se serrait en pensant aux souffrances qu'ils avaient endurées, comme tant d'autres familles ruinées par les actions de Vernon Lowell. Mais Chase se servait-il d'elle pour sa croisade ? S'intéressait-il à elle sur le plan personnel, ou ne voyait-il en elle qu'un instrument pour accomplir son plan, qui était peut-être de détruire l'entreprise qu'elle aimait depuis si longtemps ?

Haley referma son ordinateur portable. Elle ne voulait pas en voir davantage. Elle en savait déjà assez pour se sentir totalement désorientée. Une sourde angoisse lui étreignait le cœur, et elle craignait qu'elle ne disparaisse pas de sitôt. Elle s'était laissé entraîner dans cette intrigue, et elle s'en voulait d'avoir été aussi naïve, mais, tout au fond de son cœur, il lui restait encore une lueur d'espoir. Chase ne lui faisait peut-être pas seulement la cour par calcul. Il s'intéressait peut-être sincèrement à elle. C'était possible, en tout cas. Son désir de vengeance aurait-il fait de lui un si brillant acteur ?

Chase s'était-il tourné vers elle uniquement parce qu'il pensait qu'elle faciliterait son accès au poste qu'il convoitait ? La trouvait-il réellement attirante en tant que femme, ou n'était-ce qu'une comédie ?

Seul le temps le dirait, car elle ne pouvait tout de même pas lui poser directement la question. Elle allait devoir faire preuve de finesse et se montrer très circonspecte.

Haley se sentait profondément blessée, mais elle en avait l'habitude. Aussi loin qu'elle remonte dans ses souvenirs, les gens l'avaient sous-estimée. Ses parents ne la croyaient pas aussi intelligente, aussi brillante que son frère, et c'est pourquoi ils avaient investi tout leur argent dans ses études à lui, et qu'elle avait dû se débrouiller seule.

Lorsqu'elle avait débuté comme stagiaire au fonds d'investissement Black Crescent, on la considérait comme une jeune blonde aux jolies jambes. Quelles compétences pouvait-on espérer d'elle ?

Cependant, elle avait fait sa place dans l'entreprise. Aujourd'hui, elle était sa plus ancienne employée, et le bras droit du P-DG. Haley était très fière de ce qu'elle avait accompli. Certes, ses qualifications auraient pu lui permettre de trouver facilement un emploi ailleurs, mais elle aimait cette entreprise, qui lui avait toujours accordé le temps libre dont elle avait besoin pour sa chère association.

Puis, elle songea de nouveau à Chase. Elle ignorait toujours pourquoi il avait changé de nom, ou ce qu'il projetait exactement, mais il n'était pas question de lui laisser faire tout ce qui lui plaisait, et surtout pas de faire du mal à cette entreprise de quelque manière que ce soit.

Retourner la situation ne serait pas facile, mais elle acceptait le défi. Et, tout d'abord, elle allait se préparer pour ce rendez-vous en utilisant toutes les armes de son arsenal. Une tenue osée, des talons hauts ultra-sexy…

Et s'il souffrait un peu, c'était tant mieux, car, de cette façon, elle contrôlerait la situation, À présent qu'elle savait ce qui le motivait, c'était elle qui avait l'avantage.

Si seulement elle connaissait son plan exact…

Posant son ordinateur sur la table basse, Haley se dirigea vers sa salle de bains. Un bon bain moussant la relaxerait et contribuerait à lui rendre sa sérénité, car elle avait le pressentiment qu'elle s'apprêtait à plonger dans une tempête d'une ampleur mémorable.

— C'était une soirée fabuleuse !

Haley rayonnait. Elle arborait un sourire lumineux, ses yeux brillaient comme des étoiles, et elle paraissait parfaitement détendue… exactement ce qu'il avait espéré.

Naturellement, il était lui-même très loin de ressentir la même sérénité depuis qu'il était passé la chercher chez elle et qu'elle lui était apparue dans une autre de ses combinaisons- pantalons à damner un saint. Celle-ci laissait son dos exposé, révélant généreusement une peau d'ivoire soyeuse. Les jambes du pantalon étaient fendues jusqu'aux cuisses, et, lorsqu'elle s'était installée dans le fauteuil voisin du sien, dans la salle de cinéma, le tissu s'était écarté, et il avait eu toutes les peines du monde à s'empêcher de glisser sa main dans cette ouverture, pour voir jusqu'où elle était prête à le laisser aller.

Il s'était lancé dans cette comédie quelques mois auparavant avec un flirt innocent, mais il n'avait jamais anticipé l'effet que la compagnie de Haley Shaw aurait sur lui en tant qu'homme.

Lorsqu'il avait commencé sa campagne d'anéantissement des Lowell, il était loin de se douter qu'elle le conduirait à rencontrer une personne aussi fascinante, aussi sexy que Haley. Elle représentait un véritable défi, et, en d'autres circonstances, il aurait été ravi de sortir avec elle et de lui faire la cour comme il se doit. Il n'aurait pas ressenti cette satanée culpabilité qui faisait obstacle à ses projets.

Il la désirait, conclut-il, réprimant un soupir. Et cela n'avait aucun rapport avec le travail ou avec son projet de vengeance. Elle l'intriguait, faisait flamber son désir, et elle s'était glissée dans ses pensées comme aucune autre femme avant elle.

Chase prit sa main dans la sienne, et ils retournèrent ensemble à sa voiture. Il avait donné quartier libre à son chauffeur pour le reste de la soirée, car il avait besoin d'une intimité totale avec Haley.

— Je n'ai fait que vous emmener voir un film, observa-t-il.

— Pas n'importe quel film, rappela-t-elle. C'était l'avant-première de ce qui sera le plus grand succès de la saison. Comment avez-vous réussi à obtenir des billets pour cette projection privée ?

— Je suis heureux que le film vous ait plu. En fait, le réalisateur est un ami très proche.

Alors qu'ils atteignaient la voiture, Chase la fit pivoter d'un geste fluide pour l'adosser à la portière, et, se penchant vers elle, il posa ses mains sur la carrosserie, de part et d'autre de ses épaules.

Elle leva un regard surpris vers lui, puis ses yeux descendirent vers sa bouche. Une vague de désir brûlant déferla sur lui, mais il garda le contrôle de ses émotions.

— Allez-vous m'embrasser, à présent ? s'enquit-elle d'un ton de défi, réprimant visiblement un sourire.

— Il est temps, ne croyez-vous pas ?

— Plus que temps.

Chase se pencha encore vers elle, surpris et totalement émoustillé lorsqu'elle recueillit son visage entre ses mains fines pour attirer ses lèvres contre des siennes. Puis, elle glissa ses doigts délicats dans ses cheveux, et elle l'embrassa comme si elle avait attendu cet instant avec une fiévreuse impatience.

Il comprenait ce désir dévorant, car il reflétait le sien. Depuis qu'il l'avait vue pour la première fois au bureau dans un tailleur strict, jusqu'à cet instant où elle s'était transformée en tentatrice pour leur soirée ensemble, Chase avait déployé des trésors de retenue pour ne pas la dévorer de baisers.

Au diable ce poste de P-DG, et au diable sa vengeance. Il désirait Haley avec une passion qu'il n'avait jamais ressentie pour aucune autre femme. Pourquoi elle ? Pourquoi maintenant ? Il était supposé se concentrer sur le plan qu'il préparait depuis des années. Il avait attendu pendant des années la parfaite opportunité d'infiltrer Black Crescent, et elle était arrivée… si ce n'est que cette sensuelle distraction faisait obstacle à son projet. Il devait se ressaisir. Une aventure sexuelle avec la ravissante assistante de son ennemi ne faisait pas partie de son plan.

Chase laissa glisser ses doigts sur la peau satinée de ses bras nus, et cette caresse la fit frissonner, une réaction qui se répercuta aussitôt dans son propre corps. Il avait cru pouvoir contrôler ce baiser, mais il n'en était plus aussi certain.

Comment était-il possible qu'une femme ait un tel pouvoir sur lui ? Comment pouvait-elle lui faire oublier ses objectifs, ses plans de vengeance et de rédemption méticuleusement échafaudés ?

Parce qu'elle était fabuleusement sexy. Parce qu'elle était farouchement loyale – un trait de caractère qu'il comprenait et appréciait. Et parce qu'elle bousculait ses certitudes comme aucune autre femme ne l'avait fait avant elle.

Caressant toujours ses cheveux, Haley aligna leurs deux corps de telle sorte qu'elle ne pouvait pas manquer de sentir qu'il était sexuellement très excité.

Chase laissa descendre ses mains jusqu'à ses hanches, et il les étreignit vigoureusement, la serrant plus fort contre lui. Il avait très envie d'elle, mais ce parking n'était certainement pas le lieu idéal pour de telles étreintes. Il avait seulement eu l'intention de l'embrasser pour calmer un peu le feu de la passion. Mais, en réalité, il n'avait fait que jeter de l'huile sur les flammes.

Il s'obligea à s'écarter d'elle. Haley releva lentement ses paupières, et elle leva un regard chaviré vers le sien.

— C'était un moment intense, murmura-t-elle. Et trop longtemps attendu.

Chase était du même avis, cependant il se garda bien de le reconnaître. Il devait garder les idées claires. Rester concentré. Mais Haley était charmante, bien plus qu'il ne s'y était attendu. Il avait fait sa petite enquête au sujet de l'association qu'elle avait fondée, et tout le monde s'accordait à dire d'elle qu'elle avait un cœur d'or.

Il ne voulait à aucun prix qu'elle devienne une victime collatérale de sa colère et de sa vengeance. Il avait un compte à régler avec Vernon Lowell lui-même, mais, puisque le vieux salopard se terrait quelque part depuis quinze ans, Josh était le prochain sur la liste. La famille comptait d'autres héritiers mâles, mais c'était Josh qui avait repris les rênes de l'entreprise du papa.

— Êtes-vous prête pour la phase 2 de la soirée ? demanda-t-il.

— Ce baiser n'était donc qu'une première étape ? répliqua-t-elle, soutenant son regard.

Chase ne put s'empêcher d'éclater de rire. Son attitude effrontée faisait flamber son désir. À tout autre moment dans sa vie, il aurait adoré voir jusqu'où cette femme de feu l'entraînerait, mais il devait absolument s'en tenir à son plan.

— En fait, nous avons des réservations, et nous allons être en retard si nous ne nous mettons pas en route.

— Serait-ce si grave ? murmura-t-elle en posant doucement ses mains sur ses épaules.

Pour être honnête, il était plus que prêt à tirer un trait sur leur dîner et leurs réservations. Il ne désirait rien davantage que de se retrouver seul avec elle, sans aucune distraction, aucune force extérieure qui vienne lui rappeler toutes les raisons pour lesquelles ils ne devraient pas devenir intimes.

S'ils s'étaient rencontrés dans des circonstances différentes, elle aurait déjà été dans son lit. Mais il l'avait dupée depuis le début et, parce qu'il la respectait en tant que femme, il lui avait soigneusement dissimulé son désir le plus longtemps possible.

Mais, tôt ou tard, ils allaient arriver au point de rupture, et il avait le pressentiment que cet instant viendrait plutôt tôt que tard.

— Être en retard ne serait pas très grave, répondit-il enfin. Mais, lorsque je vous ferai mienne, cela ne sera pas rapide, et cela ne se passera pas dans un parking.

Il ne manqua pas de noter que ses pupilles s'étaient dilatées lorsqu'elle avait entendu cette affirmation. Il était devenu inutile d'essayer de se cacher plus longtemps la vérité, car ils désiraient tous deux la même chose, et il n'avait pas l'intention de nier plus longtemps la brûlante attirance qu'ils éprouvaient l'un pour l'autre.

— Vous êtes terriblement sûr de vous, remarqua-t-elle, esquissant un sourire.

— Ou alors, je suis peut-être sûr de vous, répliqua-t-il, déposant un bref baiser sur ses lèvres avant de la libérer. Vous êtes une femme qui poursuit activement ce qu'elle désire. N'ai-je pas raison ?

Elle le dévisagea un instant, et une émotion qu'il ne parvint pas tout à fait à identifier brilla au fond de ses yeux.

— Vous ne savez pas à quel point vous avez vu juste, répondit-elle d'une voix douce.

En l'aidant à s'installer dans sa voiture, Chase ne pouvait s'empêcher de se demander à quel instant il avait perdu le contrôle de cette situation. S'il ne se reprenait pas très vite, il allait se retrouver perdu, emporté dans le monde de Haley… où il n'avait absolument aucun droit de pénétrer.

# - 7 -

— Cette vue est à couper le souffle.

Depuis leur table au second étage du restaurant The Pavilion, Haley contemplait le panorama époustouflant des gratte-ciel de Manhattan qui se découpaient dans le rougeoiement du soleil couchant. Il y avait quelque chose de très intime dans le fait de dîner en tête à tête dans un luxueux restaurant à la fin d'une journée.

Haley était venue dans cet établissement en une seule autre occasion, pour le mariage d'une amie de l'université, mais elle avait toujours rêvé d'y revenir dans le cadre d'un rendez-vous romantique.

Elle n'était pas très certaine que cette occasion puisse être classée dans ladite catégorie, mais elle remplissait tous les critères d'un rendez-vous prometteur – un homme sexy, un coucher de soleil, un bon dîner et du bon vin.

— Je suis tout à fait d'accord avec vous, répondit-il.

Haley tourna à nouveau les yeux vers Chase, et elle nota qu'il ne regardait pas du tout le paysage. Il la fixait, elle, avec, dans ses yeux, un désir qu'elle ne reconnaissait que trop bien.

Elle n'aurait pas dû se laisser convaincre par ses beaux discours, mais elle n'y pouvait rien. Il était expert en la matière. Ce baiser lui avait fait désirer bien davantage, même si elle savait que c'était une erreur.

Haley ignorait quel pouvait être son plan. Elle allait devoir rester attentive, ou quelqu'un souffrirait.

Elle devait en apprendre davantage à son sujet, décida-t-elle. S'efforcer de mieux connaître cet homme, qui était plus mystérieux qu'elle ne l'avait cru au premier abord. Prenant une profonde inspiration, elle se pencha vers lui et le regarda bien en face

— Expliquez-moi pourquoi vous désirez tant devenir P-DG du fonds d'investissement Black Crescent.

Si Chase fut surpris, il n'en laissa rien paraître. Au lieu de cela, il esquissa un sourire en coin, et soutint tranquillement son regard. C'était ce redoutable mélange qui l'avait conduite là où elle en était. Il lui était impossible d'ignorer ses beaux discours et son charme diabolique.

D'accord, elle était humaine. Et alors ? Aucune femme de sa connaissance ne serait capable de repousser les avances de Chase Hargrove.

— Sommes-nous déjà sur le point de commencer notre second entretien de sélection ? s'enquit-il.

— Pas du tout, assura-t-elle en haussant les épaules d'un air dégagé. Je suis seulement la femme avec qui vous sortez ce soir et qui essaie de mieux vous connaître.

Chase s'adossa à sa chaise sans la quitter du regard, avant de déclarer :

— Au cours des dernières années, j'ai beaucoup voyagé, et j'ai créé bon nombre de sociétés d'investissement. Je sais ce qu'il faut faire pour assurer leur succès, et Black Crescent est située dans la ville de mon enfance. J'aime bien les gens d'ici et, un jour, j'ai bien l'intention de m'y établir à demeure.

S'y établir ? Elle n'avait pas envisagé cette éventualité.

Un homme comme Chase Hargrove semblait davantage du genre à s'amuser avec la jet-set et à collectionner les conquêtes qu'à conduire ses enfants à l'école en minibus.

— Avez-vous aussi l'intention de vous glisser dans le rôle d'un père de famille ?

— Un jour, certainement, répondit-il en souriant. La famille est très importante pour moi. Et cela ferait certainement le bonheur de ma mère, qui me rappelle souvent qu'elle n'a toujours pas de petits-enfants.

Ainsi donc, il n'était pas en rupture avec sa famille. Une autre pièce du puzzle se mettait en place. Et il venait de lui offrir une parfaite ouverture pour sa prochaine question, même s'il lui fallut un instant pour retrouver la parole, car l'image de Chase dans le rôle de papa venait de s'imposer dans son esprit, le rendant encore plus sexy à ses yeux.

— Alors, pas de frères ou de sœurs ? demanda-t-elle en tendant sa main vers son verre de vin. Étiez-vous un petit garçon gâté ?

Elle s'efforçait de garder un air serein, mais elle se sentait terriblement nerveuse. Entre une attirance mutuelle de plus en plus évidente, cette constante tension entre eux et les mystères qui entouraient encore Chase et son plan, Haley ne savait plus quelle émotion l'emporterait sur les autres. Elle avançait en territoire inconnu, mais elle devait rester loyale à Black Crescent et à Josh. Pour elle, ils étaient comme une famille, et elle devait les protéger à tout prix – même si cela signifiait sacrifier son propre bonheur.

Pourtant, lorsque Chase l'avait embrassée, elle s'était sentie perdue. Le contact de ses lèvres, de ses mains, lui avait fait oublier qu'elle devait absolument découvrir toute la vérité à son sujet.

— Pas vraiment, répondit-il. Ma mère était issue d'une famille nombreuse, et même si, après ma naissance, elle n'a pas pu avoir d'autres enfants, je faisais ma part de corvées dans la maison. Mais c'est peut-être justement la raison pour laquelle je désire fonder une famille. J'ai envie d'avoir une épouse et une flopée d'enfants autour de moi.

— Un jour, observa-t-elle en souriant.

Le plus absurde, c'est qu'une foule d'images défila instantanément dans son esprit, où c'était elle-même qui tenait le rôle de ladite épouse. Elle n'était pas prête pour le mariage. Elle avait déjà à peine le temps de faire sa lessive. Comment pourrait-elle s'engager dans une relation à long terme ? S'occuper des enfants ? Elle adorait sa carrière et elle n'avait donc jamais beaucoup réfléchi à la possibilité de fonder une famille.

Compte tenu de son histoire personnelle, elle ne saurait même pas quoi faire d'une famille à elle. Saurait-elle même se montrer affectueuse ? Serait-elle capable d'offrir soutien et amour à ses enfants ? Elle aurait aimé pouvoir répondre par l'affirmative, mais elle n'en était pas sûre. Dans son passé, elle n'avait pas eu beaucoup de modèles pour l'inspirer.

— Alors ? s'enquit-elle en tournant son verre dans sa main. Êtes-vous proche de vos parents ?

Le dîner avait été servi, puis la table débarrassée depuis longtemps. Cependant, ils restaient à leur table, à bavarder en sirotant leurs verres. Haley n'était pas pressée de voir cette soirée se terminer. Elle devait reconnaître qu'elle appréciait la compagnie de cet homme mystérieux et follement sexy.

— Très proche, répondit-il. Il y a quelques années de cela, ma mère a été longtemps malade, et, à cette époque-là, mon père n'était pas en mesure de s'occuper d'elle. Cela a été une période difficile pour nous tous, mais je pense que nous en sommes sortis encore plus soudés.

À l'évidence, il faisait allusion à la période qu'elle avait explorée dans ses recherches, lorsque sa mère avait dû s'installer dans un minuscule appartement, tandis que son père était emprisonné. Haley ignorait encore de quelle maladie sa mère avait souffert, mais elle avait quelques soupçons.

— Votre mère a-t-elle retrouvé la santé ? demanda-t-elle, sincèrement intéressée.

— Maman est extraordinaire, déclara Chase en soupirant. Toute ma famille a rebondi. Il n'y a pas grand- chose qui puisse nous abattre très longtemps.

— La détermination est une qualité essentielle pour diriger une entreprise, observa-t-elle.

Il lui adressa un sourire, puis il tendit sa main à travers la table pour la poser sur la sienne.

— Je ne me suis jamais senti aussi déterminé qu'aujourd'hui, déclara-t-il.

Son regard rivé sur elle et la conviction avec laquelle il lui avait adressé cette remarque étaient profondément déstabilisants, et Haley n'était plus certaine qu'ils parlent encore des affaires de Black Crescent.

— Que diriez-vous de poursuivre cette conversation chez moi ? suggéra-t-il.

Ces yeux hardis la tenaient encore en leur pouvoir,

et elle se surprit à acquiescer avant d'avoir vraiment réfléchi aux raisons pour lesquelles ce n'était pas une bonne idée.

— Pourquoi devrais-je accepter ? s'enquit-elle. Il n'est pas impossible que vous deveniez un jour mon patron si tout se passe comme vous l'avez projeté.

Se penchant davantage au-dessus de la table, il entremêla ses doigts aux siens, avant de murmurer :

— J'ai assisté au coucher du soleil en votre compagnie et, à présent, je voudrais le voir se lever auprès de vous.

Son cœur manqua un battement, et quelque chose se mit en place… qui lui avait manqué sans qu'elle en soit consciente. Ce n'étaient pas seulement les propos torrides, c'était le simple fait qu'elle désirait cet homme. Elle l'avait désiré depuis l'instant où il était entré dans son bureau pour la toute première fois. Elle le désirait déjà lorsqu'ils échangeaient des plaisanteries au sujet d'un bouquet fait de surligneurs multicolores. Et elle le désirait parce qu'elle devinait en lui une totale détermination, et que c'était un trait de caractère qu'ils partageaient.

Ils attendaient peut-être des choses totalement différentes de la vie, et il projetait peut-être d'anéantir l'entreprise qu'elle aimait tant. Mais il ne s'agissait ici que d'une seule nuit. Le sexe n'avait aucun lien avec son travail, et elle avait tout de même droit à une vie sociale, n'est-ce pas ?

Pour une fois, elle était prête à mettre sa carrière entre parenthèses le temps d'une nuit. Demain, elle repartirait à la recherche des secrets de Chase et des motivations qu'il dissimulait. Et, qui sait ? Chez lui, elle découvrirait peut-être de nouveaux indices. Il laisserait peut-être échapper par mégarde des informations susceptibles de l'aider à résoudre ce mystère.

Haley n'avait pas renoncé à découvrir ce qu'il mijotait, mais elle n'avait pas non plus renoncé à vérifier où cette attirance pourrait les conduire. Leur désir mutuel était trop fort, trop irrésistible. Elle étreignit doucement sa main, et elle lui sourit.

— J'adorerais assister au lever du soleil en votre compagnie, répondit-elle.

Chase n'avait pas prévu d'inviter Haley à venir chez lui. Mais elle était si belle, dans les derniers rayons du soleil couchant, qu'il en avait eu le souffle coupé.

Ses origines modestes, sa loyauté et sa détermination la rendaient encore plus désirable à ses yeux. À son grand étonnement, elle devenait rapidement quelqu'un avec qui il avait envie de passer du temps. Avec qui il avait envie *d'être*. Et ces nouvelles émotions qu'il se découvrait étaient absolument sans aucun rapport avec Black Crescent.

Il savait qu'il la désirait. Cela n'avait jamais été mis en doute. Mais il ne voulait pas non plus qu'elle puisse sortir meurtrie de leur relation. Car rien au monde ne l'empêcherait d'accomplir sa vengeance contre les Lowell. Absolument rien.

À ce stade de la partie, tout ce qu'il pouvait faire pour elle, c'était s'assurer qu'elle ne se trouve jamais directement dans la ligne de feu. Lorsqu'il aurait enfin détruit Black Crescent, il veillerait à ce qu'elle ait un poste à responsabilités très bien rémunéré au sein de l'une de ses sociétés. Il la respectait et il avait confiance en elle. Haley n'avait joué aucun rôle dans le scandale que Vernon Lowell avait orchestré.

Chase arrêta sa voiture dans l'allée de sa maison bâtie sur trois niveaux, perchée sur la falaise au-dessus de la rivière, et il chassa l'image de Vernon de son esprit. Cette vieille fripouille avait été au centre de ses pensées durant toutes ces années et l'objet principal de son plan de vengeance. Mais, ce soir, Chase ne voulait songer qu'à cette beauté près de lui, et au moment où elle serait enfin dans son lit.

Il allait enfin pouvoir lui ôter tous ses vêtements, comme il en avait envie depuis la première fois où il avait posé les yeux sur elle. Il adorait son style – conservateur durant la journée, et plus sensuel, plus coquin, dès la nuit tombée.

La femme idéale… À supposer qu'il soit à la recherche d'un tel oiseau rare.

Chase rentra la voiture dans le garage et referma la porte coulissante avec sa télécommande avant de couper le moteur. Puis, il se tourna face à Haley. L'intérieur de la voiture n'était éclairé que par le plafonnier du garage, mais c'était plus que suffisant pour qu'il reconnaisse sans l'ombre d'un doute le désir qui brillait dans ses beaux yeux.

— Êtes-vous certaine de désirer ceci ? s'enquit-il, peu désireux de lui imposer une situation pour laquelle elle n'était pas prête.

Sans un mot, Haley se pencha par-dessus la console centrale et, glissant sa main derrière sa nuque, elle l'attira à elle. Sa bouche vint se poser sur la sienne.

Dans cet espace confiné, Chase n'avait pas assez de place pour la caresser comme il le voulait, comme il en mourait d'envie depuis des semaines. Il leva toutefois une main pour effleurer sa joue, puis, laissant glisser lentement ses doigts sur la colonne de son cou, il glissa sa main dans l'échancrure en V de son haut.

Il la sentit trembler sous ses caresses, et une vague de désir déferla sur lui. Il avait hâte de sortir de cette voiture, d'emmener cette femme qu'il voulait plus que tout au monde là où il serait libre de ses mouvements.

À cet instant précis, il la désirait davantage que n'importe quelle vengeance… et c'était un jeu extrêmement dangereux pour lui-même.

Reprenant ses distances avec elle, Chase repoussa tendrement une mèche de cheveux tombée sur son visage. Son souffle tiède lui fit l'effet d'une caresse. Le goût de sa bouche qu'il sentait encore sur ses lèvres le rendait encore plus impatient d'entrer avec elle dans la maison.

Il descendit de la voiture, et il en fit rapidement le tour pour l'aider à descendre, mais elle ne l'avait pas attendu. Debout près de la portière, elle le contemplait comme s'il était son rêve devenu réalité. Ce sentiment était partagé. Il nota que ses lèvres étaient toutes gonflées de son baiser. Il avait hâte d'explorer plus avant sa passion, de la voir se pâmer sous ses caresses.

Haley glissa sa main dans la sienne, et il l'entraîna à l'intérieur de la maison. Les éclairages programmés s'allumèrent un à un tandis qu'ils gagnaient le salon en contrebas, au mur du fond entièrement vitré. Le soleil était presque couché, et les lumières scintillantes sur l'autre rive du fleuve se reflétaient dans l'eau sombre.

— Vous avez une maison fabuleuse, déclara-t-elle d'un air surpris et impressionné.

Sans qu'il comprenne trop pourquoi, ce compliment le rendit fier comme un paon. C'était peut-être parce que sa famille avait tout perdu, y compris sa fierté, aux mains de la société à laquelle Haley accordait sa loyauté avec un tel entêtement.

Refusant de se laisser abattre comme ses parents, Chase avait employé toutes ses forces à se hisser à nouveau jusqu'au sommet. Lorsque son père avait été jeté en prison et que sa mère avait sombré dans la dépression, leurs comptes bancaires avaient été vidés, et leur résidence saisie. Lors de ce désastre, Chase s'était juré de ne plus jamais, au grand jamais, dépendre de qui que ce soit. De ne plus jamais permettre à quiconque d'avoir un tel contrôle sur sa vie, de ne plus jamais prendre le risque que tout ce qu'il possédait lui soit repris en une affreuse seconde.

— C'est cette superbe vue qui m'a convaincu d'acquérir la maison, déclara-t-il, désignant l'impressionnante baie vitrée.

Haley descendit au niveau du salon et traversa la pièce pour se planter devant le mur de verre. Le reflet dans la vitre offrit à Chase une rare occasion d'admirer cette remarquable beauté simultanément de face et de dos.

Elle resta là un moment, à contempler le paysage extérieur, avant de tourner la tête pour le regarder par-dessus son épaule.

— Amenez-vous souvent des femmes ici pour les séduire ?

— Je ne suis pas certain que ce soit moi le séducteur, ici, répliqua Chase, souriant malgré lui.

— Vous avez très habilement esquivé ma question, mais je vais prendre votre réponse pour un compliment.

Chase n'en doutait pas une seconde. Haley aimait conserver son pouvoir de décision autant que lui.

Une femme exigeante, certainement employée très en dessous de ses capacités chez Black Crescent. Se rendaient-ils seulement compte du trésor de dynamisme qu'ils comptaient dans leurs rangs ? Chase ne l'avait rencontrée qu'en quelques occasions, et il savait déjà qu'elle était digne d'occuper un poste plus élevé. Avec, bien sûr, un salaire à la mesure de son talent. Il n'avait aucune idée de l'état des finances de Haley, mais elle méritait mieux. Une personne comme elle dans son équipe serait un atout inestimable.

Car il avait bien l'intention de l'intégrer dans son équipe.

Et de l'avoir dans son lit.

Deux scénarios totalement différents, certes, mais il la désirait de toutes les manières possibles. À présent, il ne lui restait plus qu'à trouver un moyen de s'assurer qu'elle ne le haïrait pas lorsque tout ceci serait terminé. C'était la dernière chose au monde qu'il désirait.

— Pourquoi me regardez-vous ainsi ?

Cette question le ramena brusquement à la réalité, et il se rendit compte qu'elle le fixait toujours par-dessus son épaule.

— Peut-être parce que j'aime beaucoup vous avoir ici, répondit-il, et que j'essayais de graver cet instant dans ma mémoire.

Haley pivota face à lui, et, croisant ses bras sur sa poitrine, elle esquissa une moue.

— Vous entraînez-vous devant le miroir chaque matin pour préparer ces répliques charmantes, ou les compliments sont-ils simplement dans votre nature ?

— Je n'ai aucun besoin de m'entraîner, assura-t-il en s'avançant vers elle pour caresser sa joue, incapable de supporter plus longtemps cette distance entre eux. Lorsque je vous vois, une force mystérieuse m'entraîne vers vous.

Une ombre traversa son regard, mais ce n'était pas du désir. Culpabilité ? Inquiétude ? Il portait en lui une bonne dose de l'une et de l'autre, mais ces émotions n'avaient pas leur place ici. Pas ce soir.

— Je ne me l'explique pas non plus, répondit-elle. Mais je sais ce que je veux et, à cet instant, je me fiche totalement de toutes les autres forces extérieures.

Une autre similitude entre eux. Ils se désiraient passionnément, et ils n'avaient même pas encore ôté leurs vêtements. Il était impatient de la voir couchée dans son lit, de faire flamber ce feu qu'il devinait chez elle, et de réaliser tous ses rêves érotiques.

— Rien n'est plus sexy qu'une femme qui sait ce qu'elle désire, murmura-t-il, l'entourant de ses bras pour jouer avec la ceinture de sa combinaison-pantalon. Avez-vous choisi de porter cette tenue pour me rendre fou ?

— Ce n'est pas impossible, répondit-elle avec un sourire de tentatrice. Ai-je réussi ?

Il tira sur la ceinture d'un geste décidé, et le vêtement glissa, découvrant ses magnifiques seins.

À présent nue jusqu'à la taille, Haley resta simplement plantée devant lui, son regard ancré dans le sien, visiblement confiante en sa beauté radieuse et en sa sexualité.

— Parfaitement réussi, confirma-t-il, posant sa bouche sur la sienne.

# - 8 -

Haley noua ses bras autour du cou de Chase, et elle cambra son corps contre le sien. Rêvait-elle, ou était-ce la réalité ? Allait-elle le permettre ?

Oui, mille fois oui !

Son travail n'avait plus aucune importance à cet instant. La succession au poste de P-DG non plus. Et les signaux d'alarme que lui envoyait son cerveau, lui criant que, sur le long terme, ce qu'ils s'apprêtaient à faire était une très mauvaise idée, pas davantage.

Ce qui comptait, c'était que Chase et elle étaient des adultes. Deux adultes extrêmement consentants qui réalisaient leurs désirs. Elle était venue ici en sachant parfaitement ce qui allait se produire. Il lui avait été impossible de résister à la promesse de voir le soleil se lever depuis son lit. Mais ce qui l'avait vraiment convaincue de l'accompagner chez lui après leur soirée, c'était l'anticipation de toutes les choses merveilleuses et excitantes qui allaient se produire entre cet instant et le lever de soleil.

— Voilà des semaines que j'attends ce moment, murmura-t-il tout contre ses lèvres. Je voulais prendre tout mon temps, mais j'ai trop envie de vous.

Ce sentiment était mutuel. Il lui importait peu qu'il choisisse la lenteur ou la passion. Elle désirait seulement qu'il agisse, avant que ce désir qui la consumait ne devienne insupportable.

Chase s'écarta d'elle pour river son regard au sien, ses mains parcourant lentement son dos. Puis, sous ses paupières lourdes, ses yeux descendirent vers ses seins nus. Sous ce regard incandescent, elle se sentait belle et sensuelle, elle avait la sensation d'être la femme la plus désirable de l'univers.

Avec une audace dont elle n'était capable qu'avec lui, Haley s'attaqua aux boutons de sa chemise, les défaisant lentement un par un. Chase ne la quittait pas du regard tandis qu'elle dévoilait peu à peu un torse hâlé couvert d'une légère toison sombre. Puis, elle écarta les pans de sa chemise et la tira hors de la ceinture de son pantalon.

Des mains fiévreuses s'animèrent, et, avec des rires étouffés, ils s'arrachèrent mutuellement tous leurs vêtements en un instant, les éparpillant tout autour d'eux.

Le cœur de Haley battait à tout rompre. Elle n'était plus une innocente oie blanche, mais quelque chose chez Chase lui donnait envie de graver cet instant dans sa mémoire, car elle sentait qu'ils vivaient un moment unique.

Mais, bien sûr, c'était impossible. Ils jouaient au chat et à la souris l'un avec l'autre, et elle n'avait pas la moindre idée de ce qu'était son rôle dans le jeu… ou peut-être que chacun d'eux était l'un ou l'autre tour à tour. Quoi qu'il en soit, cette nuit serait purement physique, parce qu'entre eux il ne pouvait rien se passer de plus.

— Vous faites la grimace, remarqua-t-il. Cela signifie que je suis maladroit.

Ses paroles la firent revenir à la réalité, et elle lui sourit.

— Vous êtes parfait, au contraire, assura-t-elle en nouant ses bras autour de son cou. Et je suppose que cette grande baie vitrée ne nous expose pas à tous les regards ?

— Je tiens énormément à ma vie privée, confirma Chase, déposant une pluie de baisers sur ses lèvres, sur son menton, sur la colonne d'ivoire de sa gorge. Le verre est traité pour qu'on ne puisse pas voir l'intérieur de la maison.

Il la libéra un court instant pour ramasser son pantalon et en extraire une protection. Une seconde plus tard, lorsqu'il se retourna vers elle, la passion dévorante qu'elle lut dans ses yeux fit naître une sorte de fièvre dans tout son corps.

Puis il la souleva sans effort apparent, pressant son dos contre la vitre. Haley frissonna à l'idée qu'on puisse les voir de l'extérieur, même si elle savait que ce n'était pas le cas. Mais le plaisir de voir Chase perdre tout contrôle attisait son propre.

— Si quelque chose vous déplaît, dites-le-moi, murmura-t-il tout contre ses lèvres.

— Ce qui me déplairait, ce serait que vous continuiez à bavarder, répliqua-t-elle, ses jambes serrées autour de sa taille, ses mains étreignant sa nuque.

Esquissant un sourire lascif, il entra lentement en elle. Et, tout à coup, le monde qui les entourait s'évanouit. Depuis toujours, Haley avait attendu cet instant. Cet homme.

L'une de ses mains agrippait sa hanche, et l'autre parcourait sa peau aux endroits les plus sensibles, la faisant frissonner. Il la caressait, l'embrassait, la consumait. Chaque seconde était un moment de perfection.

Lorsque la bouche de Chase vint se poser sur l'arrondi de l'un de ses seins, Haley cambra les reins pour se rapprocher de lui. Sous les assauts experts de ses hanches, de ses mains et de ses lèvres, elle ne put s'empêcher d'exhaler un gémissement. Elle en avait assez de dissimuler ses sentiments, d'ignorer ses désirs. Le temps de cette nuit, elle serait elle-même.

Concernant le domaine des affaires, elle n'avait peut-être aucune confiance dans les motivations de Chase, mais, pour l'intimité, elle s'en remettait à lui les yeux fermés… parce qu'il attendait la même chose qu'elle de cette nuit. Passer un moment agréable, sans aucune promesse de lendemain.

Il resserra son étreinte sur ses hanches, et il accéléra la cadence, son souffle tiède tout contre sa peau brûlante, et Haley fut incapable de retarder son orgasme une seconde de plus. Crispant ses jambes autour de sa taille, elle se sentit emportée sur la crête d'une vague de plaisir infini. Chase l'embrassa passionnément, et elle sentit bientôt qu'il la rejoignait dans cette explosion de plaisir.

Haley se cramponna à lui jusqu'à ce que les tremblements qui secouaient son corps aient cessé, et même alors elle n'avait pas envie de le laisser s'éloigner d'elle. Elle n'était pas prête à faire face à la réalité, ou à des vérités douloureuses. Elle désirait pouvoir rester un peu égoïste encore un instant.

Chase s'écarta enfin doucement d'elle et, repoussant d'un geste tendre une mèche de cheveux tombée sur son visage, il plongea son regard tout au fond du sien.

Dans ses yeux, elle lut un sentiment qu'elle ne parvint pas tout à fait à déchiffrer. Du remords ?

— Regrettez-vous déjà ce qui vient de se passer ? s'enquit-elle, ne plaisantant qu'à moitié.

— Absolument pas, répondit-il.

C'était une bonne nouvelle. Elle aurait détesté être considérée comme une erreur.

Il l'aida gentiment à se remettre debout, et soudain, debout face à lui, totalement nue juste après avoir fait l'amour avec frénésie, adossée à une baie vitrée, Haley se sentit terriblement vulnérable.

Quelle était la bonne procédure pour un tel moment ? Était-elle censée lancer une plaisanterie pour détendre l'atmosphère ? Devait-elle simplement se rhabiller comme si ce qui venait de se passer n'était pas très important ?

Mais, pour elle, c'était très important, au contraire. Un événement à marquer d'une pierre blanche, parce que Haley ne pratiquait pas les aventures d'une nuit, les passades sans importance. Et elle n'avait certainement jamais fait l'amour avec un homme susceptible de devenir son patron.

Naturellement, Chase n'était pas encore son patron.

— Et vous ? lança-t-il, lui renvoyant sa question. Avez-vous des regrets ?

Haley, qui avait commencé à ramasser ses vêtements, leva son regard vers lui.

— Non, assura-t-elle, aucun regret. Je me demandais simplement ce que j'étais censée dire.

— Vous n'êtes pas obligée de dire quoi que ce soit, déclara-t-il, visiblement très à l'aise avec sa propre nudité – ce qu'elle comprenait parfaitement. Il n'y a aucune règle, ici, Haley. Nous sommes adultes.

Aucune règle ? songea-t-elle en le dévisageant. Les règles n'étaient-elles pas importantes, à ses yeux ?

— Je ferais mieux de rentrer, déclara-t-elle.

Elle se rhabilla rapidement. Puisque ceci n'était qu'une aventure sans importance, s'attarder chez lui n'aurait pas été très intelligent de sa part.

Alors qu'elle nouait la ceinture de sa combinaison-pantalon, la main de Chase vint se poser au creux de son dos. Se figeant à ce contact, Haley tourna la tête vers lui par-dessus son épaule.

— Ne vous laissez pas entraîner par votre imagination, dit-il en souriant. Malgré ce que vous pouvez penser de moi, je ne suis pas, moi non plus, un habitué de ce genre de chose.

— Quel genre de chose ? rétorqua-t-elle. Les aventures d'un soir ? Faire l'amour avec quelqu'un pour servir votre carrière ?

Elle regretta ces paroles sitôt qu'elles eurent franchi ses lèvres. Elle se montrait désagréable avec lui parce que son esprit nageait en pleine confusion et qu'elle se sentait nerveuse. Son corps vibrait encore des effets de leur corps-à-corps passionné, et il lui était difficile de penser clairement.

— Je suis désolée, s'excusa-t-elle, achevant de se tourner face à lui. C'était une remarque idiote de ma part.

Chase repoussa tendrement ses longs cheveux derrière ses épaules, puis il recueillit son visage entre ses mains et s'avança d'un pas.

— Inutile de vous excuser, dit-il, mais je voudrais que quelque chose soit bien clair entre nous. Lorsque je deviendrai P-DG de Black Crescent, cela ne sera pas parce que j'ai fait l'amour avec vous. Je vous désirais, c'est tout. Et je désire aussi ce poste. Ces deux faits n'ont aucun rapport l'un avec l'autre.

Cette confiance qu'il manifestait était incroyablement érotique. Tout, chez cet homme, était sexy, attirant, fascinant. C'était peut-être là qu'il fallait chercher la raison de la confusion de ses sentiments vis-à-vis de lui. N'étant pas une habituée des aventures sans lendemain, il lui était facile de s'imaginer devenir beaucoup plus proche de cet homme, ce qui serait sans nul doute une très mauvaise idée.

— Restez, murmura-t-il effleurant ses lèvres avec les siennes. N'essayons pas de nous projeter pas dans l'avenir. Restez, c'est tout.

Était-elle seulement capable de refuser quoi que ce soit à cet homme ?

Haley n'avait aucune envie de partir. Tout le reste allait devoir attendre.

Chase versa un verre de vin pour Haley et traversa la terrasse jusqu'au salon extérieur.

— Je ne me lasse jamais de cette vue, observa-t-il en lui tendant son vin. On ressent toujours ce même sentiment de paix. C'est l'endroit idéal pour se détendre après une longue journée de travail.

Assise sur le confortable canapé, Haley accepta le verre qu'il lui tendait et ramena ses jambes sous elle.

— Je serais presque tentée de dormir ici, répondit-elle en souriant. Et je me vois bien confortablement installée ici avec un bon livre durant mon temps libre.

— Votre temps libre ? ironisa Chase, prenant place à ses côtés, un bras étendu sur le dossier derrière elle. En avez-vous beaucoup ?

— Non, convint-elle en sirotant son vin. Pas ces

temps derniers. Josh m'encourage à partir en même temps que lui, ou même à prendre un jour de congé, mais il y a trop à faire.

*Ah oui, Josh*, songea-t-il. *Parlons de lui.*

— Si j'ai bien compris, votre patron n'est pas très exigeant, et c'est seulement vous qui vous imposez toutes ces heures de travail ?

— Il y a peut-être un peu des deux, corrigea-t-elle. Je suis assez exigeante avec moi-même et je suis fière du poste que j'occupe. Josh et moi avons eu quelques divergences d'opinion au moment de la transition et, de temps à autre, au cours des années. Josh me voit comme sa petite sœur, et les frères et les sœurs se disputent parfois.

C'était exactement ce que Chase avait pensé… Josh Lowell ne valait pas mieux que son père. Haley était une femme brillante, et celui qui ne s'en rendait pas compte était un fieffé imbécile.

— Il lui aura fallu deux ans pour le comprendre, poursuivit Haley en riant, mais, aujourd'hui, il me considère comme une égale. Et même, il a enfin compris que je suis indispensable à mon poste, et il me demande mon avis pour toutes les nouvelles embauches. Josh est un homme bien, et je suis heureuse qu'il ait choisi de vivre ses propres rêves, plutôt que de rester par simple sens du devoir. Entre l'amour et la loyauté, le choix est toujours difficile.

L'amour. Chase n'était pas expert en la matière, mais il savait très bien ce qu'était la loyauté. Tout ce qu'il faisait, aujourd'hui, il le faisait par loyauté envers sa famille. Pour rétablir la justice et chercher la rédemption.

— Vous serez tout aussi indispensable pour moi lorsque j'aurai été nommé à ce poste, rappela-t-il.

— Vous semblez très sûr de votre fait, remarqua-t-elle, esquissant un sourire.

— Parce que c'est la vérité, assura-t-il. Je ne me serais pas lancé dans cette course si je croyais pouvoir échouer.

— Ne vous est-il jamais arrivé d'échouer dans aucun de vos projets ? s'enquit-elle.

Il songea à l'époque où il s'était trouvé incapable de sauver sa famille, où son père avait été jeté en prison, où sa mère avait sombré dans la dépression, avant de répondre :

— Une seule fois. Et je me suis juré de ne plus jamais devenir aussi vulnérable.

Haley avala le reste de son vin et reposa son verre sur la table. S'adossant à nouveau au dossier du canapé, elle leva ses yeux vers les siens.

— Qu'est-ce qui vous fait désirer si fort ce poste de P-DG ? Vous avez déjà brillamment réussi. Vous n'avez pas besoin d'argent, ni de satisfaire votre ego… mais peut-être que si. En réalité, je ne sais pas grand-chose de vous.

Cependant, elle avait fait l'amour avec lui au lieu de rentrer chez elle, songea Chase. Et cela signifiait qu'elle s'était investie dans ce qui était en train de se passer entre eux bien davantage qu'il ne l'avait anticipé.

Au demeurant, c'était peut-être aussi son cas. Même s'il n'était pas à la recherche d'une relation de quelque nature que ce soit, Chase désirait qu'elle reste. Il appréciait sa compagnie, même hors du lit. Elle le stimulait, elle l'avait fait sourire à un moment de sa vie où toutes ses pensées étaient concentrées sur son désir de vengeance. Elle était comme une source d'eau fraîche pour son âme, qui avait presque renoncé à croire que le bonheur ou la joie puissent être encore à sa portée.

— Mes finances n'entrent pas en ligne de compte, convint-il prudemment. Je cherche seulement à grandir et à m'améliorer. Black Crescent est la parfaite prochaine étape dans ma vie.

— À cause de ces fameuses raisons familiales, rappela-t-elle en souriant. Et que se passera-t-il si vous n'obtenez pas le poste ?

— Votre discours n'est pas très motivant, vous savez, remarqua-t-il, éclatant de rire malgré lui.

Haley lui adressa un nouveau sourire qui lui alla droit au cœur… Tout chez elle, pas à pas, semblait l'attirer irrésistiblement dans son univers. Ce n'était pas ce qu'il avait prévu, pourtant il passait de plus en plus de temps auprès d'elle et il s'éloignait peu à peu de ce qui était son objectif ultime.

— Écoutez, la décision finale ne m'appartient pas, expliqua-t-elle en se rapprochant de lui. Je ne devrais même pas aborder le sujet de la succession en dehors du bureau. C'est non seulement une faute professionnelle, mais aussi un manque de respect envers Josh.

Josh. L'enfant chéri de la finance. Il se trouvait que Chase s'était livré, lui aussi, à quelques petites investigations à son sujet. Pour vaincre un adversaire, il était utile de découvrir quels squelettes il cachait dans son placard. Outre cette transition qu'il préparait à la tête de l'entreprise, certaines rumeurs suggéraient que Josh était le papa d'un bébé né d'une femme qui n'était pas sa fiancée officielle.

Certes, ce n'était pas Josh qui avait ruiné la famille de Chase, mais ce type était arrivé de nulle part, et il avait pris en main l'entreprise véreuse de son père. Pour être intervenu avec une telle autorité, le fils de Vernon Lowell devait avoir quelques traits communs avec son géniteur. Chase n'avait pas perdu son temps à fouiller le passé des autres frères, même s'il était difficile d'ignorer les rumeurs qui entouraient Oliver et sa lourde dépendance aux drogues.

— Vous êtes un atout inestimable pour votre entreprise, murmura-t-il, se penchant pour poser sa main sur la cuisse de Haley. Je ne veux pas vous obliger à me parler de sujets qui vous mettent mal à l'aise.

— Ce n'est pas mon entreprise, rappela-t-elle en souriant. Si vous posez la question à mes parents, ils vous répondront que je ne suis qu'une secrétaire. Je suis presque certaine qu'ils s'imaginent que je passe mes journées à affûter des crayons et à servir du café.

Ce n'était pas la première fois qu'elle évoquait ce manque de respect pour elle et pour son travail chez Black Crescent, et il remarqua :

— Ne leur avez-vous jamais dit à quel point votre rôle est important, dans l'entreprise ?

— Ce serait un combat perdu d'avance, répondit-elle avec un rire sans joie. Mes parents m'ont depuis longtemps classée comme une cause perdue. À leurs yeux, seul mon frère avait les capacités pour réussir dans la vie.

— Les bons parents sont censés encourager leurs enfants, Haley, observa-t-il. Certains élèves doivent travailler davantage pour obtenir des résultats, mais cela ne signifie pas qu'ils ne peuvent pas réussir.

— Oui, peut-être, répondit-elle en soupirant. Mais je suis habituée à leurs critiques, et elles ne m'affectent plus.

Elle se blottit contre lui et glissa sa main derrière sa nuque, avant de murmurer :

— Ne parlons plus d'eux, d'accord ?

Chase voyait distinctement le feu du désir se rallumer dans ses beaux yeux, et il décida que, si elle avait besoin d'une distraction, il était volontaire. Il ne voyait aucun mal à ce que Haley l'utilise comme un bouclier contre les choses déplaisantes de la vie. De plus, il savait qu'il ne serait pas sage de désirer que leurs relations prennent un tour plus personnel.

Pourtant, il lui était impossible de résister.

Cette nuit, il prendrait ce qu'il désirait. En échange, il serait l'unique objet des pensées de Haley. Et, dès le lendemain, il se consacrerait à nouveau à sa mission : décrypter le fonctionnement de l'entreprise en se servant des connaissances de Haley.

Il approchait de son but et il était allé trop loin pour reculer maintenant.

# - 9 -

— Non, maman, je vais très bien, je t'assure.

Chase ne pouvait pas se mettre en colère contre elle pour lui avoir posé cent fois la question. La pauvre femme s'inquiétait à l'idée que son fils ait décidé d'affronter la famille qui avait failli les détruire.

Son téléphone collé à l'oreille, il se tourna vers le magnifique panorama du fleuve, au-delà de la grande baie vitrée de son bureau, avant d'ajouter d'un ton rassurant :

— Oui, maman, je te promets que je serai prudent.

Le soleil était déjà haut dans le ciel, et Haley était rentrée chez elle après le petit déjeuner… qu'il lui avait servi au lit. Cette nuit avait représenté un tournant, même s'il n'était pas encore très sûr de la nouvelle direction qu'avait prise leur relation.

— Je ne peux pas m'empêcher d'être inquiète, répondit-elle. J'espère que tu ne commets pas une erreur.

— Rien n'est jamais garanti dans la vie, mais je n'ai pas l'intention d'échouer, maman. Je sais ce que je fais avec Black Crescent.

Dans le cas de Haley, hélas, c'était beaucoup moins vrai. Bien sûr, la nuit dernière avait été fabuleuse, mais il ignorait encore où cette histoire les conduirait. S'ils s'étaient rencontrés dans des circonstances différentes, Chase n'aurait pas été contre l'idée d'un avenir ensemble.

Mais, dans la mesure où il avait l'intention d'anéantir son cher patron, il savait que cette aventure ne pouvait être, au mieux, que temporaire.

— Promets-moi que tu m'appelleras pour me rassurer.

— Je te le promets, maman, répondit Chase. Tu n'as aucune raison de t'inquiéter.

Son appel terminé, Chase poussa un soupir. Il adorait parler avec sa mère, mais, ce matin-là, il attendait des nouvelles du détective privé qu'il avait engagé pour enquêter plus en profondeur sur le passé de Josh Lowell. Pour être sûr de décrocher ce poste de P-DG, il avait besoin d'un maximum d'informations.

Haley était une collaboratrice d'une loyauté à toute épreuve, et elle restait bouche cousue. Le plan de Chase avait consisté à passer davantage de temps avec elle et à faire en sorte qu'elle laisse échapper, même sans en être consciente, des bribes d'informations utiles au sujet de l'entreprise, mais il n'avait encore rien obtenu. Lorsqu'elle abordait le sujet de Black Crescent, c'était pour chanter les louanges de Josh et de son entreprise. Elle avait été là durant la crise, et Chase ne doutait pas une seconde qu'elle soit au courant de tous les sales petits secrets de Black Crescent. Tout n'avait pas été rendu public, et c'étaient justement ces informations internes qu'il avait besoin de découvrir.

Son téléphone, qu'il tenait encore dans sa main, se mit à vibrer. Un coup d'œil à l'écran lui confirma que c'était bien l'appel qu'il attendait.

À présent, il allait peut-être disposer des armes dont il avait besoin pour décrocher le poste de P-DG de Black Crescent et anéantir les Lowell une bonne fois pour toutes.

Matteo Velez était assis en face d'elle de l'autre côté de sa table de travail, attendant l'heure de son entretien. Haley le vit consulter son téléphone, puis promener son regard autour de la pièce. Il paraissait distrait, comme si une préoccupation plus importante accaparait son esprit.

Plus importante qu'un entretien pour le poste de P-DG de Black Crescent ? Ce serait pour le moins déplacé, et très peu professionnel.

Désirait-il seulement ce poste ?

Le séduisant homme d'affaires ferait certainement un successeur très décoratif à l'actuel P-DG, mais Haley avait déjà jeté son dévolu sur un autre magnat de la finance.

Matt faisait peut-être tourner les têtes des autres femmes, avec son élégant costume noir et son regard intense, mais ce n'était pas lui qui la privait de toute raison, et ce n'était pas son image qui occupait ses rêveries durant ses heures de travail.

Non, ce privilège n'appartenait qu'au mystérieux Chase Hargrove.

Josh sortit de son bureau à cet instant, la ramenant brusquement au présent et aux entretiens de sélection.

— Bonjour, Matt, dit-il s'adressant au dernier candidat en date. J'espère que je ne vous ai pas fait trop attendre.

— Aucun problème, répondit Matt en se levant et en reboutonnant sa veste de costume. Je vous suis reconnaissant de m'avoir accordé ce second entretien.

— Vous le méritez, assura Josh. Avec votre CV, vous êtes près du sommet de la liste.

Matt répondit par un simple hochement de tête. Pas même un sourire. Haley trouva curieux qu'il ne manifeste pas plus d'enthousiasme pour l'idée de devenir peut-être le prochain P-DG de Black Crescent. Que désirait-il vraiment ?

— Haley, mon assistante, sera à nouveau présente lors de notre entretien, poursuivit Josh en la désignant d'un geste. Elle est le plus ancien membre de notre personnel, et elle sera votre plus précieux atout chez nous.

— Votre bras droit est donc une femme, dit Matt en lui adressant un sourire. Dans chaque entreprise, il y a toujours un acteur de premier ordre qui travaille dans les coulisses et ne compte pas ses heures.

— Pour les longues heures de travail, je dirais que Josh et moi sommes à égalité, répondit Haley en riant. Mais, c'est vrai, j'adore mon travail, et la personne qui occupera ce poste travaillera en étroite collaboration avec moi.

— Passons dans mon bureau, voulez-vous ? suggéra Josh. Allison n'a pas pu venir en personne, mais je l'ai en ligne grâce à la téléconférence.

Josh désigna la porte ouverte de son bureau derrière lui et s'effaça pour laisser entrer Haley la première. Elle n'était pas certaine que les intentions de Matt soient parfaitement claires. Il ne paraissait pas ravi d'être ici, mais, bien sûr, c'était peut-être seulement un peu de nervosité ou d'anticipation. Matt contrôlait sans doute soigneusement ses émotions.

Mais il était aussi possible qu'il dissimule quelques arrière-pensées secrètes, comme Chase. Et, si c'était le cas, Haley allait avoir énormément de travail devant elle. Elle n'avait jamais envisagé la possibilité que les candidats à ce poste puissent en vouloir au père de Josh ou à sa famille en général. Les faits en question avaient eu lieu quinze années plus tôt. Les gens nourrissaient-ils des rancunes aussi longtemps ?

C'était un élément qu'elle allait certainement devoir prendre en considération. Si elle découvrait d'autres indices inquiétants, elle allait devoir parler avec Josh et lui exprimer son inquiétude. Il ne faisait aucun doute que Vernon Lowell avait détruit bien des familles, et il n'était pas impossible que leurs enfants cherchent à se venger aujourd'hui.

Haley s'installa dans un fauteuil, et elle écouta Josh et Allison conduire l'entretien. De temps à autre, elle intervenait avec ses propres questions, et les réponses de Matt l'impressionnèrent.

Matt était peut-être un candidat très acceptable, mais une partie d'elle-même se demandait ce qu'elle ressentirait si Chase décrochait le poste… et ce qu'elle ressentirait dans le cas contraire.

Le moment de la décision finale était proche, désormais. Quel que soit le résultat, elle allait devoir s'y adapter.

Raison de plus pour rester en lien avec l'enquêteur privé qu'elle avait contacté le samedi précédent pour qu'il fouille dans le passé de Chase et celui de ses parents.

Elle n'avait appris qu'une petite partie de leur histoire par ses propres moyens, et elle n'aurait aucun repos avant de savoir toute la vérité au sujet de l'homme dont elle était en train de tomber amoureuse.

— Je vivais encore chez mes parents lorsque j'ai commencé à travailler chez Black Crescent, et ce job de stagiaire m'a permis de mettre de côté suffisamment d'argent pour louer mon propre appartement et acheter une voiture d'occasion, dit Haley, reposant ses pieds sur les genoux de Chase.

C'était sans doute ce qui expliquait sa loyauté indéfectible envers Black Crescent et envers Vernon Lowell, songea-t-il. L'entreprise lui avait offert l'occasion de devenir indépendante, lui avait procuré un havre à un moment de sa vie où elle avait besoin de l'appréciation qu'elle n'avait jamais reçue jusque-là.

Il était ironique qu'elle l'ait trouvée dans une entreprise dirigée par un escroc, mais, apparemment, Vernon ne traitait pas tout le monde de la même manière. Ou alors, c'était peut-être Josh qui s'était pris d'affection pour la nouvelle stagiaire. Chase ignorait les détails de la situation, et il aurait été jaloux s'il n'avait pas été sûr que Josh n'éprouvait pour Haley que des sentiments fraternels.

Chase caressa délicatement les chevilles fines de Haley. Il avait insisté pour l'inviter à dîner et, donnant quartier libre à son cuisinier, il avait préparé le repas lui-même afin que Haley et lui puissent profiter d'une soirée en totale intimité.

Al, son chauffeur, confident et bienveillante figure paternelle, avait eu droit à une soirée de liberté, lui aussi. Moins il en savait, et mieux cela valait pour tout le monde.

— Où avez-vous appris à cuisiner ainsi ? s'enquit-elle en lui offrant un sourire, les yeux mi-clos. Je sais qu'on n'enseigne pas l'art culinaire sur les terrains de football.

— C'est vrai, convint-il en riant. Ma mère est un véritable cordon-bleu, et elle m'a appris une ou deux petites choses. Ensuite, j'ai continué à apprendre seul, à force de tâtonnements. J'emploie un chef pour divers événements et lorsque je reçois des invités, mais je désirais que cette soirée n'appartienne qu'à nous.

— Y a-t-il vraiment un « nous » ? demanda-t-elle sans le quitter du regard, son sourire s'effaçant lentement.

— Ce qui est en train de se passer ici, ce soir, prouve que ce « nous » existe, observa-t-il, laissant remonter sa main plus haut sur sa jambe, son regard fixé dans le sien. Ne cherchons pas plus loin que ce que nous avons.

— Faites-vous allusion au sexe ?

Sa question audacieuse le fit sourire, et il effleura doucement son genou, avant de répondre :

— Nous sommes tous deux trop investis dans nos carrières pour envisager quoi que ce soit d'autre pour le moment.

Elle lui lança un long regard chargé de sensualité, sans même chercher à dissimuler sa nature passionnée, et l'idée qu'elle puisse partager cette passion avec un autre homme que lui déclencha en lui une vague de jalousie qu'il n'avait jamais ressentie avec une autre femme. Une partie de lui-même se demandait s'il ne s'engageait pas imprudemment avec elle, si leurs histoires similaires et leur intérêt commun pour le monde des affaires faisaient d'elle la femme idéale à ses yeux.

— Ne m'aviez-vous pas dit que vous souhaitiez fonder une famille ? observa-t-elle.

— C'est la vérité, affirma-t-il, laissant remonter sa main sur sa cuisse satinée. Mais, à l'heure actuelle, j'ai d'autres objectifs à l'esprit.

Le regard de Haley descendit se poser sur sa bouche, puis remonta jusqu'à ses yeux.

— Ne parlons plus de ce poste de P-DG, murmura-t-elle.

— Ne parlons plus du tout, suggéra-t-il, glissant lentement sa main sous l'ourlet de sa petite robe de plage.

Il n'avait pas envie de parler, ni d'essayer de démêler les émotions confuses qui se bousculaient dans son esprit.

Que serait-il advenu s'il avait rencontré Haley dans des circonstances différentes ? Qu'est-ce que sa mère aurait pensé d'elle ? Il ne doutait pas un instant qu'elles se seraient très bien entendues… si Chase avait permis qu'une telle rencontre ait lieu.

Mais c'était une idée ridicule, et un cheminement dangereux à ce stade de leur histoire.

Haley se blottit contre lui avec un doux gémissement et ferma les paupières. Cette réaction était exactement ce qu'il avait espéré. Il désirait la sentir serrée contre lui, prête à se donner à lui de la manière la plus fondamentale, la plus intime. C'était plus qu'il n'avait osé rêver lorsqu'il l'avait rencontrée.

Il ne savait peut-être pas encore comment évoluerait leur relation sur le long terme, mais il n'avait pas envie de se projeter au-delà de cette nuit. Il n'avait même pas envie d'y penser, car, alors, la culpabilité l'aurait submergé.

Chase agrippa ses hanches et l'attira à lui pour s'installer entre ses jambes. Haley leva son regard vers le sien, et elle esquissa un sourire sensuel.

Lorsqu'elle ouvrit la bouche pour parler, Chase la fit taire en écrasant ses lèvres sur les siennes. Il n'avait vraiment pas envie de parler à cet instant précis, et il avait peur de ce qu'elle lui dirait. Pour le moment en tout cas, il serait moins dangereux de communiquer uniquement avec leurs corps.

Sans un mot, il fit glisser sa culotte sur ses jambes, et il se débarrassa rapidement de son pantalon. Puis, après s'être protégé, il entra là où il désirait être. Et, à en juger par ses gémissements et ses doux cris d'extase, c'était exactement ce qu'elle désirait aussi.

Posant ses coudes de part et d'autre de sa tête, Chase écarta quelques mèches de cheveux de son visage, et, totalement concentré sur cet instant, il joignit leurs deux corps. Haley leva ses jambes et les noua autour de sa taille pour l'accueillir plus profondément en elle.

Lorsque leurs regards plongèrent l'un dans l'autre, Chase cessa de respirer. Dans ses beaux yeux, il lisait une émotion qu'il ne pouvait pas se permettre d'analyser, car il savait qu'elle l'effraierait.

Fermer les yeux était peut-être une solution de lâcheté, mais il n'avait pas d'autre choix… Pas à cet instant.

Haley avait glissé ses doigts tremblants dans ses cheveux, et, serrant fermement ses hanches, Chase se redressa pour la contempler, avec sa longue chevelure étalée en désordre sur le cuir du canapé, sa robe remontée autour de sa taille, sa respiration haletante. Il accéléra le rythme de ses assauts.

Cette femme était comme une addiction et, jusqu'à ce qu'il ait trouvé le moyen de rompre le sortilège, rien au monde ne pourrait l'empêcher de faire ce voyage avec elle.

— Chase…

Son nom, s'exhalant de ses lèvres alors que sa féminité palpitante se resserrait brusquement autour de lui, fit basculer Chase dans l'éblouissement. Une vague de plaisir déferla sur lui comme un torrent rugissant, et, serrant plus fort les hanches de Haley, il s'y abandonna tout entier. Haley continuait à murmurer son nom comme une prière. Serré tout contre elle, ses bras et ses jambes noués autour de lui, il ne sentait plus que sa merveilleuse chaleur, son…

*Non.* Pas son amour. L'amour n'avait aucune place ici. Il le refusait catégoriquement.

Serré contre son corps brûlant, Chase était conscient que la réalité les rattraperait très bientôt et que, tôt ou tard, il devrait accomplir sa vengeance. En faisant de son mieux pour qu'elle ne devienne pas une victime collatérale de la tempête qu'il allait déclencher.

# - 10 -

Haley entra chez elle et se débarrassa aussitôt de ses escarpins à talons hauts. Elle avait couru toute la journée. Entre deux entretiens avec des candidats, elle avait même foncé au siège de Leaders de Demain pour souhaiter la bienvenue aux nouveaux bénéficiaires de bourses d'études. Ce jour-là, elle avait à peine trouvé le temps de s'asseoir à son bureau et elle avait tellement mal aux pieds qu'elle tenait à peine debout.

Elle n'avait pas eu non plus le temps de déjeuner, et l'heure normale du dîner était largement dépassée. Le mieux serait peut-être d'ouvrir une bouteille de vin et de se détendre des fatigues de la journée dans un voluptueux bain de mousse. Ce qui était certain, c'était que, ces temps derniers, elle ne s'était pas réservé assez de temps pour s'occuper d'elle-même. Car elle passait chaque seconde de liberté auprès de Chase.

Elle ne le regrettait pas du tout, bien sûr. Les sentiments qu'elle éprouvait pour lui devenaient plus forts à chacune de leurs rencontres. Haley n'avait jamais été tentée par les aventures passagères et elle ne prenait pas le sexe à la légère. Si elle n'avait pas éprouvé un sentiment plus profond pour Chase, elle n'aurait jamais fait l'amour avec lui.

Elle ne l'avait pas revu depuis le soir où il lui avait fait perdre la tête sur le canapé de son salon. Ils avaient été l'un et l'autre trop occupés à travailler, et ils avaient à peine échangé quelques textos.

Elle se baissa pour ramasser ses escarpins et se rendit dans sa chambre. Après ses chaussures, il était temps de se débarrasser de son soutien-gorge. Cette journée l'avait épuisée. Elle avait bien avancé dans son travail, mais elle était arrivée à la limite de ses forces.

Son téléphone sonna à l'intérieur de son sac, qu'elle portait toujours accroché à son épaule. Réprimant un gémissement, elle entra dans sa chambre et jeta son sac sur le lit avant d'en extraire l'appareil.

Le nom de Marcus s'affichait sur l'écran. Poussant un soupir, elle établit la communication et passa dans la salle de bains adjacente.

— Je viens de vous quitter, observa-t-elle en guise de salutations. Un problème ?

— Pas du tout, répondit Marcus. À vrai dire, tout va formidablement bien. Un donateur anonyme vient de nous faire une contribution qui suffira à couvrir le coût des livres de cours et des ordinateurs portables de tous les nouveaux boursiers, à la rentrée de cet automne, ainsi que leurs frais d'inscription individuels. Il restera même assez d'argent pour faire face à toutes les dépenses imprévues qu'ils pourraient assumer.

Abasourdie, Haley retourna sur ses pas et se laissa tomber assise sur le bord de son lit.

— Et qui a payé pour tout cela ?

— L'argent nous a été envoyé par virement bancaire, accompagné d'une note explicative détaillant précisément ce à quoi il devait servir, expliqua Marcus. Il y avait aussi un message nous informant que d'autres donations nous parviendraient au début de chaque trimestre. Très franchement, le surplus de la somme déjà envoyée devrait largement couvrir les frais de toute une année de cours. J'ignore qui peut-être ce généreux donateur, mais il s'est certainement investi dans la cause de Leaders de Demain. Je suis ravi, bien entendu, cependant j'aimerais au moins savoir qui nous devrions remercier comme il se doit.

Haley était du même avis, mais elle avait une assez bonne idée de l'identité de ce généreux donateur qui s'intéressait soudain à sa chère association. Naturellement, elle se garderait bien de divulguer cette information, même à celui qui était son bras droit.

— Eh bien, contentons-nous de lui en être reconnaissants, répondit-elle. Nous avons déjà reçu d'autres dons anonymes par le passé, même si, généralement, ils n'envoient pas d'instructions aussi détaillées.

— Je sais qu'un e-mail aurait suffi, mais je tenais à vous communiquer cette nouvelle de vive voix, conclut Marcus. À présent, profitez de votre soirée. Je suis sûr que vous vous apprêtiez à vous accorder un bon verre de vin.

Haley rit à cette remarque et, retournant dans la salle de bains, fit couler l'eau dans sa grande baignoire et y ajouta une généreuse dose de sels de bain à la lavande.

— Vous me connaissez très bien, convint-elle.

— Je sais que vous ne vous accordez pas suffisamment de temps de détente, alors, profitez-en. Nous parlerons demain.

— Merci, Marcus. Bonne nuit.

Elle coupa la communication et ôta tous ses vêtements, puis elle enfila un kimono et se dirigea vers la cuisine pour se verser ce fameux verre de vin pendant que sa baignoire se remplissait.

Chase et ses stratagèmes la faisaient sourire. Il se croyait très habile – ou peut-être pas. Peut-être désirait-il réellement qu'elle devine toute seule qui leur avait fait don d'une aussi grosse somme.

Bien sûr, leur généreux donateur pouvait aussi être quelqu'un d'autre, mais elle n'y croyait pas une seconde. Chase avait été impressionné par son association, et il avait désiré les aider.

Un instant plus tard, Haley retourna dans la salle de bains. La baignoire s'était remplie de mousse parfumée, et cette merveilleuse senteur l'apaisa instantanément. Posant son verre de vin sur le bord de la baignoire, elle détacha la ceinture de son kimono de soie, qui glissa sans bruit sur le sol, puis elle entra dans l'eau tiède.

Elle se plongea jusqu'au cou dans la mousse parfumée, son verre et son téléphone à portée de main, et, appuyant sa nuque au coussin de la baignoire, elle ferma les yeux. Elle avait envie de rester simplement ainsi un petit moment, sans rien faire du tout.

Sauf, peut-être, penser à Chase, et à ces gestes qui le rendaient chaque jour plus cher à ses yeux. Elle devait au moins lui dire merci. Sans en faire toute une montagne, bien entendu, car elle ne souhaitait pas l'embarrasser, mais elle tenait à ce qu'il sache qu'elle appréciait ce qu'il avait fait.

Son téléphone se mit à vibrer, et elle jeta un coup d'œil distrait à l'écran. Des e-mails. Toujours des e-mails.

Puis, l'appareil vibra de nouveau, et elle vit qu'il s'agissait d'un texto provenant du détective privé qu'elle avait engagé pour mener une enquête plus approfondie sur les parents de Chase.

Cédant à sa curiosité, elle tendit sa main encore sèche vers le téléphone pour effleurer l'écran. Le texto lui suggérait de consulter sa messagerie le plus rapidement possible.

Sans attendre davantage, Haley tapota l'icône des e-mails et ouvrit son message. Elle le parcourut d'abord rapidement, s'efforçant de saisir les points saillants du rapport, puis elle revint au début pour en lire chaque mot avec attention.

Les informations qui y étaient révélées lui serrèrent le cœur, car elles fournissaient une explication très plausible des motivations qui poussaient Chase à vouloir à tout prix prendre le contrôle du fonds d'investissement Black Crescent.

Dale, son père avait été emprisonné après la découverte de certains documents provenant de Black Crescent et de Vernon Lowell qui avaient obligé la police à intervenir. Haley savait déjà que le père de Chase avait été impliqué à un degré ou à un autre dans le scandale de la faillite frauduleuse de l'entreprise, mais sans vraiment connaître les détails. D'après cet e-mail, il n'avait joué qu'un rôle mineur dans cette affaire, mais Vernon avait s'était habilement arrangé pour laisser derrière lui une série d'indices qui conduiraient les enquêteurs tout droit vers Dale.

En poursuivant sa lecture, Haley apprit que, après l'incarcération de son mari, la maman de Chase avait fait une dépression nerveuse et qu'elle avait été placée dans une institution psychiatrique. Leur maison avait alors été saisie. Avec son père en prison et sa mère hospitalisée, Chase s'était retrouvé seul. Comment s'étonner que sa bourse d'études de football ait été aussi importante pour lui ? C'était tout ce qui lui restait – son sport et son éducation.

Était-ce pour cette raison qu'il tenait tant à aider son association ? Pour donner leur chance à des enfants qui ne pourraient compter sur personne d'autre ?

Elle lut également qu'il avait changé son nom après l'internement de sa mère en psychiatrie. Il avait procédé tout à fait légalement, et, à partir de ce moment-là, tout indiquait qu'il s'était lancé dans un plan de vengeance contre Black Crescent et contre la famille Lowell.

Haley avait la gorge serrée, et des larmes brûlantes montaient à ses paupières. Chase était en colère depuis des années, à tel point qu'il avait renoncé à son projet initial de devenir professeur de sport pour des études de commerce qu'il avait menées tambour battant, car il avait obtenu son diplôme en un temps record. C'était un détail qu'il s'était bien gardé de lui préciser lorsqu'ils parlaient ensemble de ses succès à elle.

Reposant son téléphone sur le bord de la baignoire, elle prit son verre de vin pour le porter à ses lèvres. Et pas question de le siroter. À présent, elle avait besoin de se remettre, et elle le vida d'un trait.

À l'évidence, Chase projetait depuis le début d'infiltrer Black Crescent. Avait-il attendu que le poste de P-DG se libère ? Il ne pouvait pas savoir que Josh voulait démissionner, car, à l'origine, Josh avait bien l'intention de rester à son poste. Certes, devenir un magnat des affaires n'était pas l'avenir dont Josh avait rêvé. Il avait accepté ce poste par devoir envers sa famille et il avait fait tout ce qui était en son pouvoir pour restaurer sa réputation ternie.

Aujourd'hui, cependant, Josh était amoureux de Sophie, et tous deux projetaient de vivre ensemble pour le restant de leurs jours. Josh avait donc décidé de se consacrer à l'art, sa vraie passion. Haley ne pouvait pas l'en blâmer. Après tout, il avait mis sa vie entre parenthèses alors qu'aucun de ses frères n'avait envie de se porter volontaire pour prendre la tête de la société, et qu'Oliver en était incapable, compte tenu de son addiction.

Haley savait qu'Oliver allait mieux, aujourd'hui et que l'enfer qu'il avait traversé était largement derrière lui. Mais il n'était pas encore prêt à prendre les commandes d'une entreprise de la taille de Black Crescent.

Reposant son verre, Haley appuya sa tête contre le coussin et prit un moment pour assimiler toutes ces informations. Même si elle était tentée de confondre Chase et de trouver les réponses aux questions qu'elle se posait – notamment de savoir si elle avait fait partie de son plan depuis le début –, Haley savait déjà qu'elle allait devoir se montrer patiente à ce sujet et prendre tout son temps. Les enjeux étaient trop importants… notamment son cœur, mais aussi l'intégrité de l'entreprise, et même son devenir.

Si Chase en devenait le P-DG, que ferait-il de cette société que Haley considérait comme sa famille ? Qu'adviendrait-il de tous les employés qui avaient fait confiance à Josh, sans même mentionner les importants clients avec lesquels ils étaient en affaires ? La ruine de Black Crescent ne serait-elle pas une simple répétition de ce qui s'était passé des années plus tôt avec Vernon Lowell ?

Haley n'aimait pas les mensonges, la dissimulation et la fourberie. Elle s'enorgueillissait d'être honnête et transparente, mais aussi suffisamment forte pour faire face aux situations les plus difficiles.

Il n'existait qu'un seul moyen de découvrir les véritables motivations de Chase, et, pour cela, elle allait devoir tourner le dos à tous ses principes.

Elle allait lui tendre un piège… tout en continuant à prétendre que leurs rapports étaient au beau fixe. Mais, en réalité, tout avait changé entre eux. Les émotions qu'elle ressentait pour lui allaient déjà plus loin que tout ce à quoi elle avait pu s'attendre, ou même ce qu'elle désirait.

Haley ignorait totalement ce que leur réserverait la suite de cette histoire et si son plan réussirait, mais elle était certaine d'une chose… quelqu'un allait souffrir.

# - 11 -

Chase ne fut pas du tout surpris que Haley lui rende son invitation à dîner chez elle. Quelque chose était à l'œuvre entre eux, qui n'avait pas le moindre rapport avec son projet de vengeance, ni avec sa carrière.

Il l'appréciait sincèrement et il désirait passer plus de temps avec elle. Avec ce souci des autres qui était l'une des facettes les plus évidentes de sa personnalité, comment avait-elle pu rester loyale envers une entreprise dirigée par une crapule ? Comment une personne comme elle, qui aimait les autres et qui leur donnait tant, avait-elle pu commencer sa carrière à un si jeune âge au service d'un escroc ?

Côté positif, Vernon était parti avant d'avoir pu corrompre Haley. Chase tremblait à l'idée de ce que cet homme aurait pu faire à une personne aussi innocente et aussi généreuse qu'elle.

Serrant fermement dans une main la tarte aux framboises qu'il avait préparée lui-même, Chase sonna à la porte de Haley et recula d'un pas, attendant qu'elle se manifeste.

Quelques secondes plus tard, la porte s'ouvrit en grand, révélant un spectacle à couper le souffle. Les longs cheveux de son hôtesse cascadaient librement sur ses épaules, et la petite robe rouge qu'elle portait ne laissait absolument rien à l'imagination, car elle était à la fois courte et dotée d'un profond décolleté en V qui exposait généreusement sa poitrine parfaite. Il venait à peine d'arriver, et cette femme affolait déjà tous ses sens… Et, à en juger par son petit sourire coquin, elle savait exactement l'effet que sa tenue avait sur lui. Maudites hormones. Pourquoi fallait-il que cette femme le fasse vivre dans cet état constant de désir insensé ?

— Juste à l'heure, observa-t-elle. Je viens de sortir le repas du four.

Elle fixa le plat qu'il tenait entre ses mains, puis elle releva les yeux vers lui et remarqua :

— Avez-vous jeté la boîte de la pâtisserie d'où provient cette tarte pour me l'apporter dans ce joli plat ?

— Quelle boîte ? protesta-t-il, affectant un air outré. Je vous informe que j'ai confectionné cette tarte de mes propres mains. Je ne l'ai pas achetée, ni demandé à mon chef de la préparer pour moi.

Visiblement impressionnée, Haley s'écarta et lui fit signe d'entrer.

— Et si vous me racontiez pendant notre dîner comment vous avez appris à préparer des desserts aussi succulents ?

Sur ces mots, elle se détourna de la porte et traversa le hall en ondulant des hanches devant lui. Fasciné par ce mouvement, Chase referma la porte derrière lui et lui emboîta le pas.

La maison était spacieuse et fonctionnelle. L'ameublement moderne et minimaliste, dans des tons gris pâle qui faisaient un élégant contraste avec les parquets de bois sombre. Mais, çà et là, des explosions de couleurs – coussins et tentures aux couleurs vives et une profusion de plantes d'intérieur – illustraient l'autre versant de la personnalité de Haley. Après les heures de bureau, la femme de carrière sophistiquée cédait la place à une petite diablesse qui adorait s'amuser.

Mieux il la connaissait, et plus il regrettait qu'ils ne se soient pas rencontrés dans d'autres circonstances .

Haley s'affaira à servir le dîner dans leurs assiettes et remplit leurs deux verres de vin en chantonnant à mi-voix un petit air qu'il ne reconnut pas, mais qui le charma instantanément.

— Ma mère aussi avait l'habitude de chantonner en travaillant, remarqua-t-il.

Cette réflexion lui avait échappé sans qu'il puisse s'en empêcher. Et, chose curieuse, il s'aperçut qu'il avait envie de partager avec elle d'autres détails de son passé.

— Lorsque j'étais enfant, ajouta-t-il, elle chantonnait constamment *You Are My Sunshine*. Elle le faisait en préparant le dîner, en pliant les draps. C'était sa chanson fétiche.

— Vous ne parlez pas souvent de vos parents, observa-t-elle, lui offrant un de ses doux sourires. C'est un très beau souvenir.

Ses parents étaient tout pour lui. Même s'ils avaient traversé des moments difficiles – voire des jours très sombres –, ils avaient toujours pu compter les uns sur les autres. Entre ses parents et lui, l'amour et la loyauté n'avaient jamais fait défaut.

C'était pour cette seule raison qu'il était ici aujourd'hui. Ce chemin qu'il s'était fixé des années plus tôt l'avait conduit jusqu'à Haley. Avec chaque jour qui passait, il se sentait plus coupable. Son ancienne colère, toute sa rage, s'étaient muées en désir et en passion.

— Tout va bien ?

La question inquiète de Haley ramena brusquement Chase au présent, et il acquiesça en souriant.

— Oui, bien sûr, répondit-il. Que puis-je faire pour vous aider ?

Elle continua de le dévisager un instant d'un air soucieux par-dessus l'îlot central de la cuisine. Chase ne tenait pas du tout à s'étendre sur le tumulte qui régnait en ce moment dans son esprit. Même s'il avait bâti de solides murailles de protection autour de son cœur, cela ne signifiait nullement qu'il était dépourvu de sentiments. Haley comptait beaucoup à ses yeux, il ne pouvait pas le nier, mais il s'était donné une mission, et il l'accomplirait.

Il n'était pas arrivé là où il était dans sa vie, dans ses projets, pour se laisser détourner de son but par une poussée d'hormones et par une femme innocente qui le faisait douter de tout ce en quoi il avait cru.

Constatant qu'elle continuait à le dévisager, il fit le tour de l'îlot et ramassa les deux assiettes.

— Où dînons-nous ? demanda-t-il.

— Que diriez-vous de la terrasse ? suggéra-t-elle. C'est une si belle nuit !

Elle le conduisit à travers le salon jusqu'à la terrasse qui dominait le jardin à l'arrière de la maison, avec son petit bassin et sa fontaine. Un décor tout simple, mais absolument parfait pour Haley. Elle avait une ravissante maison dans l'un des meilleurs quartiers de la ville, et, sans qu'elle ait eu besoin de le lui dire, il savait qu'elle avait gagné tout ce qu'elle possédait aujourd'hui grâce à son dur travail. Personne ne l'avait aidée, sa famille encore moins que les autres. Cette femme ne devait ces accomplissements qu'à ses efforts et à sa détermination sans faille, et elle ne laissait rien ni personne s'interposer entre elle et le succès.

Et, justement, il trouvait ce trait de caractère tellement sexy qu'il n'était pas loin de penser qu'elle était la femme la plus extraordinaire, la plus parfaite qu'il lui ait jamais été donné de rencontrer.

Dommage qu'elle ne puisse jamais être à lui.

— Pourrais-je vous demander de rapporter les serviettes qui se trouvent dans la salle à manger ? s'enquit-elle. Moi, je vais m'occuper des couverts.

— Oui, bien sûr.

Chase retourna à l'intérieur de la maison et, traversant le salon, il entra dans une petite salle à manger. Le distributeur de serviettes en papier n'était nulle part en vue, mais il y avait des papiers étalés sur la table, y compris plusieurs documents portant le logo du fonds d'investissement Black Crescent. Les surligneurs qu'il lui avait offerts étaient là aussi.

Il était tenté de jeter un coup d'œil à ces documents, mais il en fut incapable. Un mois auparavant, si cette opportunité s'était présentée, il en aurait sûrement profité, mais aujourd'hui… tout était différent.

Réprimant un soupir, Chase promena son regard tout autour de la pièce, et il aperçut le distributeur décoratif plein de serviettes en papier posé sur le buffet. Il le ramassa et ressortit de la pièce, mais pas avant d'avoir lancé un dernier regard de regret aux papiers étalés sur la table. Sur l'un d'eux, il avait reconnu la signature de Josh, mais il fit taire sa curiosité.

Ce n'était vraiment pas le moment de trahir la confiance de Haley. Il s'était juré de tout faire pour lui éviter de souffrir, de faire en sorte qu'elle ne devienne pas une victime innocente de cette intrigue.

Tourner le dos à ces documents était l'acte le plus difficile qu'il ait eu à accomplir depuis longtemps. Peut-être n'y aurait-il rien trouvé qui puisse l'aider à accomplir son plan, mais le contraire était aussi possible.

Oui, mais, dans ce cas, qu'aurait-il été censé faire ? Feuilleter les documents pour y chercher des informations utiles ? Les photographier avec son téléphone pour les étudier plus tard tout à loisir ? Et tout cela pendant que Haley attendait son retour sur la terrasse pour commencer leur dîner romantique ? Il aurait fallu être une canaille pour agir de la sorte.

En ressortant sur la terrasse, il vit que Haley avait allumé deux petites bougies et placé un bouquet de fleurs aux couleurs éclatantes dans un simple vase de verre au centre de la table.

— Et voilà ! dit-elle.

— Est-ce pour me surprendre avec ces fleurs et ces bougies que vous m'aviez éloigné ? s'enquit-il en riant.

— J'avais seulement envie de faire un geste gentil, répondit-elle avec un haussement d'épaules. Bien sûr, ce n'est pas un bouquet de surligneurs ou une tarte aux framboises maison, mais…

Chase ne se souvenait même plus de la dernière fois où quelqu'un avait fait quelque chose pour lui, qui ne soit pas un simple geste commercial. Haley n'avait aucune raison d'essayer de se servir de lui. Si l'un d'eux deux essayait d'exploiter l'autre, ce serait plutôt lui, et cette idée le gênait de plus en plus. Bientôt, il ne la supporterait plus.

La gentillesse dont elle faisait preuve en lui offrant

ce dîner et en y ajoutant cette touche romantique lui serrait le cœur, bien qu'il ait fait de son mieux pour laisser ses émotions en dehors de l'équation.

Jusqu'à cet instant.

Chase posa les serviettes sur la table et se tourna face à elle. La vague de désir qui déferlait sur lui chaque fois qu'il la regardait était à présent accompagnée d'autre chose… Un sentiment plus profond, plus fondamental, mais qu'il aurait été bien en peine de nommer.

À vrai dire, il ne tenait pas vraiment à identifier clairement ce qu'il ressentait, car cela l'aurait entraîné beaucoup trop près de ce qui ressemblait à une relation.

Bien sûr, si ce n'était une simple relation physique, il était fort capable de la gérer. Il restait en terrain familier.

Se rapprochant d'elle, il tendit une main pour la poser au creux de sa taille fine et l'attira à lui.

— Tout ceci est extraordinaire, murmura-t-il. Le dîner, l'atmosphère, la robe sexy… Vous n'aviez pas besoin de vous donner tant de peine pour moi.

— Je l'ai peut-être fait pour nous. J'aime peut-être tout simplement votre compagnie, et j'avais envie de me faire belle, même si nous ne sortons pas en ville.

L'idée de sortir ne l'avait même pas effleuré. Il n'était pas question pour lui de l'emmener dans un lieu public, car il ignorait combien de temps encore il pourrait contrôler son désir. Lui ôter cette robe venait de passer tout en haut de sa liste de priorités… éclipsant même le souvenir des documents qu'il avait vus dans l'autre pièce.

— Rester ici ce soir est la meilleure idée que j'aie entendue aujourd'hui, murmura-t-il tout contre ses lèvres en la serrant plus fort contre lui. Avez-vous choisi cette robe exprès pour me rendre fou ?

— Ma stratégie a-t-elle fonctionné ? demanda-t-elle, levant ses yeux rieurs vers les siens.

— Vous avez de la chance d'avoir réussi à garder vos vêtements jusqu'à maintenant.

— Le dîner d'abord, répondit-elle, recueillant son visage entre ses mains pour déposer un baiser sur ses lèvres. Ensuite, il sera toujours temps de négocier les options du dessert.

Sur ces mots, elle se dégagea souplement de son étreinte et tira une chaise pour lui.

— Asseyez-vous et mangez avant que cela ne refroidisse.

— S'il s'agit d'une sorte de préliminaire à l'amour, je m'incline.

— Je gagne toujours, dit-elle en tirant une serviette pour la poser sur ses genoux, son regard fixé dans le sien.

C'était une autre raison pour la trouver irrésistible, mais il devait absolument rester concentré. La vue de ces documents, tout à l'heure, la gentillesse de Haley doublée d'un sex-appeal extraordinaire, l'avaient sérieusement ébranlé. Il ne dirait pas un mot au sujet des documents, bien entendu. Elle devait avoir rapporté du travail à la maison, ce qui, de sa part, n'était pas très surprenant.

— Et si vous me racontiez comment vous avez appris à préparer de si superbes desserts ?

— Oh ! ils ne sont pas uniquement superbes, corrigea-t-il. Ils sont incroyablement délicieux.

— Je vois que l'humilité fait aussi partie de vos nombreuses qualités, observa-t-elle en souriant.

Chase avala une bouchée de ce qui ressemblait à des pâtes fraîches maison, avant de répondre :

— Il n'y a aucune place pour l'humilité dans ma vie. La confiance en moi-même et la prise de risques sont ce qui m'a amené là où je croyais avoir ma juste place.

— S'il vous plaît, pas de discussions de travail à table, l'arrêta-t-elle. J'ai déjà été obligée de rapporter quelques documents à la maison pour les trier, et j'aimerais profiter d'une soirée entière à ne rien faire du tout.

— Je me réjouis que vous vous soyez réservé un peu de temps pour vous-même, déclara Chase, posant sa fourchette pour serrer doucement sa main par-dessus la petite table ronde

— Pour le passer avec vous.

— Y a-t-il quelqu'un d'autre dans votre vie ?

— Oh ! oui ! répondit-elle en riant. En plus de vous, je vois secrètement tous les autres candidats au poste de P-DG. Vous comprenez, il me faut bien essayer de déterminer lequel d'entre vous serait le plus compatible avec moi.

Il ne put s'empêcher de sourire à cette repartie narquoise. La vivacité d'esprit était une autre qualité qu'il appréciait chez elle.

— J'avoue que je l'avais mérité, dit-il. À quand remonte votre dernière vraie relation avec un homme, avant moi ?

— Avons-nous une relation ? s'enquit-elle.

Cette idée ne le gênait pas du tout. Ce qui l'ennuyait, c'était qu'elle ne soit que temporaire. Il ne pouvait pas être question de long terme entre eux, même s'il avait eu du temps à consacrer à une relation sérieuse.

— Je fais l'amour exclusivement avec vous, et nous

sommes sortis ensemble, remarqua-t-il. Comment appelleriez-vous de tels rapports ?

Haley demeura silencieuse un instant, faisant tournoyer son vin dans son verre, puis elle releva son regard vers lui.

— Je n'en suis pas sûre, répondit-elle enfin. J'aime vous voir. J'aime faire l'amour avec vous, et je n'ai pas envie de le faire avec un autre homme pour le moment.

*Pour le moment ?* songea Chase. Devait-il en déduire qu'elle aussi considérait cette relation comme uniquement temporaire ? Parce que si lui-même n'espérait pas davantage de ce qu'ils vivaient à l'heure actuelle, c'était seulement parce qu'il était persuadé qu'elle ne lui pardonnerait jamais de s'être attaqué à sa chère entreprise.

Mais pour quelle raison Haley penserait-elle que leur relation n'avait aucun avenir ?

Et pourquoi diable se sentait-il aussi offensé à cette idée ?

— Et si nous parlions de cette tarte ? poursuivit-elle. Aimeriez-vous me raconter comment vous avez acquis ces talents ? Et… avez-vous d'autres secrets que vous aimeriez partager avec moi ?

D'autres secrets ? Chase savait qu'elle les connaîtrait un jour, mais, ceux-là, elle n'était pas encore prête à les entendre. Dans la situation où il se trouvait aujourd'hui, il pouvait seulement espérer qu'elle ne le détesterait pas trop, et que, lorsque cette affaire serait terminée, elle comprendrait les raisons qui l'avaient poussé à agir comme il l'avait fait.

# - 12 -

Haley se retourna dans son lit, tendant la main vers Chase, et découvrit alors que la place près d'elle était non seulement vide, mais également froide. Un peu désorientée, elle s'assit dans le lit et jeta un coup d'œil autour d'elle dans la pénombre de la chambre. C'est alors qu'elle vit le rai de lumière qui filtrait sous la porte.

Après leur dîner, Chase et elle avaient bu un autre verre de vin et bavardé un petit instant sur la terrasse, mais il ne leur avait pas fallu longtemps pour avoir envie de se retirer dans l'intimité de la chambre. Avant d'avoir fini de traverser le salon, ils avaient déjà semé tous leurs vêtements derrière eux. Après un premier corps-à-corps fiévreux, Chase l'avait emportée de la manière la plus romantique possible jusqu'à la chambre, où ils avaient pris tout leur temps pour s'explorer l'un l'autre.

Alors, où était-il maintenant ? Elle s'était endormie dans ses bras vigoureux, étroitement blottie contre sa force, contre sa chaleur.

Les documents, songea-t-elle en se figeant. Elle les avait laissés bien en vue pour tester la loyauté de Chase. Mais, sitôt qu'ils avaient commencé leur dîner, elle avait oublié son plan – son piège ou quel que soit le nom que l'on veuille lui donner. Bien entendu, elle l'avait envoyé dans la salle à manger pour qu'il voie les feuillets en désordre. C'était dans ce but qu'elle avait feint d'avoir oublié les serviettes. Elle avait besoin d'éveiller sa curiosité.

Les documents qu'elle avait laissés traîner étaient confidentiels, certes, mais ils n'étaient pas de nature à représenter une éventuelle menace pour l'entreprise. En revanche, ils contenaient des informations qu'elle était seule à connaître. Même Josh n'avait pas connaissance de certains détails, et donc, si des fuites se produisaient, elles ne pourraient provenir que d'une seule source.

Saisie d'un profond sentiment de culpabilité, elle repoussa le drap et, posant ses pieds sur le tapis, elle resta là un moment à réfléchir, assise sur le bord du lit. Que devait-elle faire, à présent ? Elle n'aimait pas jouer à ces petits jeux, mais elle devait absolument savoir ce que Chase désirait vraiment. Souhaitait-il réellement devenir le P-DG de Black Crescent, ou projetait-il de détruire l'entreprise de l'intérieur ?

Avait-il l'intention de la détruire par la même occasion, elle aussi ? Était-ce son plan depuis le début ?

À présent, une peur diffuse venait se mêler à sa culpabilité et à son inquiétude. S'il n'avait pas cherché à la manipuler, Haley regrettait amèrement de lui avoir tendu un piège. Néanmoins, ce n'était pas seulement elle qu'elle devait protéger, mais aussi Black Crescent et toutes les personnes que l'entreprise employait.

Haley se leva, ramassa son kimono sur le coffre ancien au pied de son lit et l'enfila rapidement, puis elle sortit pieds nus dans le couloir. La pendule décorative indiquait qu'il était un peu plus de 5 heures du matin. Dans la mesure où on était dimanche et pas un jour typique de la semaine, elle aurait aimé dormir un peu plus longtemps dans les bras de l'homme dont elle était en train de tomber amoureuse.

Et qui la trahissait peut-être déjà.

Cette histoire était réellement en train de tourner au désastre.

En entrant dans l'espace ouvert du salon, elle aperçut Chase dans la cuisine, penché au-dessus de sa cafetière.

En costume noir, Chase Hargrove était diaboliquement sexy, aucun doute. Mais ici, dans sa cuisine, uniquement vêtu d'un boxer noir, ses cheveux en désordre suggérant qu'il venait tout juste de sortir du lit, il l'était mille fois davantage.

Haley n'osait pas examiner de trop près les sentiments que la présence de Chase dans sa maison éveillait en elle. Elle n'avait pas l'habitude d'inviter des hommes dans son espace personnel, mais elle avait dû s'y résigner pour poser son piège.

Le seul souvenir de ce stratagème lui donnait à présent la nausée. Mais l'idée d'avoir pu croire qu'il se servait d'elle, qu'il était dans la salle à manger et qu'il volait des informations concernant Black Crescent empirait encore son malaise.

Elle entra dans la cuisine en traînant les pieds sur le parquet, et Chase se retourna vers elle, lui adressant un sourire en coin.

— Vous ai-je réveillée ?

— Non, assura Haley. Je me suis retournée dans le lit et je me suis aperçue que vous n'étiez plus là.

— J'ai l'habitude de me lever tôt.

N'avait-il pas plutôt essayé de profiter de son sommeil pour fouiller dans ses affaires ? Combien de temps était-il resté seul dans sa maison ? Avait-il pris des photos des documents et déjà appelé son assistant ou sa famille ? Ses parents soutenaient-ils sa démarche ?

Elle se posait trop de questions au sujet de cet homme planté dans sa cuisine, quasiment nu.

Chase tourna à nouveau son attention vers la cafetière et il tapota quelques boutons, poussant un soupir.

— Je m'efforçais de comprendre le fonctionnement de votre fichue cafetière, mais je ne suis pas doué.

Son expression d'impuissance la fit rire, et elle contourna le bar qui séparait le salon de la cuisine, notant au passage le désordre qu'il avait créé autour de lui dans sa vaine tentative de préparer leur café matinal.

— Et si vous alliez vous asseoir ? suggéra-t-elle en riant. Je vais m'occuper du café.

— J'allais tout nettoyer après, assura-t-il, tournant un regard aux paupières lourdes vers elle.

— Oui, j'en suis certaine, répondit-elle en lui tapotant la joue. Mais j'ai horreur du chaos, j'ai besoin d'y mettre un terme avant qu'il ne me donne des cauchemars.

Il fit un pas de côté en signe de reddition.

— D'accord. Mais expliquez-moi au moins comment ce truc fonctionne afin que je le sache la prochaine fois.

Haley se figea.

— La prochaine fois ? répéta-t-elle. Comptez-vous passer souvent la nuit ici ?

Chase tendit la main et tirailla doucement la ceinture de son kimono, avant de répondre :

— Aussi souvent que vous me le permettrez.

Dans un monde parfait et dans des circonstances très différentes, elle n'aurait pas demandé mieux que de partager son lit avec cet homme nuit après nuit.

Elle n'imaginait pas meilleure manière de s'endormir chaque soir.

Malheureusement, elle était presque certaine, désormais, qu'elle ne pouvait pas lui faire confiance, et elle s'était convaincue qu'il se servait d'elle… Ce qui signifiait qu'elle allait devoir garder une longueur d'avance sur lui jusqu'à ce qu'elle ait découvert le fin mot de cette histoire.

Un profond sentiment de malaise s'empara de Haley. Elle avait besoin d'espace. Elle ne pouvait pas rester une seconde de plus près de lui alors qu'ils étaient tous deux quasiment nus et que toutes ces émotions bouillonnaient en elle.

— Laissez-moi m'occuper du café, dit-elle s'efforçant de sourire. Retournez au lit, et je vous y rejoindrai dans un petit moment.

Il se pencha soudain vers elle et posa sa bouche sur la sienne, la prenant tellement au dépourvu qu'elle dut se cramponner à ses larges épaules nues pour garder son équilibre. Puis, tout aussi brusquement, il la relâcha et recula d'un pas.

Haley s'appuya au bord du comptoir pour se stabiliser tandis que Chase s'éloignait dans le couloir, puis disparaissait dans la chambre.

Poussant un soupir de soulagement, Haley ferma les yeux et fit un effort pour se ressaisir. Elle remit rapidement de l'ordre dans la cuisine et alluma la cafetière, puis, jetant un dernier regard en direction du couloir, elle se dirigea vers la salle à manger.

La lumière de la cuisine parvenait jusqu'à l'intérieur de cet espace, éclairant la table. Les documents étaient exactement à la place où elle les avait laissés. Rien n'avait été déplacé, et, même s'ils avaient l'air en désordre, elle savait dans quel ordre elle les avait disposés.

S'était-elle trompée en pensant qu'il se servait d'elle ? Il avait eu une parfaite opportunité de parcourir ces documents, et elle était quasiment certaine qu'il n'en avait rien fait.

Le son de la cafetière annonçant la fin de son cycle la fit se détourner de la table. Son plan avait fonctionné – ou pas, selon la façon dont on considérait la situation. Il savait que ces documents étaient là, et, s'il avait cherché à lui nuire, ou à nuire à l'entreprise, ne les aurait-il pas déplacés pour les lire ou pour les photographier ?

Et si c'était seulement à *elle*, qu'il s'intéressait ?

Mais, dans ce cas, que se passerait-il s'il décrochait le poste de P-DG et qu'il devenait son patron ? Que penseraient les gens ? Tout le monde savait qu'elle participait aux entretiens de sélection des candidats. Penseraient-ils qu'il avait été choisi parce qu'il était son amant ?

Haley fit de son mieux pour refouler toutes ces questions dérangeantes de son esprit en retournant s'occuper du café. Chase l'attendait dans sa chambre, et, à présent qu'elle savait que ses intentions n'avaient peut-être rien de malhonnête, qu'il était peut-être sincère, elle avait hâte de passer la matinée avec lui, et, peut-être, de voir jusqu'où tout ceci les conduirait.

— J'ai d'autres informations.

Tout en pilotant son SUV dans les rues animées du centre-ville, Chase écoutait le rapport de son détective privé, qui lui exposait au téléphone tous les détails de l'enquête qu'il venait de mener à sa demande.

— Ces informations n'ont pas été faciles à obtenir, et cela risque d'être cher.

Chase réprima un soupir. Ce détective était l'un des meilleurs de la profession, mais son ego surdimensionné lui tapait sur les nerfs. Il n'était pas d'humeur à jouer. Il désirait seulement que l'enquêteur lui donne le scoop pour lequel il le payait.

— Qu'avez-vous découvert ? coupa-t-il alors qu'ils s'arrêtaient à un feu rouge.

— Il semble que le médecin qui a mis au monde l'enfant naturel dont la rumeur attribue la paternité à Josh soit un personnage assez douteux et peu digne de confiance… et c'est aussi le cas de la mère de l'enfant.

— Douteux jusqu'à quel point ?

— Le médecin ou la mère ?

— Je veux savoir tout ce que vous avez découvert, répondit Chase, serrant plus fort son volant et puisant dans ses réserves de patience.

— Ce bon docteur est connu pour ses falsifications d'actes de naissance, expliqua le détective. Des centaines, sinon des milliers. Contre une somme rondelette, il trafique aussi les résultats des tests ADN pour les clients désespérés. Il exerçait depuis plus de trente ans lorsqu'il s'est fait prendre. Aujourd'hui, il est en prison.

Intéressant, songea Chase. Un médecin véreux au service d'une famille véreuse. C'était vraiment charmant.

— Les résultats mentionnent aussi que le père pourrait être Josh, ou bien son frère jumeau, Jake.

Au moins, c'était quelque chose.

— Plus je creuse dans le passé de Josh et plus je suis persuadé qu'en réalité c'est un type honnête. Tout l'opposé de son père. Il semble bien décidé à tourner le dos aux affaires de sa famille, et je ne peux pas l'en blâmer. Ce doit être l'enfer de vivre avec le nuage noir de Vernon Lowell suspendu au-dessus de sa tête durant toute sa vie.

— Envoyez-moi tout ce que vous avez trouvé, dit Chase. J'ai besoin de vérifier quelques détails par moi-même. Je vous ai fait un virement pour vos honoraires, et j'y ai ajouté un bonus pour vous remercier de votre excellent travail.

Il tapota l'écran sur le tableau de bord pour couper la communication, et la musique envahit automatiquement l'habitacle du SUV. Il avait besoin de réfléchir, et le silence total le rendait fou.

Le feu passa au vert, et Chase tourna pour suivre le trajet familier qui conduisait à la maison de ses parents. Mais, en esprit, il était encore chez Haley, passant le week-end avec elle et avec ces satanés documents.

Il ne croyait pas un instant que tout cela n'ait été qu'une coïncidence. Il était fermement convaincu qu'elle avait laissé ces dossiers bien en vue pour qu'il les trouve. Pour commencer, cette femme était une maniaque du rangement, et, chez elle, tout avait sa place. Elle n'aurait jamais laissé ces documents étalés sur la table, au lieu de les organiser en petites piles bien nettes.

D'autre part, elle n'aurait pas laissé traîner des documents confidentiels sur la table de sa salle à manger en sachant qu'une personne étrangère à l'entreprise s'apprêtait à passer la soirée chez elle. Elle était beaucoup plus professionnelle et plus intelligente que cela.

Tout cela signifiait qu'elle avait un plan. Elle ignorait peut-être ce qu'il projetait exactement, dans la mesure où il n'en était pas très sûr lui-même, mais elle savait qu'il n'avait pas été totalement transparent avec elle.

Alors, qu'allait-il faire maintenant ? Devait-il poursuivre ce petit jeu ? Pour lui, sa vengeance n'était pas du tout un jeu. Et ses sentiments pour Haley non plus.

Mais il était allé trop loin dans cette histoire pour reculer. Il devait certainement exister un moyen de conquérir l'entreprise *et* la femme. Et, si Josh Lowell était réellement un honnête homme, Chase allait devoir réviser son plan. Josh désirait prendre ses distances avec Black Crescent, et cela démontrait clairement qu'il n'était pas comme son père.

Alors qu'il arrivait dans le quartier de ses parents, Chase réfléchissait déjà à la possibilité de rencontrer Josh hors des locaux de Black Crescent. Il pourrait peut-être l'informer de tout ce qu'il avait découvert, et améliorer ainsi ses chances d'obtenir le poste de P-DG.

Il existait peut-être un moyen de sauver la situation. D'obtenir sa vengeance et de sauver la relation fragile qui faisait désormais partie de sa vie.

# - 13 -

La douce étreinte des bras de sa mère avait toujours eu pour effet de le pacifier, au moins sur le moment. Ce parfum familier de lotion pour bébé qu'elle affectionnait le ramenait invariablement à son enfance, lorsque sa maman le serrait dans ses bras et lui assurait que tout irait bien.

Aujourd'hui, c'était elle qui avait besoin qu'il la rassure.

— Papa est-il à la maison ? s'enquit-il en s'écartant doucement d'elle.

— Non, répondit sa mère, refermant la porte derrière lui. Il joue au golf avec quelques amis, aujourd'hui. Je suis très heureuse que tu aies pu venir. Allons dans le salon, veux-tu ? As-tu envie de boire quelque chose ? Je viens de préparer des muffins aux canneberges.

— Non, je te remercie, maman, tout va bien.

Chase suivit sa mère dans le salon. Il lui avait offert cette maison à sa sortie de la clinique, alors que son père était encore en prison. C'était un joli quartier très tranquille, et la maison, bien que spacieuse, était bâtie sur un seul niveau pour lui permettre d'accéder facilement à toutes les pièces.

Elle prit place sur le canapé, et Chase s'installa dans un fauteuil ancien en face d'elle. Sa mère avait bonne mine, ce jour-là, avec son chemisier bouton d'or et son jean blanc, ses cheveux sombres torsadés dans son style habituel.

— Tu es très jolie, aujourd'hui, maman.

— Tu disais toujours cela quand tu t'apprêtais à me demander quelque chose, observa-t-elle en riant.

— C'était peut-être vrai à l'époque, mais je n'ai besoin de rien aujourd'hui. Est-il interdit à un fils de complimenter sa mère ?

— Pas du tout, répondit-elle. À mon âge, tous les compliments sont les bienvenus, d'où qu'ils viennent.

— Tu n'as que cinquante-huit ans, maman. On n'est pas encore vieux à ton âge.

— Tu sais très bien que j'en ai cinquante-neuf, répliqua-t-elle, tendant sa main pour effleurer sa joue d'une caresse. Mais je te remercie de vouloir me rassurer.

— Alors, dis-moi, poursuivit Chase, s'adossant à nouveau à son fauteuil. Pour quelle raison souhaitais-tu me voir ?

— J'adore que tu viennes me rendre visite, répondit-elle. Et cela faisait plusieurs jours que je ne t'avais pas vu.

C'était peut-être parce qu'une autre femme accaparait toutes ses pensées – la seule au monde qui puisse lui faire oublier ses objectifs, et même la réalité. Mais Chase se garda bien de l'avouer tout haut.

— Tu m'as envoyé un texto pour me demander de passer te voir, rappela-t-il. Et je ne pense pas que ce soit seulement pour rester assise à me regarder.

— Très bien, répondit-elle d'un ton ferme. J'avais besoin de te parler, et je ne souhaitais pas le faire au téléphone ou par texto. J'ai besoin de savoir ce que tu complotes avec ce projet de vengeance qui semble t'obséder. Et je voudrais que tu me parles de cette femme qui occupe soudain chaque minute de ton temps.

Sa mère, autrefois si faible et si docile, s'était métamorphosée en guerrière depuis son traitement. Chase était très fier de voir qu'elle avait vaincu ses vieux démons, mais ce changement radical le terrifiait. Elle était toujours sa maman. Elle méritait toujours tout son respect, mais aussi qu'il lui dise la vérité… Le problème, c'était qu'il n'était pas très sûr de ce qu'il devait lui révéler ou garder pour lui-même à ce stade délicat des opérations.

— Depuis quelque temps, je fréquente une femme, c'est vrai, convint-il. Elle s'appelle Haley Shaw.

— Et quel rôle a-t-elle dans cette histoire ?

— Elle est l'assistante personnelle de Josh Lowell, expliqua-t-il, décidant de se montrer totalement honnête avec elle.

Sa mère le dévisagea un instant en silence, puis elle poussa un profond soupir.

— N'entraîne pas une innocente dans ce désastre, Chase. Elle ne peut pas être au courant de ce qui s'est passé il y a toutes ces années.

— En réalité, Vernon Lowell lui-même l'a engagée alors qu'elle était encore à l'université, corrigea-t-il. Mais tu as raison, elle est innocente. Au début, j'ai flirté avec elle uniquement dans l'espoir de lui extraire des informations sur le fonctionnement interne de Black Crescent.

— Et… as-tu obtenu quelque chose d'elle ?

Ce regard perspicace fixé sur lui fit brusquement resurgir toute sa culpabilité. Il n'avait jamais voulu entraîner Haley si loin dans son plan, mais il n'était plus en son pouvoir d'arrêter le cours des événements qu'il avait déclenchés et dans lesquels elle jouait un rôle malgré elle.

— Oh ! non ! murmura sa mère

— Qu'y a-t-il ?

— Tu es en train de tomber amoureux d'elle.

— Je ne suis pas amoureux d'elle, assura Chase d'un ton embarrassé. Nous passons du temps ensemble. Nous sortons quelquefois en ville. Haley est une femme merveilleuse. Une femme de carrière et une femme loyale. C'est cela qui me plaît chez elle.

— Tu es en train de tomber amoureux d'elle, répéta-t-elle. Ou tu l'es peut-être même déjà irrémédiablement.

— À l'heure actuelle, je n'ai aucune place pour les histoires d'amour dans ma vie, répondit-il d'un ton désinvolte. Je suis trop occupé.

— La plupart des gens ne s'y attendent pas lorsque cela leur arrive, mais tu es déjà plus beaucoup plus impliqué que tu ne le crois, mon fils. Ou alors, c'est peut-être seulement que tu te mens à toi-même. Mais, quoi qu'il en soit, si tu ne peux pas faire face à la réalité, l'un de vous deux va souffrir.

Sa mère s'imaginait-elle qu'il n'y avait jamais pensé ? Qu'il n'était pas malade d'inquiétude à l'idée que Haley soit une victime collatérale de la guerre qu'il s'apprêtait à déclencher ? Ou, pire… qu'elle le haïsse à tout jamais.

Lorsque tout ceci serait terminé, comprendrait-elle pourquoi il avait fait tout cela ? Le croirait-elle lorsqu'il lui dirait que les sentiments qu'il éprouvait pour elle étaient réels ?

Et, réels, ils l'étaient, aucun doute là-dessus. Bien sûr, ce n'était peut-être pas de l'amour dans le sens où sa mère l'entendait, mais c'était bien davantage qu'une simple aventure sexuelle.

Lorsque tout ceci serait terminé, et qu'il serait devenu le nouveau P-DG de Black Crescent, y avait-il la moindre chance que Haley l'écoute ?

— Il me semble que tu as quelques décisions à prendre, conclut sa mère d'une voix douce.

Chase ferma les yeux. Ces décisions ne seraient pas faciles. Il n'avait pas menti au sujet de son emploi du temps surchargé, mais il allait devoir trouver le temps de réfléchir à la place que Haley occupait dans sa vie. Était-elle plus importante que cette vengeance, ou devait-il l'écarter de sa vie pour accomplir le plan qu'il échafaudait depuis une décennie ?

— Il me semble que nous arrivons au bout du processus de sélection, déclara Josh, visiblement satisfait, s'adossant à son fauteuil directorial de cuir noir. Si Ryan Hathaway avait accepté ce poste, nous en aurions terminé depuis plusieurs semaines déjà.

Assise en face de lui, de l'autre côté du grand bureau de métal et de verre, Haley le dévisagea une seconde. Pour un lundi matin, l'attitude de son patron était plutôt inhabituelle, mais elle devait avouer que, pour elle aussi, la semaine avait très bien commencé. Chase et elle venaient de passer ces deux derniers jours ensemble à faire l'amour – pouvait-on d'ailleurs utiliser ce terme à propos de leurs relations ? Le matin précédent, Chase et elle avaient pris le petit déjeuner dans un petit café de son quartier. Ils avaient regardé de vieux films ensemble, partagé des confidences – qui aurait cru que cet homme possédait toute une collection de chaussettes loufoques ?

— Avez-vous décidé lequel de ces candidats va vous remplacer ? s'enquit-elle, s'efforçant d'affecter un ton détaché.

— J'ai réduit la liste à trois noms, précisa Josh. J'ai l'intention de les convoquer tous les trois pour un dernier entretien, mais j'aimerais en parler avec vous avant de prendre une décision.

Elle n'aimait pas du tout le ton de sa voix, ni sa façon de la dévisager comme s'il connaissait son honteux petit secret. Était-il déjà au courant ?

Et, s'il le savait, quelle importance ? Elle ne devait pas avoir honte de Chase. Il était l'homme que son cœur désirait chaque jour davantage.

— J'ai entendu une rumeur vous concernant, vous et l'un des candidats, ajouta-t-il. Chase Hargrove.

Haley réprima un soupir. Une rumeur ? Plutôt des commérages de bureau. Elle adorait Black Crescent, mais elle savait que cela se passait ainsi dans tous les immeubles de bureaux. La moindre rumeur se répandait comme une traînée de poudre et prenait vite des proportions ridicules.

— Et qu'avez-vous entendu raconter, exactement ?

Quels que soient les potins qui circulaient à leur sujet, elle savait qu'ils seraient en dessous de la réalité, mais c'était un détail qu'elle entendait bien garder pour elle.

Josh baissa son regard vers ses mains, posées sur son bureau, puis il poussa un soupir.

— Écoutez, commença-t-il, vous savez que vous êtes bien davantage pour moi qu'une simple assistante. Je suis de votre côté, sachez-le.

— J'ignorais que j'étais au centre d'une polémique, observa-t-elle, incapable de dissimuler son irritation.

— Ce n'est pas le cas, corrigea-t-il. Écoutez-moi, s'il vous plaît. Je ne vous parle pas en tant que patron, pas encore. Je m'adresse à vous en tant qu'ami. On m'a rapporté que vous fréquentiez Chase Hargrove. J'ai même entendu chuchoter que vous aviez l'air très intimes en public, tous les deux, ce qui me pousse à croire que votre relation n'a aucun rapport avec Black Crescent.

— Je suis sortie avec Chase en quelques occasions, reconnut-elle. Il ne fait pas partie du personnel de l'entreprise.

— Non, mais il fait partie des candidats, et certains pourraient considérer qu'il s'agit d'une compromission de votre part.

Haley se détendit. Elle savait que Josh n'était pas son ennemi. Son véritable ennemi était sa conscience, les pensées négatives qui taraudaient son esprit et qui lui soufflaient qu'elle n'aurait jamais dû laisser cette situation aller aussi loin tant que Chase resterait en course pour le poste de P-DG.

— Je pense qu'il est bon que vous sachiez que Chase Hargrove fait partie des trois derniers candidats retenus pour me remplacer, poursuivit Josh. Comptez-vous continuer à le voir, ou pensez-vous que vous devriez prendre un peu de recul avec lui ?

Haley n'en était pas très sûre. Cette entreprise était littéralement tout pour elle, et Josh faisait presque partie de sa famille. Elle continuerait à se montrer totalement loyale, envers lui et envers le fonds d'investissement Black Crescent… Mais cela signifiait-il qu'elle doive refouler ses émotions ? Qu'elle soit tenue de renoncer à l'unique relation personnelle qu'elle ait vécue depuis des années ?

— Je ne me permettrais jamais de vous dicter qui vous devez fréquenter ou non, poursuivit Josh. Je n'ai nullement le droit de juger votre conduite. Cela ne regarde que vous. Si je m'inquiète, c'est seulement en tant qu'ami. Je ne voudrais pas vous voir souffrir.

Elle non plus n'en avait pas très envie. Si Chase n'avait pas touché ces documents chez elle, cela signifiait sûrement qu'il n'avait pas l'intention de se servir d'elle… Mais était-ce si sûr ?

— Je veux m'assurer qu'il n'essaie pas de se rapprocher de vous dans le seul but de décrocher la succession à mon poste, ajouta Josh. Vous êtes l'une des femmes les plus brillantes que j'aie rencontrées, et je sais que vous ne laisseriez jamais personne vous manipuler. Si vous me garantissez qu'il est parfaitement honnête, je vous croirai.

Haley lui adressa un sourire qu'elle espérait suffisamment convaincant pour qu'il laisse tomber le sujet, au moins temporairement.

— Chase et moi apprécions la compagnie l'un de l'autre. Nous évoquons rarement notre travail. En revanche, nous parlons souvent ensemble de Leaders de Demain. Il a fait de généreuses donations à l'association, et…

Haley se tut. Les donations. Était-ce ainsi qu'il l'avait manipulée ? Avait-elle été assez stupide, assez naïve, pour succomber à son charme, à son sex-appeal, et se laisser berner par le plus vieux truc du monde ?

— Soyez prudente, Haley.

La voix de Josh, voilée d'inquiétude, l'arracha brusquement à ses réflexions. Mais il n'était pas question d'exprimer ici ses opinions personnelles ou ses incertitudes. C'étaient des questions qu'elle réglerait plus tard, et seule.

— Je resterai prudente, assura-t-elle en se levant. Est-ce tout ce que vous souhaitiez me dire ?

— Dois-je organiser un nouvel entretien avec lui, ou préférez-vous que je ne l'appelle pas ? s'enquit Josh, se levant à son tour. Je désire réellement que vous vous sentiez à l'aise avec la personne qui me succédera à ce poste.

Peu de patrons se seraient montrés aussi prévenants. La plupart auraient simplement choisi la personne la mieux qualifiée pour ce poste de dirigeant, et elle ne doutait pas une seconde que Josh ait pris ce facteur en compte. Mais il pensait aussi à elle et à son avenir. Elle regrettait déjà que Josh ait décidé de partir. Il allait terriblement lui manquer.

— Vous avez les yeux brillants, remarqua-t-il. Vous n'allez tout de même pas vous mettre à pleurer, si ?

— Ne dites pas de sottises, marmonna Haley, s'efforçant de refouler les larmes brûlantes qui montaient à ses paupières.

Josh éclata de rire et, faisant rapidement le tour de sa table de travail, la serra dans ses bras.

— Si cela peut vous aider, vous aussi allez me manquer. Mais je vous promets de repasser vous voir de temps à autre. Vous n'êtes pas encore totalement débarrassée de moi.

Haley lui rendit son étreinte, souriant tout contre son épaule.

— Je vais vous permettre de m'emmener déjeuner, déclara-t-elle. Ainsi, je pourrai vous parler en toute liberté du nouveau P-DG.

— J'ai hâte de vous entendre, assura Josh. Surtout si cette personne est Chase Hargrove.

Haley demeura silencieuse. Qu'aurait-elle pu répondre ? Il était possible que tomber amoureuse de Chase si vite ait été une erreur, compte tenu de leurs places respectives. Reprendre temporairement ses distances avec lui serait peut-être une sage décision. Ensuite, lorsque le nouveau P-DG aurait été choisi, qu'il s'agisse de lui ou de quelqu'un d'autre, elle pourrait à nouveau considérer une relation avec Chase et voir où ils en étaient.

Mais, pour le moment et dans l'avenir immédiat, elle allait devoir se concentrer sur son travail et aider Black Crescent à ouvrir un nouveau chapitre de son histoire.

# - 14 -

Haley lui avait envoyé un texto pour l'informer qu'elle avait besoin de parler avec lui et qu'elle quitterait son travail vers 17 heures. Comme elle rentrait normalement chez elle beaucoup plus tard, Chase en avait conclu que ce qu'elle avait à lui dire devait être important.

Après leur week-end ensemble, il avait senti qu'ils progressaient vers une plus grande proximité, mais il était également parvenu à la conclusion qu'elle savait que ses intentions n'étaient pas entièrement honorables.

Bien sûr, rien de tout cela n'aurait dû le surprendre. Haley était une femme intelligente. Elle n'était pas arrivée là où elle était en se laissant abuser par le premier venu.

Naturellement, certaines personnes, comme ses parents qui la sous-estimaient, ne voyaient en elle qu'une simple assistante. Chase, lui, connaissait la valeur d'une assistante loyale et convenablement formée. Elle était aussi vitale pour l'entreprise que le P-DG lui-même. Elle n'était pas moins estimable parce qu'elle travaillait dans les coulisses.

Chase arrêta son SUV dans l'allée de la jolie maison de Haley et coupa le moteur. Il aurait tout donné pour savoir où il s'aventurait. Comment pourrait-il élaborer un plan efficace alors qu'il n'avait aucune idée de la nature de l'adversaire ?

Cette idée le fit grimacer. Ce n'était pas un jeu, et

Haley n'était pas un adversaire. Pour lui, elle était devenue bien davantage. Au début, il s'était servi d'elle, certes, mais il ne s'agissait que d'un innocent flirt de bureau. C'est seulement lorsqu'il avait découvert son cœur tendre, sa nature généreuse, la passion qui la motivait, qu'il s'était trouvé totalement dépassé.

Mais, à ce stade, tout était allé trop loin, et il était trop tard pour revenir en arrière.

Il ne pouvait pas davantage rester assis là à ruminer toutes les raisons pour lesquelles son plan initial avait totalement échappé à son contrôle. Il devait faire face à Haley, mais il ne dirait pas un mot avant de savoir pourquoi elle lui avait demandé de venir ici.

Il savait dès le début que la vérité finirait par éclater, mais il avait espéré que ses secrets se révéleraient d'eux-mêmes lorsqu'il prendrait les commandes de l'entreprise qui avait détruit sa famille. Et pas seulement la sienne, mais aussi beaucoup d'autres à Falling Brook.

Chase mit pied à terre et se prépara à ce qui l'attendait. Quoi qu'il arrive, il n'était pas question qu'il perde ce qu'il avait si longtemps travaillé à conquérir… et cela incluait Haley.

Avant qu'il n'ait eu le temps de frapper, la porte pivota sur ses gonds, et Haley elle-même apparut devant lui, toujours dans ses vêtements de travail. Une autre de ces petites robes d'un style apparemment conservateur, mais qui lui faisaient totalement perdre la tête. Ses longs cheveux cascadaient librement sur une épaule, et elle était pieds nus.

Mais le sourire qu'il aimait tant était absent. Ce sourire qui l'accueillait toujours en temps normal, qui lui donnait invariablement envie de la soulever dans ses bras et de l'emporter quelque part où ils seraient seuls, tous les deux, et où ils pourraient oublier le reste du monde… Ce sourire qui ne manquait jamais de faire flamber sa culpabilité.

— Merci d'être venu, dit-elle en lui faisant signe d'entrer. J'espère que vous n'étiez pas trop occupé.

— Je ne suis jamais trop occupé pour vous, assura-t-il.

Elle referma la porte derrière lui et le conduisit jusqu'au salon. Il n'avait quitté cette maison que la veille mais, aujourd'hui, l'atmosphère y était distinctement différente. Que savait-elle exactement, ou, plutôt, que *croyait-elle* savoir ?

Lorsqu'elle refusa de s'asseoir, il sut qu'il n'allait pas du tout aimer la suite.

— Que se passe-t-il, Haley ?

— Je vous ai menti, déclara-t-elle d'une voix mal assurée, mais en le regardant bien en face.

Chase la dévisagea. Il ne s'attendait pas du tout à cette entrée en matière. *Elle* lui avait menti ? Cette déclaration, en tout cas, ne manquait pas d'ironie.

— Et de quelle façon m'avez-vous menti ?

— Je pensais que vos intentions, concernant Black Crescent et moi-même, n'étaient peut-être pas très honnêtes, reconnut-elle. Lors de notre première rencontre, vous avez flirté avec moi et j'ai fait mine de l'ignorer, mais, ensuite, la situation a progressé.

Il attendit, l'écoutant lui exposer sa vérité tandis qu'il gardait ses noirs secrets bien enfouis en lui. Il ne s'était jamais senti aussi coupable qu'à cet instant précis, mais il n'avait d'autre choix que de la laisser continuer, se soulager de ce poids… Ensuite, il verrait comment il convenait de répondre, et ce qu'il devrait lui révéler, à supposer qu'il doive lui révéler quoi que ce soit.

— Lorsqu'il est question de Black Crescent et de Josh, j'ai une attitude très protectrice, avoua-t-elle. Aussi me suis-je permis de fouiller un peu dans votre passé. Mon attirance pour vous et mon travail sont devenus des questions totalement différentes, pourtant il m'est devenu très difficile de les séparer l'une de l'autre.

À présent, la culpabilité qu'il ressentait était teintée de colère. Elle avait mené une enquête sur lui ? Peut-être depuis le début ?

Il n'avait pas le droit de se mettre en colère, bien entendu. Mais il était furieux.

— C'est ainsi que j'ai découvert que vous aviez fait changer votre nom, poursuivit-elle sans le quitter du regard. Je ne suis pas certaine de savoir pourquoi, mais j'ai quelques idées à ce sujet. Puis, alors que les autres candidats m'envoyaient des fleurs et des pâtisseries, vous m'avez offert un bouquet de surligneurs, et vous m'avez emmenée à des premières de spectacle exclusives, et dîner dans un grand restaurant.

— Et vous considérez ces initiatives comme autant de mauvais points contre moi ? s'enquit-il, encore irrité qu'elle se soit permis d'enquêter sur lui.

— Je ne saurais dire si vous méritiez des mauvais points ou des médailles, répondit-elle. J'avais très envie de croire qu'un homme comme vous pouvait ressentir de l'attirance pour une femme comme moi.

Que diable entendait-elle par là ? songea-t-il, fronçant les sourcils. Mais, avant qu'il n'ait pu lui poser la question, Haley poursuivit :

— Ensuite, lorsque vous avez réellement commencé

à me manifester de l'intérêt, je n'ai pu m'empêcher de me demander si c'était moi que vous désiriez, ou bien le poste de P-DG.

Les dents serrées, les bras croisés sur sa poitrine, Chase continua à l'écouter. Ainsi donc, elle avait deviné ses intentions depuis le début et, malgré cela, elle était sortie avec lui… et avait même fait l'amour avec lui ?

— Alors, j'ai décidé de vous tendre un piège pour vérifier vos véritables intentions.

— Vous avez fait… quoi ? s'exclama-t-il d'un ton outré.

— Je vous demande pardon, s'excusa-t-elle en s'approchant d'un pas. J'avais besoin de savoir si vous vous intéressiez vraiment à moi, ou si vous ne pensiez qu'au poste.

À présent, il était vraiment furieux et il se détestait pour un tas de raisons, mais surtout pour s'être laissé berner depuis le début. C'était lui qui était censé collecter toutes les informations. C'était lui qui devait faire en sorte que son plan soit sans faille. Mais il avait été trop concentré sur son but pour se rendre compte que son plan si bien préparé avait complètement dérapé.

— Je sais à présent que vous n'aviez pas l'intention de me tromper et j'avais seulement… j'avais besoin de vous le dire.

Son regard toujours rivé aux siens, elle réprima une grimace, avant de conclure :

— Je ne voulais pas qu'il se passe quoi que ce soit entre nous, parce que je sens qu'instinctivement nous sommes devenus plus proches que vous ou moi ne le désirions.

Chase demeura silencieux. Qu'aurait-il pu répondre ?

Il s'efforçait encore d'assimiler les conséquences de la bombe qu'elle venait de lâcher sur lui. Il était venu ici en croyant qu'elle avait découvert son secret, mais elle avait totalement retourné la situation, et tout ce qu'il avait cru savoir jusque-là s'avérait être un mensonge.

Elle se méfiait de lui depuis le début, mais elle n'avait jamais cru utile de lui poser directement la question. Trop de dissimulations, trop de non-dits entre eux étaient en train d'abîmer leur relation.

Il était aussi coupable qu'elle, il le savait, mais il ne s'attendait pas à ce genre de comportement de la part de Haley. Elle avait été sa lueur d'espoir dans la tempête, son seul réconfort, le seul élément positif dans la période qu'il traversait.

— Vous m'avez menti, dit-il d'un ton douloureux.

— C'est vrai, reconnut-elle faisant un pas hésitant vers lui, puis un autre. Ma seule excuse, c'est que je ne vous connaissais pas très bien. Je me devais de placer mon travail et l'entreprise au-dessus de mes sentiments naissants pour vous.

Il aurait dû le comprendre dès le début. L'une des qualités qui l'avaient séduit chez elle, c'était son professionnalisme sans compromission.

Il n'avait nullement le droit d'être en colère contre elle, il le savait, mais il n'y pouvait rien. C'était peut-être contre lui-même qu'il était le plus furieux, pour n'avoir pas compris ce qui se passait et pour avoir permis que cela se produise. Car c'était lui qui avait tout commencé.

Non, décida-t-il. C'était Vernon Lowell qui avait déclenché cette énorme catastrophe lorsqu'il avait escroqué ses clients avant de disparaître en faisant porter la responsabilité de son crime à d'autres.

Haley se tenait si près de lui qu'il aurait pu la toucher, mais il n'était pas le seul fautif dans cette histoire, il le savait. Il était là, dévoré de culpabilité, se demandant ce qu'il aurait pu faire pour la protéger, alors qu'il aurait dû rester concentré sur son objectif sans se laisser distraire par le sexe. Il n'aurait jamais dû laisser la séduction entrer en ligne de compte dans ce qu'il avait à faire. Dans le monde des affaires, c'était une erreur de débutant.

— Dites quelque chose, supplia-t-elle. Je suis désolée de ne pas vous avoir cru. Je suis désolée d'avoir fait preuve de dissimulation mais, à présent, je veux que vous sachiez tout, car j'espère qu'il est encore temps de laisser tout cela derrière nous.

Mais il était impossible d'ignorer ce qui s'était passé. Même si ce qu'il venait d'apprendre l'avait plongé dans un abîme d'incertitude, Chase ne pouvait pas renoncer à son objectif principal.

Et cela signifiait qu'il devait renoncer à elle. Haley lui avait avoué ce qu'elle avait fait afin que leur relation puisse aller de l'avant, mais elle ignorait toujours ce qu'il avait fait, *lui*. Car il lui mentait encore. Sa colère actuelle était surtout due à la stupéfaction de découvrir que, alors même qu'il croyait la berner, elle l'avait battu à son propre jeu sans qu'il s'en doute… Ce qui prouvait bien qu'elle était une femme tout à fait remarquable.

Il regrettait chaque jour davantage de ne pas avoir rencontré Haley dans d'autres circonstances. Ensemble, ils auraient fait un duo formidablement dynamique.

Chase recula d'un pas, et il vit une expression de chagrin noyer le regard de Haley. Mais, lorsqu'elle fit mine de se rapprocher à nouveau, il l'arrêta.

— Non, dit-il. Je comprends le raisonnement derrière vos actions, cependant je pense qu'il vaut mieux que nous ne prolongions pas plus longtemps cette relation.

Haley le dévisagea durant un court instant, puis elle fit un effort visible pour se reprendre. Elle redressa la taille, et croisa ses bras sur sa poitrine, dans une attitude qui suggérait qu'elle était prête à livrer bataille. Mais, à cet instant précis, Chase se sentait vidé de toute énergie et il n'était absolument pas prêt pour un tel exercice. Il avait besoin de s'éloigner d'ici et de retrouver son équilibre émotionnel. Si cela faisait de lui un lâche, tant pis.

— Vous est-il si facile de répudier vos sentiments ? reprit-elle d'une voix tremblante. Et cela parce que j'ai essayé de protéger mon job et mon patron ? Lorsque tout a commencé, je ne vous connaissais pas, Chase. Si les rôles avaient été inversés, vous auriez fait la même chose que moi.

Les rôles n'étaient pas inversés, et lui-même avait enquêté plus en profondeur qu'elle ne le soupçonnait, dans le but d'évaluer ses concurrents pour le poste de P-DG.

— Je vous ai tout avoué quand j'ai compris que vous comptiez beaucoup pour moi, poursuivit-elle. Mais vous ne partagez peut-être pas ces sentiments. Peut-être n'avez-vous plus besoin de moi, à présent que vous savez que Josh vous apprécie et qu'il désire avoir un nouvel entretien avec vous.

C'était une nouvelle révélation stupéfiante, mais, au fond, Chase n'aurait pas dû être surpris. Il était parfaitement qualifié pour ce poste… Un poste qu'il désirait toujours, d'autant plus qu'il commençait à comprendre que c'était tout ce qui lui restait.

Il ne devait songer qu'à son objectif initial. Même s'il avait l'impression qu'une main de glace lui serrait le cœur, il devait se rappeler la raison pour laquelle il s'était lancé dans cette histoire en premier lieu. Pour obtenir justice pour sa famille et pour tous ceux qui n'avaient pas le pouvoir de riposter. Il devait corriger les torts qui leur avaient été faits, et s'embourber dans de nouveaux mensonges avec Haley n'était pas la meilleure façon d'y parvenir.

— Haley, nous savions tous deux que notre relation était risquée, répondit-il. Vous m'avez fait remarquer en plus d'une occasion que je pourrais devenir votre patron et que cela nous poserait un problème. Il est préférable de mettre fin à cette situation tout de suite.

Il aurait pu jurer avoir vu son menton trembler, mais ses yeux restèrent secs, son expression impassible. Elle poussa un profond soupir, et hocha la tête.

— Très bien, dit-elle d'un ton las. Je ne vous supplierai pas d'écouter ma propre version de la situation, et encore moins de m'accorder une seconde chance. Je ne regrette pas ce que nous avons fait mais, si vous avez souffert par ma faute, je vous demande pardon. J'avais pensé que vous étiez mieux placé que n'importe qui pour comprendre les justifications de ce que j'ai fait.

Oh ! il les comprenait très bien. Et c'était justement pour cela qu'il était retourné à son plan initial, en mettant fermement de côté toute émotion dérangeante qui pourrait l'en détourner.

Haley le contourna rapidement et se dirigea vers la

porte. Il entendit le déclic de la serrure, puis, rien qu'un silence assourdissant.

Chase croyait avoir imaginé tous les scénarios possibles pour cet acte final, mais il était loin de s'attendre à ce que Haley lui dévoile tous ses secrets. Et lui, il s'était comporté comme un lâche. Il n'avait pas été capable de lui avouer qu'il lui avait menti depuis le début.

À la culpabilité qu'il traînait avec lui, il fallait désormais ajouter la blessure d'amour-propre.

Chase se retourna face à elle, mais Haley resta simplement là, tenant la porte ouverte, le regard fixé droit sur le mur devant elle. Il ne pouvait pas la blâmer d'être en colère contre lui. Lui non plus n'était pas très fier de lui-même à cet instant.

Mais, au moins, en supposant qu'il ait la volonté de s'en tenir à sa décision, Haley était sortie de sa vie. Il pourrait désormais consacrer toute son énergie à sa vengeance.

Sans un mot, et sans même s'arrêter pour la regarder une dernière fois, Chase se dirigea à son tour vers la porte et sortit. Il avait à peine traversé le seuil lorsque la porte se referma derrière lui, quasiment sans bruit. Mais ce fut le claquement du verrou qui le fit sursauter, comme si la réalité venait de lui asséner une gifle en plein visage.

Et il ne pouvait en vouloir qu'à lui-même. Entre-temps, lui aussi avait quelques décisions importantes à prendre.

# - 15 -

Desserrant sa cravate, Chase traversa son cabinet de travail et s'approcha du bar dans un coin de la pièce. L'alcool n'était pas une réponse, il le savait. Mais, puisqu'il n'en avait aucune autre, quel mal y aurait-il à boire un petit verre ?

Il s'était efforcé de se concentrer sur quelques visio-conférences en ligne, mais même la conduite de ses affaires ne présentait aucun intérêt pour lui ce jour-là, au point d'ignorer plusieurs appels d'investisseurs.

Depuis qu'il avait quitté la maison de Haley, vingt-quatre heures plus tôt, il était d'une humeur massacrante, et à ce stade il lui était impossible de garder une attitude professionnelle.

Chase s'efforçait encore de comprendre ce qui s'était passé et comment il avait pu ne pas se rendre compte que Haley ne le croyait pas.

Il alla se verser deux doigts de scotch qu'il avala d'un trait et s'apprêtait à se servir un second verre lorsque son téléphone sonna dans sa poche.

Il supposa tout d'abord que c'était l'un de ses associés qui l'appelait, mais, lorsqu'il jeta un coup d'œil à l'écran, ce fut le nom de son père qu'il vit s'afficher.

— Salut, papa.

— J'espère que je ne te dérange pas ?

— Pas du tout, au contraire, répondit-il, fixant son verre vide. Ton appel tombe à pic. Quoi de neuf ?

— Je ne te retiendrai pas longtemps, poursuivit son père. Ta mère m'a informé que tu étais passé ici il y a quelques jours de cela, et nous avons longuement parlé, tous les deux. Ce que je voudrais te dire, c'est qu'il est temps de tourner la page du passé.

Serrant plus fort le téléphone dans sa main, Chase se détourna du bar et alla se planter devant la fenêtre. Le soleil se couchait, colorant l'horizon de lueurs d'incendie. Chaque jour, ce spectacle lui apportait un apaisement salutaire mais, aujourd'hui, ce n'était pas le cas.

— Quel passé ? s'enquit-il, devinant déjà ce que son père allait lui reprocher.

— Tu n'es pas sot, Chase, tu me comprends parfaitement. Renonce à cette histoire de vengeance. J'ai payé ma dette à la société, et les enfants de Vernon Lowell ne sont pas responsables de ce qui s'est passé. Ils ne sont pas du tout comme leur père. J'ai moi-même couvert certaines actions de Vernon, et pourtant tu ne m'en veux pas pour cela.

En réalité, lorsque le scandale avait éclaté Chase avait été furieux contre son père pour avoir compromis l'avenir de toute sa famille. Mais, comme c'était aussi lui qui avait travaillé dur pour leur offrir une vie décente, il était beaucoup plus facile de lui pardonner.

— Je veux prendre le contrôle de ce fonds d'investissement, déclara Chase. Il y aurait une justice poétique à m'emparer de l'entreprise qui a ruiné ma famille, non ?

— Mon fils, nous ne sommes pas totalement ruinés, rappela son père en soupirant. Nous avons connu des revers, bien sûr, mais regarde où nous en sommes aujourd'hui. Ta mère est en bonne santé, et je vis ma vie sans m'appesantir sur le passé. Oublie tout cela. Va de l'avant.

Chase serra les dents. Le discours de son père était parfaitement sensé, mais cela ne signifiait pas qu'il avait plaisir à l'entendre. Il avait besoin de sa vengeance. Il désirait rétablir la justice pour sa famille et refermer ce chapitre une bonne fois pour toutes.

— Tu devrais te concentrer sur autre chose, poursuivit son père. Ou, peut-être, sur *quelqu'un* d'autre.

À l'évidence, ses parents avaient évoqué le sujet de Haley ensemble. Mais, même si Chase aurait adoré pouvoir lui consacrer toute son attention, Haley lui avait menti… tout comme lui-même lui avait menti. Quel avenir pouvait-on espérer d'une relation qui avait débuté sous de tels auspices ?

Au demeurant, lorsqu'elle découvrirait ses manigances, elle le détesterait. Car ses mensonges à lui étaient bien plus graves que tout ce qu'elle avait fait. À présent qu'il avait eu un peu de temps pour y réfléchir, il comprenait que c'était là qu'il fallait chercher la source de sa colère. Il ne pouvait pas trop lui en vouloir d'avoir simplement essayé de protéger la seule famille qu'elle ait jamais vraiment eue. N'était-ce pas exactement ce qu'il faisait lui-même ? Protéger sa famille ?

Il l'admirait énormément d'avoir eu le courage de tout lui avouer. Elle n'était pas obligée de lui dire quoi que ce soit… et pourtant, elle l'avait fait. Elle s'était montrée franche et honnête avec lui, alors qu'il ne pouvait pas en dire autant. S'il fallait un coupable dans cette histoire, c'était lui.

— Je sais que tu n'as pas envie d'entendre ce que

je te dis parce que tu as pris ta décision il y a longtemps déjà, poursuivit son père. Mais tu devrais au moins comprendre mon point de vue. Je suis allé de l'avant dans ma vie, et je t'assure que, dès que tu auras décidé de faire la même chose, tu trouveras la paix et le bonheur qu'aucune vengeance ne pourrait jamais t'apporter. Faire justice toi-même ne changera pas le passé. Ne laisse pas ce mal te ronger plus longtemps.

Chase baissa la tête et ferma les yeux. Une tempête de pensées contradictoires faisait rage dans son esprit. Pourrait-il vraiment trouver la paix s'il laissait ce douloureux passé derrière lui ? Pourrait-il reprendre le cours normal de sa vie ?

Pour la première fois depuis des années, une lueur d'espoir brilla tout au fond de son cœur. Et elle n'avait aucun lien avec Vernon Lowell ou le fonds d'investissement Black Crescent.

— Haley ?

Se détournant avec effort de l'écran de son ordinateur, Haley leva les yeux vers Josh, planté devant elle de l'autre côté de sa table de travail.

— Oui ?

— Je viens de dire votre nom trois fois.

— Vraiment ? Je ne vous avais pas entendu.

— J'étais là devant vous depuis plusieurs minutes, et, durant tout ce temps, vous contempliez un écran vierge comme si vous étiez très loin d'ici dans un autre monde.

*Prise la main dans le sac*. Il n'était pas dans ses habitudes de rêvasser au travail, ni de se faire surprendre dans cet état de zombie.

Repoussant son fauteuil, Haley se tourna face à Josh,

qui la dévisageait encore comme un papa inquiet, et elle essaya de s'en tirer avec une plaisanterie.

— J'ai peut-être seulement besoin de prendre un autre café, répondit-elle d'un ton léger.

Hélas, Josh la connaissait trop bien, et il ne crut pas une seconde à sa bonne humeur factice.

— Qu'y a-t-il ? demanda-t-il d'une voix douce. Cela fait déjà deux jours que vous n'êtes plus vous-même.

Deux jours. Depuis que Chase avait quitté sa maison après avoir rompu avec elle. Haley ne lui avait révélé qu'une partie de ce qu'elle avait fait, de ce qu'elle avait découvert. Elle avait souhaité lui laisser une chance de tout lui dire, lui-même. De se soulager de tout ce qu'il pouvait avoir sur le cœur.

Mais, pour seule réponse, il avait mis un terme à leur relation sous un prétexte ridicule, et sans manifester le moindre regret à l'idée de cette rupture. Leur relation avait peut-être été à sens unique.

— Si vous choisissez Chase Hargrove pour vous succéder, il n'y aura aucun problème, assura-t-elle. Lui et moi ne comptons pas nous revoir dans un cadre privé.

Josh jeta un coup d'œil par-dessus son épaule aux employés qui s'affairaient autour d'eux, puis il se pencha vers elle et s'enquit, baissant la voix :

— Vous êtes sûre que cela va aller, Haley ? Parce que j'étais venu vous avertir qu'il est en route et qu'il sera bientôt ici.

— Attendez ! s'exclama-t-elle, redressant brusquement la tête. Il vient ici ? Je n'ai noté aucun rendez-vous dans mon agenda, ni aucun nouvel entretien.

— Il m'a contacté directement, précisa Josh, s'attirant un nouveau regard stupéfait. Le fait qu'il m'ait appelé sur ma ligne personnelle en vous court-circuitant totalement, ajouté à la façon dont vous vous comportiez, ces temps derniers, m'a fait pressentir qu'il se passait quelque chose. C'est une des raisons qui m'ont incité à venir.

Elle n'était pas très étonnée que Chase ait décidé de se passer d'elle, compte tenu de son attitude, la dernière fois où elle l'avait vu.

Mais, indéniablement, l'idée qu'il était sur le point d'arriver la plongeait dans un ridicule état de panique. Elle n'était pas prête à l'affronter. Pas encore. Depuis qu'il avait rompu avec elle, elle n'avait jamais tout à fait réussi à retrouver son équilibre émotionnel. Josh avait l'air inquiet.

— Avez-vous envie d'en parler ?

Haley lui sourit. Elle appréciait infiniment son affabilité, son désir de l'aider autant qu'il le pouvait, bien au-delà de leur relation de travail.

— C'est gentil à vous de me le proposer, mais je vais bien, assura-t-elle. Enfin, je suis blessée et en colère, bien sûr. Mais je m'en remettrai.

Ces paroles lui venaient tout naturellement, mais elle savait déjà que la réalité ne serait pas aussi simple. Toutefois, même si elle était très tentée de courir se cacher dans la salle de repos ou dans n'importe quel autre coin de ces bureaux pour éviter de revoir Chase, elle allait rester assise là où elle était, la tête haute, un sourire inaltérable aux lèvres.

Il n'était pas question de le laisser soupçonner qu'intérieurement elle était anéantie. N'était-ce pas ridicule ? Ne fallait-il pas être très sotte et très naïve pour tomber amoureuse d'une personne en si peu de temps ? Elle n'aurait pas dû se laisser éblouir par ses propos charmeurs ou son sourire sensuel, sans même mentionner ce corps d'athlète qui portait si bien les costumes.

Et… sous le costume ? L'homme était encore plus impressionnant.

— Loin de moi l'idée de vous accuser de mensonge, observa Josh, mais vous n'allez pas bien du tout. Chase devrait arriver dans une dizaine de minutes, alors, si vous désirez vous esquiver discrètement…

— Vous me connaissez mieux que cela, répliqua Haley en riant.

— Oui, c'est vrai, convint Josh réprimant un sourire. Vous avez l'une des personnalités les plus fortes que je connaisse. Et, pour ce que cela vaut, Hargrove est un idiot de ne pas s'en apercevoir.

— Vous avez raison, répondit-elle. C'est exactement ce qu'il est. Mais il ne faut pas que les problèmes personnels empêchent de prendre les meilleures décisions pour l'avenir de Black Crescent.

— Voulez-vous que je lui donne une bonne correction de votre part ? demanda Josh en souriant.

— Si nous étions encore à l'école communale, je vous prendrais peut-être au mot, mais non, merci. Je vais simplement rester là, un sourire aux lèvres, et me comporter comme si tout était parfaitement normal.

— Je n'attendais rien de moins dc vous.

Josh se retourna pour regagner son bureau, mais, sur le seuil, il tourna la tête pour lancer en souriant :

— Sentez-vous libre de le faire attendre un peu lorsqu'il arrivera. Je ne vous en voudrai pas si vous vous montrez un peu revêche et rancunière avec lui.

— Nous verrons de quelle humeur je suis lorsque j'aurai vu comment il me traite, répondit-elle en riant à nouveau.

Hochant la tête d'un air approbateur, Josh disparut dans son bureau. Haley se retourna face à l'écran vierge de son ordinateur et poussa un soupir. Il était inutile d'essayer de démarrer un nouveau projet dans les dix minutes qui lui restaient. Une seule idée occupait son esprit : Chase s'apprêtait à pousser sa porte d'une minute à l'autre. Pour espérer traverser cette situation sans dommage, elle allait devoir se montrer forte. Sa vie tout entière ne tournait pas autour de Chase Hargrove ou de leur petite aventure… Même si, bien sûr, leur relation avait été bien plus que cela.

Il tenait à elle, elle le savait.

Pourtant elle ne mendierait pas son affection. Elle avait trop de projets dans sa vie, et elle méritait quelqu'un qui serait là pour elle, qui la soutiendrait comme son égale, pas quelqu'un qui exigerait qu'elle le supplie pour qu'il lui accorde l'amour dont elle avait besoin.

L'amour ? L'aimait-elle, après si peu de temps ?

Oui, elle l'aimait. Elle aimait l'homme qui manifestait un si vif intérêt pour son association, qui lui parlait de ses propres combats pour accéder à l'éducation et à une vie meilleure. Elle aimait son esprit vif, son charme, sa fascinante personnalité. Les attentions qu'il avait pour elle.

Haley ferma les yeux et prit une profonde inspiration. Elle allait devoir refouler toutes ces pensées pour faire face à cette rencontre impromptue. Quelle affaire pouvait être si urgente que Chase ait besoin d'en discuter avec

Josh sans délai ? Bien sûr, Josh lui dirait tout dès que Chase serait reparti.

Entre-temps, il lui suffisait de rester calme, de se composer un sourire qui lui rappellerait ce qu'il avait eu tout à lui et qu'il avait laissé passer.

# - 16 -

— Je suis venu vous demander de retirer mon nom de la liste des candidats au poste de P-DG.

Chase était planté devant la table de travail de Josh, dans son bureau. Il avait tenu à lui faire cette annonce en personne au lieu de lui téléphoner ou de lui envoyer un e-mail. Mais peut-être avait-il seulement cédé à un besoin masochiste de voir Haley parce que ces deux derniers jours loin d'elle avaient été une véritable torture.

— Avez-vous trouvé un autre poste ? s'enquit Josh, s'adossant à son fauteuil pour le dévisager.

— Non, mais, à ce stade de ma vie, je pense qu'il est plus logique que je continue mon travail avec les investisseurs dans le domaine des start-up. Black Crescent est une entreprise formidable, et c'est à vous qu'en revient le mérite, mais il est préférable que ce soit quelqu'un d'autre qui vous succède à sa tête.

— Cette décision a-t-elle un rapport avec Haley Shaw, ou s'agit-il d'un choix strictement professionnel ? reprit Josh, faisant de son mieux pour dissimuler sa surprise.

Naturellement, Chase aurait dû s'attendre à ce que Haley en parle avec son patron. Ils étaient très proches, comme le sont souvent des personnes qui travaillent ensemble toute la semaine, qui partagent souvent tout et qui comptent sur le soutien de leurs collègues dans les moments difficiles. Haley considérait Josh comme un membre de sa propre famille, et il n'était guère étonnant qu'elle se soit confiée à lui. Chase se demandait seulement jusqu'où elle avait poussé ses confidences.

— C'est un peu les deux, répondit Chase avec sincérité. C'est la bonne décision pour nous tous, croyez-moi.

Pourtant, il devait reconnaître que Haley l'avait totalement changé, lui et la façon dont il envisageait l'avenir, et même sa haine pour la famille Lowell.

Sans les conseils de son père, qui lui avait déclaré qu'il était temps de tourner la page, il n'aurait jamais imaginé se présenter ici et renoncer à sa vengeance. Mais, si son père était prêt à oublier, Chase devait pouvoir en être capable, lui aussi.

Et il songeait aussi à Haley. Il savait que le moment était venu d'orienter sa vie dans une direction plus positive.

— Si c'est ce que vous souhaitez, je respecte votre décision, répondit Josh en repoussant son fauteuil pour se lever. Mais je vais me permettre de vous donner un conseil que vous ne m'avez pas demandé. Un conseil extrêmement peu professionnel.

— Je m'y attendais un peu, reconnut Chase.

— J'ignore ce qui peut se passer – ou ne pas se passer – entre vous, mais je peux vous affirmer que vous ne trouverez jamais une femme plus loyale que Haley, ni une alliée plus précieuse en toutes circonstances.

— Je sais déjà tout de sa loyauté, déclara Chase.

Haley était si loyale qu'elle était allée fouiller dans son passé sans lui en dire un mot, pour découvrir on ne sait quoi. Plus tard, bien sûr, lorsque ses sentiments pour lui étaient devenus plus profonds, elle lui avait tout avoué… au contraire de lui, qui avait gardé tous ses secrets. Son étonnante honnêteté l'avait beaucoup impressionné.

Haley touchait quelque chose de très profond en lui. Une partie de lui-même qu'il avait toujours soigneusement cachée. Un petit noyau d'émotions qu'il dissimulait tout au fond de son cœur parce qu'il n'avait pas de temps à perdre pour de telles vétilles. Pas tant qu'il n'aurait pas accompli sa vengeance.

Mais son père lui avait demandé de tourner la page, et il y avait effectivement quelque chose qu'il pouvait faire pour avancer d'un pas dans la bonne direction. Pour se libérer enfin du poids de la haine. Chase prit une profonde inspiration, et, fourrant ses mains au fond de ses poches, il déclara :

— Moi aussi, j'ai besoin de vous donner un conseil, même si je suis pleinement conscient que j'outrepasse mes droits en le faisant.

— Ah ? fit Josh, tressaillant presque imperceptiblement. Et lequel ?

— Ce n'est un secret pour personne, une rumeur court, selon laquelle vous auriez un enfant secret.

La mâchoire de Josh se crispa, mais il ne dit pas un mot. Chase savait qu'il s'aventurait en terrain dangereux. Mais c'était une information pertinente, et Josh avait le droit de savoir.

— J'ai quelques relations, poursuivit Chase. Le comment ou le pourquoi ne sont pas très importants. Ce que vous devez savoir, c'est que le médecin impliqué dans cette affaire est un personnage très douteux. On sait qu'il lui est souvent arrivé de trafiquer des résultats de tests ADN, moyennant finances.

— Vraiment ? s'enquit Josh, les lèvres serrées.

— En outre, ajouta Chase, il est aussi possible que votre frère Jake soit le vrai papa. J'ai pensé que vous aviez le droit de savoir. Vous êtes libre de faire ce qu'il vous plaira de cette information, bien sûr, mais, si vous vous renseignez un peu sur ce médecin, c'est là que vous trouverez vos réponses.

Josh tressaillit visiblement, mais son visage demeura impassible.

— Pourquoi avez-vous enquêté sur mon passé ? Quel est votre intérêt dans tout cela ?

Chase avait renoncé à un poste prometteur et fourni de précieuses informations en espérant échapper à ce volet de la conversation. Mais tourner de la page pour aller de l'avant consistait aussi à ne plus rien cacher et à dire toute la vérité à Josh Lowell.

— Je suis le fils de Dale Groveman, répondit Chase. Mon père travaillait pour le vôtre, et il s'est retrouvé derrière les barreaux, accusé de fraude.

Josh le dévisagea d'un air stupéfait, puis il fit rapidement le tour de sa table de travail pour venir se planter devant lui.

— Parlez-vous sérieusement ? gronda-t-il. Dans ce cas, pourquoi diable désiriez-vous prendre ma suite dans cette entreprise ?

Soudain, il se figea, et son regard vint se river au sien comme s'il venait de répondre à sa propre question.

— Était-ce pour la détruire ? suggéra-t-il. Pour la conduire à sa ruine ?

— En toute honnêteté, je désirais seulement prouver que j'étais capable de m'en emparer répondit Chase, haussant les épaules. J'avais besoin de rétablir la justice, de savoir que j'étais désormais à la tête de l'entreprise qui avait failli détruire ma famille.

— Et qu'est-ce qui vous a fait changer d'avis ?

— Tout a changé pour moi depuis le jour où je vous ai adressé mon CV, reconnut sincèrement Chase. J'ai appris que la vie a bien mieux à offrir que la vengeance.

— C'est vrai, convint Josh, hochant la tête. Et il est extraordinaire de constater à quel point une femme peut changer radicalement votre façon de voir la vie, n'est-ce pas ?

Chase n'avait pas l'intention de débattre de sa relation personnelle avec Haley. Il était venu ici dans un but précis et, à présent, il en avait terminé. Il avait à faire ailleurs. D'autres projets exigeaient son attention. Parce que tourner la page ne signifiait pas seulement renoncer à Black Crescent. Il devait laisser derrière lui tout ce qui le retenait ici… Haley y compris.

Il lui avait menti de nombreuses manières, et c'était une faute impardonnable. À présent qu'il avait soulagé sa conscience, il pouvait partir.

Ignorant la question de Josh, Chase prit une profonde inspiration.

— Je connais le nom du médecin qui a pratiqué le test ADN et celui du laboratoire qui l'emploie, déclara-t-il, retournant au sujet de la paternité. Je peux vous communiquer toutes les informations que j'ai découvertes, et vous en ferez ce qu'il vous plaira.

Il commença à se retirer, puis il se retourna une dernière fois pour ajouter :

— Inutile de me raccompagner. Bonne chance pour le recrutement de votre successeur, et pour tout le reste.

Chase venait de se retourner vers la porte lorsque la voix de Josh derrière lui l'arrêta net :

— Haley n'est comme aucune autre femme que vous ayez jamais connue, et elle est de taille à surmonter plus d'obstacles que vous ne le pensez.

Chase ne fit aucun commentaire, mais il comprenait parfaitement ce que Josh essayait de lui dire. Haley souffrirait profondément parce qu'elle l'aimait profondément. Haley aimait avec tout son cœur, et elle s'investissait totalement dans les gens qui l'entouraient.

Lui y compris.

La culpabilité qui ne le quittait jamais depuis des semaines semblait s'être encore aggravée depuis qu'il avait quitté la maison de Haley. Chase tendit sa main vers la poignée et, rassemblant tout son courage, il ouvrit la porte et pénétra dans l'espace de travail de la jeune femme.

Elle était penchée sur l'écran de son ordinateur, et elle ne leva même pas les yeux en l'entendant entrer. Ses mains légères continuèrent à s'affairer sur le clavier tandis qu'elle poursuivait son travail. Elle savait qu'il était planté devant elle, bien entendu, et il en déduisit que cela lui était égal, ou bien qu'elle l'ignorait délibérément à cause de ce qui s'était passé entre eux. L'un et l'autre étaient probablement vrais. Il ne méritait pas mieux.

Il s'approcha de sa table de travail, espérant toujours qu'elle lèverait son regard vers lui, mais elle n'en fit rien. Chase s'arrêta près d'elle et il remarqua un petit bouquet de marguerites dans un vase sur le coin de la table. C'était un changement notable après les arrangements floraux sophistiqués qu'elle recevait à peine quelques semaines plus tôt.

— Prenez bien soin de vous, Haley.

Chase fila tout droit vers l'ascenseur sans même tourner la tête pour vérifier si elle avait quitté son écran des yeux. Il lui souhaitait une belle vie, une brillante carrière, et beaucoup de succès pour son association philanthropique. Il avait déjà contacté son assistant pour faire en sorte que Leaders de Demain reçoive une nouvelle somme d'argent. À ce moment-là, Chase serait déjà très loin de Falling Brook.

Haley était assez impressionnée par la somme de travail qu'elle avait réussi à abattre en une journée. Elle essayait de compiler un dossier d'informations utiles à l'intention du prochain P-DG… Qui qu'il puisse être. Elle tenait beaucoup à ce que la transition se fasse sans heurt, d'une façon sereine et efficace.

La présence de Chase dans les locaux de Black Crescent l'intriguait, mais il était reparti depuis des heures, et Josh n'avait toujours pas dit un mot au sujet de cet entretien.

Cela la rendait folle.

Elle jeta un coup d'œil aux e-mails de Leaders de Demain et répondit aux plus urgents. Elle s'apprêtait à éteindre son ordinateur lorsqu'un message apparut sur l'écran : Josh lui demandait de venir dans son bureau.

Haley leva les yeux au ciel. Ainsi donc, il désirait lui parler après l'avoir fait attendre aussi longtemps ?

Repoussant son fauteuil, elle se dirigea vers la porte fermée du bureau de son patron. Elle entra sans frapper et le trouva debout face à la baie vitrée.

— Refermez la porte derrière vous.

Haley s'exécuta, puis, traversant la pièce, alla le rejoindre.

— Allez-vous enfin me dire ce que signifiait cet entretien avec Chase derrière une porte fermée ?

— Ce qui m'étonne le plus, répondit Josh en riant, c'est que vous n'ayez pas accouru dans mon bureau à la minute où il est reparti pour exiger des commentaires.

— Je suis une adepte du self-control. Comment m'en suis-je tirée ?

— Remarquablement bien, opina Josh, s'asseyant sur l'appui de la fenêtre. J'ai préféré attendre la fin de la journée pour parler avec vous. J'avais quelques petites affaires à terminer.

— Alors ? insista Haley en se plantant devant lui. Que voulait-il ?

— Il est venu me demander de retirer son nom de la liste des candidats au poste de P-DG.

— Quoi ? s'exclama Haley, le souffle coupé. Il ne veut plus de ce poste ? Mais pourquoi ?

— Il m'a déclaré que, pour lui, tout avait changé, expliqua Josh. Il m'a dit aussi qu'il attendait depuis longtemps le moment de se venger parce que son père, qui travaillait pour le mien, avait été injustement accusé de complicité au moment du scandale et qu'il avait été emprisonné.

Haley se contenta de hocher la tête.

— Vous étiez au courant ?

— J'ai fait ma petite enquête, confirma-t-elle. Je désirais en savoir un peu plus long à son sujet, moi aussi. Mais, surtout, j'avais envie de comprendre pourquoi il se montrait aussi persistant. Je sentais qu'il n'était pas un milliardaire ordinaire en quête de nouvelles opportunités.

Elle ne parvenait pas à croire que Chase ait tout avoué à Josh. Il ne lui avait jamais soufflé mot de son histoire, cependant, il était allé trouver Josh pour tout lui raconter.

Elle ne pouvait nier qu'elle se sentait un peu blessée par ces révélations, mais, en même temps, elle était impressionnée que Chase ait eu le courage de révéler tous ses secrets et de faire amende honorable.

— Je n'ai pas besoin que vous me disiez ce qui s'est passé entre vous, déclara Josh. D'ailleurs, je ne veux même pas le savoir. Mais je pense que Chase est un type bien. Même si nos pères respectifs ont eu des problèmes, lui et moi avons renoncé à toutes nos anciennes rancunes.

Haley ne savait pas vraiment ce qu'elle devait penser de tout cela. Elle avait dû faire appel à toute sa volonté pour ne pas tourner les yeux vers Chase, tout à l'heure, pour ne pas lui répondre lorsqu'il lui avait dit de prendre soin d'elle.

— Je ne suis pas sûre de comprendre ce que vous attendez de moi en me communiquant ces informations, répondit-elle enfin. Après tout, Chase ne va pas travailler ici, et lui et moi avons rompu. Pourtant, vous chantez ses louanges comme si vous essayiez de m'envoyer un message.

— Ce que vous en ferez ne regarde que vous, répondit Josh avec un haussement d'épaules nonchalant. Tout ce que je dis, c'est qu'il serait peut-être bien avisé de votre part de réexaminer votre décision de couper les ponts avec lui. Cet homme vous aime, c'est évident.

— Il m'aime ? répéta Haley, secouant la tête d'un air incrédule. Pas du tout ! Il ne m'a jamais dit ni même suggéré une chose pareille.

— C'est parce que les hommes ne savent pas exprimer leurs sentiments, argua Josh. Nous sommes un peu limités dans ce domaine, et c'est pourquoi vous devriez vous montrer plus patiente avec lui.

Haley, qui savait combien Josh et Sophie s'étaient battus avant de pouvoir être ensemble, ne put s'empêcher de sourire à cette remarque. Les gens qui avaient trouvé l'amour et le bonheur avaient tous tendance à vouloir jouer les Cupidon avec les autres. C'était très bien ainsi. Elle était ravie que Josh ait trouvé l'amour de sa vie, et – qui sait ? – elle aussi le trouverait peut-être un jour.

Mais elle ne croyait vraiment pas que ce serait avec Chase. Il importait peu qu'elle-même soit incapable de refouler les sentiments qu'elle éprouvait pour lui. Si Chase ne voulait pas d'elle, cela signifiait simplement que leur histoire n'avait aucun avenir.

— J'ai l'impression de voir un tourbillon de pensées défiler dans votre esprit, remarqua Josh, l'arrachant à ses réflexions.

— Mon esprit travaille constamment, répondit-elle. Vous êtes bien placé pour le savoir.

— Ce que je sais, c'est que vous pensez probablement davantage à un certain homme, et moins à votre travail.

— Et même si c'était vrai ? répliqua-t-elle, résignée. Rassurez-vous, je m'en remettrai. Je ne laisserai jamais mes problèmes personnels interférer avec mon travail.

— Je n'ai jamais pensé cela, Haley, assura Josh en se levant pour venir placer ses mains sur ses épaules.

Il la regarda dans les yeux, avant d'ajouter :

— Écoutez-moi. Si vous avez envie d'être avec Chase, allez-y tout de suite. Ne laissez pas passer votre chance d'être heureuse.

Haley réfléchit un instant à ce conseil, se demandant si elle devait aller rejoindre Chase, ou le laisser partir. Elle ne voulait pas mendier son amour, mais était-ce vraiment mendier que de poursuivre l'objet de son désir ?

Non. Il n'y avait aucune raison logique pour qu'elle ne lutte pas pour ce qu'elle désirait. Et elle devait absolument découvrir ce que Josh avait remarqué mais qu'elle avait manqué.

Chase l'aimait-il ? À vrai dire, elle n'en était pas très sûre, mais elle allait bientôt le découvrir.

# - 17 -

Chase rangea la pile de chemises blanches dans une housse souple de voyage, puis il tira la fermeture à glissière et plaça la housse sur son lit avec les autres vêtements qu'il avait sortis de son dressing. Jetant un regard circulaire dans la pièce, il jugea qu'il avait terminé d'emballer tout ce dont il avait besoin dans la chambre et dans la salle de bains attenante. Il ne possédait pas grand-chose dont il ne puisse se passer. Les meubles ne lui étaient d'aucune utilité et n'avaient aucune valeur sentimentale pour lui. Il n'emporterait que quelques affaires personnelles, cela lui suffirait largement. Il pouvait louer cette maison, ou bien la vendre – peu lui importait. Il avait fait son temps dans cette ville, et plus rien ne l'y retenait. Ses parents étaient habitués à ses voyages d'affaires, à ses déplacements fréquents et inopinés, et il veillait à leur rendre visite assez souvent pour que ces absences ne soient pas un problème. Quelquefois, lorsqu'il devait s'absenter plus longuement pour un projet particulier, il assumait tous leurs frais de voyage pour qu'ils viennent lui rendre visite.

Après son départ de Falling Brook, Chase avait l'intention de s'installer dans l'appartement qu'il possédait dans une copropriété en Floride. Le soleil et la plage lui feraient du bien. Et, qui sait ? Là-bas, il retrouverait peut-être sa sérénité. Mais il doutait fort que le spectacle de femmes en bikini lui fasse oublier celle qu'il avait perdue par sa propre faute.

À présent, il ne lui restait plus qu'une dernière tâche à accomplir.

La seule façon d'avancer dans sa nouvelle vie, c'était de laisser derrière lui le nuage noir de sa tristesse. Pour clôturer définitivement le passé, il avait besoin d'une dernière explication avec Haley.

Le carillon de la porte résonna dans la maison, et Chase sortit son téléphone pour se connecter à la caméra vidéo installée sur son porche.

*Haley.* Son visage apparaissait sur l'écran, et il sentit instantanément son cœur se serrer. Il brûlait de se précipiter vers la porte pour la serrer dans ses bras et, simultanément, il était tenté d'ignorer sa présence. Il s'était comporté comme un lâche en lui mentant de cette façon honteuse. Et il ne pouvait blâmer personne d'autre que lui-même pour la culpabilité, la honte qu'il ressentait à cet instant.

Lorsqu'elle lui avait avoué qu'elle avait enquêté à son sujet, il avait reçu un choc, mais la colère qu'il avait ressentie n'était pas exclusivement dirigée contre elle… À ce moment-là, elle était simplement une cible facile. En réalité, tout ce qui avait mal tourné entre eux avait été sa faute à lui. Et une personne aussi aimante, aussi à l'écoute des autres, aussi généreuse que Haley méritait beaucoup mieux qu'un homme comme lui.

Comment une seule personne pouvait-elle éveiller tant d'émotions en lui, un tel mélange de sentiments ?

Il jeta un nouveau coup d'œil à l'écran pour observer la jeune femme plus attentivement. Haley portait encore ses vêtements de travail. Ses cheveux étaient détachés, mais elle les avait repoussés derrière une épaule. Elle fixait la caméra, comme si elle savait qu'il l'observait à cet instant précis.

Le cœur de Chase battait à grands coups dans sa poitrine, et il avait la gorge serrée. Il n'aurait pas dû s'étonner de sa présence ici, après la bombe qu'il avait lâchée dans le bureau de Josh. Il ne faisait guère de doute que celui-ci discutait librement avec Haley de toutes les affaires de l'entreprise. Chase avait eu la ferme intention d'aller rendre visite à la jeune femme avant son départ. Une dernière conversation pour conclure leur histoire et ouvrir une nouvelle page de sa vie. Mais il avait sans cesse repoussé ce moment parce qu'il n'était qu'un lâche.

À présent, elle était là devant sa porte, et cette visite était sa dernière chance de réparer le mal qu'il avait fait.

Chase tapota le code, et il entendit la porte s'ouvrir, puis se refermer. Elle était une nouvelle fois dans sa maison, et il devait absolument rester calme. Même s'il était douloureusement tenté de courir vers elle pour lui demander pardon, il n'en ferait rien. D'abord, il n'était pas très sûr de ce qu'elle savait, et, en outre, ce n'était peut-être pas pour cette raison qu'elle était venue. Elle désirait peut-être se réconcilier avec lui.

Chase jura tout bas. Il n'y avait aucune chance qu'elle désire renouer leur relation, surtout si Josh l'avait informée du plan de vengeance qu'il avait initialement élaboré contre Black Crescent.

Peut-être était-elle simplement venue pour lui dire ses quatre vérités, pour lui reprocher de s'être servi d'elle… et il méritait toutes les insultes qu'elle pourrait lui lancer au visage. Tous les reproches qu'elle pourrait lui faire, il se les était déjà faits. Il s'était conduit comme un monstre avec elle, et sa seule excuse était qu'il n'avait jamais pensé qu'ils deviendraient aussi proches. Il n'avait jamais pensé que son cœur se mettrait de la partie.

Comprenant qu'il ne pouvait pas rester indéfiniment terré dans sa suite, Chase se dirigea vers le hall d'entrée de la maison. À la seconde où il franchit la porte du salon, son regard rencontra celui de Haley.

Elle serrait son sac à main contre elle et, pour la première fois depuis qu'il avait fait sa connaissance, elle paraissait presque nerveuse. C'était un détail intéressant. Si elle était ici pour le couvrir de reproches, cela ne transparaissait pas dans son expression.

— Je ne m'attendais pas à vous revoir, remarqua-t-il, optant pour la sincérité.

— Je ne m'attendais pas non plus à revenir ici, reconnut-elle.

Chase brûlait de se rapprocher d'elle, mais il résista bravement. Elle était venue pour une raison précise. Il devait lui laisser le temps de remettre de l'ordre dans ses idées et de s'exprimer, ou de venir à lui lorsqu'elle serait prête.

— Alors, qu'est-ce qui vous amène ici ? s'enquit-il. Je suppose que vous avez parlé avec Josh, n'est-ce pas ?

Haley le dévisagea un instant, puis elle jeta un regard circulaire dans la pièce et remarqua l'une de ses valises près du canapé.

— Un voyage d'affaires ? remarqua-t-elle.

— On pourrait dire cela.

— Vous partez pour de bon, c'est ça ? dit-elle en fixant à nouveau son regard sur lui.

— Oui, reconnut-il. J'en ai terminé, ici.

— Parce que vos plans n'ont pas fonctionné comme prévu ? suggéra-t-elle d'un ton coupant qu'il ne lui avait jamais entendu employer.

— Parce que j'ai ruiné l'une des seules relations qui aient jamais compté dans ma vie, corrigea-t-il. Je n'ai plus aucune raison de rester ici.

Elle tressaillit, visiblement étonnée par sa réponse. Le silence s'étira entre eux, mais Chase continua à se taire.

Haley fit un pas vers lui, puis un second. Elle posa son sac sur le canapé, puis elle balaya la pièce du regard. Chase ignorait ce qu'elle pensait à cet instant précis, mais il souhaitait de toutes ses forces qu'elle lui explique la raison de sa visite, parce que les scénarios les plus fous se bousculaient dans son esprit.

Le pire, c'était de la voir devant lui et de ne pas pouvoir la toucher. Cette satanée robe noire épousait amoureusement ses courbes, et il se souvenait parfaitement de la sensation de chacune d'elles sous ses doigts.

— Votre père a été emprisonné pour son rôle dans les escroqueries de Vernon Lowell, déclara-t-elle. Ensuite, votre mère a dû lutter contre ses propres démons.

Haley se tourna face à lui, rivant son regard au sien, avant de poursuivre :

— Et, à cause de cela, vous êtes resté tout seul avec votre colère, privé de l'amour et des bons conseils des personnes qui comptaient le plus pour vous.

Chase trouvait déprimant qu'elle ait pu résumer aussi précisément son passé en une seule phrase. Oui, il avait souffert mais, s'il avait désiré se venger, ce n'était pas parce qu'il haïssait Vernon Lowell. Ce qu'il lui reprochait, c'était d'avoir détruit les membres de sa famille et de les avoir obligés à ce long travail de reconstruction. C'était cette injustice-là qu'il avait voulu venger.

— Josh vous a parlé, n'est-ce pas ?

— En vérité, je savais déjà tout avant même de vous avoir avoué que j'avais enquêté sur votre passé. En vous révélant ce que j'avais fait, je vous offrais l'opportunité de faire de même avec moi, mais vous avez choisi de vous taire. Soit parce que vous ne me faisiez pas suffisamment confiance, soit parce que vous continuiez à vous servir de moi.

Chase se figea. Elle le savait ? Elle connaissait l'histoire de ses parents ? Elle savait ce qui l'avait poussé à se lancer dans cette comédie, et elle ne lui en avait rien dit ?

Parce qu'elle lui laissait l'occasion de se défendre, conclut-il. Et comment avait-il répondu ? Il avait rompu avec elle. Comment pouvait-on être idiot à ce point ?

— Mais Josh ne semblait pas avoir été au courant de cette histoire lorsque je lui ai tout dit, observa Chase.

— C'est parce que je ne lui en avais jamais parlé, expliqua Haley en soupirant. N'avez-vous rien compris ? Bien sûr, j'aurais protégé Black Crescent si j'avais pensé une seule seconde que vous étiez une menace pour l'avenir de l'entreprise, mais je ne pouvais pas lui en parler. Je m'étais déjà attachée à vous et je ne pouvais pas vous trahir.

Cette dernière phrase fut une révélation pour lui. La femme qui avait toujours placé Black Crescent au-dessus de tout le reste, qui était restée fidèle à l'entreprise durant sa période la plus sombre, avait choisi de protéger en priorité ses intérêts à lui. De garder ses secrets. Et lui, il n'avait pas eu suffisamment confiance en elle pour lui dire la vérité.

Chase prit une profonde inspiration, puis il fit un pas vers elle.

— Vous vous êtes tue pour me protéger, murmura-t-il.

— Je désirais seulement que vous me disiez la vérité, répondit-elle. J'avais espéré que, si je vous avouais ce que j'avais fait, vous feriez de même. C'est pourquoi, lorsque vous avez rompu avec moi et que vous ne m'avez rien dit d'autre, j'ai supposé que vous n'aviez feint de vous intéresser à moi que pour essayer de me soutirer des informations.

— Ce n'est pas exactement ainsi que cela s'est passé.

Chase avança encore d'un pas, puis d'un autre. À présent il se tenait si près d'elle qu'il aurait pu la toucher. Mais il s'en garda bien.

— J'ai été très surpris lorsque vous m'avez révélé ce que vous aviez fait, poursuivit-il. Je n'aurais jamais pensé que vous feriez une chose pareille, mais, à présent, je comprends que vous cherchiez seulement à protéger Black Crescent et vous-même.

— Nous faisons tous ce que nous pouvons pour protéger ceux que nous aimons, observa-t-elle en lui offrant un sourire triste qui lui brisa le cœur. Avant de m'en aller, j'aimerais savoir si vous avez éprouvé des sentiments sincères à mon égard, ou si tout ceci n'était qu'un jeu pour vous. Cherchiez-vous seulement à…

Sans attendre la fin de sa phrase, Chase recueillit son visage entre ses mains et posa sa bouche sur la sienne. Il ne pouvait plus supporter une seconde de plus de ne pas la toucher. Ni de l'entendre douter de la réalité de ce qui existait entre eux. Ce qu'ils avaient partagé était vrai. Ce qu'il ressentait pour elle était vrai.

À présent, il désirait le lui prouver.

Étreignant fiévreusement ses poignets, elle s'ouvrit à lui, vibrante de passion, et Chase ne pensa plus qu'à lui ôter sa petite robe noire pour lui montrer à quel point elle lui avait manqué… Combien il avait besoin d'elle.

S'écartant un peu, il reposa son front contre le sien.

— Ce que nous avons partagé n'avait aucun lien avec mon plan, murmura-t-il. Au tout début, c'est vrai, j'ai flirté avec vous en pensant que je pourrais peut-être vous soutirer quelques informations qui pourraient m'être utiles plus tard. Mais, très vite, j'ai perdu le contrôle, et ce qui n'était qu'un flirt est devenu un besoin insatiable. Avant d'avoir compris ce qui m'arrivait, je suis tombé amoureux de vous.

Haley s'écarta brusquement de lui pour le dévisager d'un air ébahi.

— Vous m'aimez ?

Il n'avait pas eu l'intention de lui faire cet aveu, mais, oui, indéniablement, il l'aimait et il éprouvait un plaisir infini à avoir pu le dire tout haut.

Le coup de poing qu'il reçut à cet instant précis le prit totalement par surprise, et il en eut le souffle coupé. Elle avait été si rapide qu'il n'avait rien vu venir.

— Pourquoi avez-vous fait cela ? s'étonna-t-il, massant son épaule endolorie.

— Cela vous apprendra à m'avoir fait vivre un tel enfer, espèce d'idiot ! rétorqua-t-elle. Non content de m'avoir menti depuis le début, vous ne vous êtes pas montré plus sincère lorsque je vous en ai offert l'opportunité. Et maintenant, vous dites que vous m'aimez ? Que comptiez-vous faire ? Quitter la ville en emportant ces sentiments avec vous ?

— Que pouvais-je faire d'autre ? répondit-il, confrontant son regard brûlant. J'avais tout gâché. Vous méritez quelqu'un qui sera toujours honnête et sincère avec vous. Quelqu'un qui vous sera totalement dévoué, qui vous placera au-dessus du reste du monde.

Elle recula d'un pas, ses mains sur ses hanches, avant de répliquer :

— Et vous ne pouvez pas être cet homme-là ? Et moi qui pensais que rien ne vous était impossible !

Elle se vengeait de lui en s'attaquant à son orgueil ? Cela ne le dérangeait pas, car il avait mérité sa colère. Il aurait tout de même pu se passer du coup de poing, mais il n'allait pas lui en vouloir pour si peu. Il s'était comporté comme un mufle avec elle depuis le premier jour, et elle était toujours là, devant lui.

Sa présence chez lui ne pouvait s'expliquer que d'une seule manière.

— Vous m'aimez, conclut-il à haute voix.

— Quoi ? fit-elle, fronçant les sourcils.

— Vous m'aimez, répéta-t-il en la serrant à nouveau dans ses bras. Je sais que vous m'aimez. Autrement, vous ne seriez plus ici. Si je vous étais indifférent, mes actions ne vous auraient pas blessée de cette façon.

Il agrippa ses hanches et, la serrant tout contre lui, il ajouta d'une voix caressante :

— Et, si vous me détestiez, vous auriez répété mon secret à Josh. Vous m'auriez démasqué.

Il la vit serrer les lèvres, mais elle ne fit aucun commentaire.

— Alors ? insista-t-il, esquissant un sourire. On ne nie plus la vérité ?

— Je vous déteste de m'avoir fait vous aimer.

Chase éclata de rire. Il savait désormais qu'il avait gagné la partie et il observa :

— Je sais que cela n'a aucun sens, mais je vous trouve encore plus sexy quand vous êtes en colère.

Elle posa ses mains fines sur son torse, et ses yeux brillants vinrent se river aux siens. Elle était belle à couper le souffle, et elle était toute à lui. Comment aurait-il pu la laisser partir ? Elle était venue ici pour lutter pour leur bonheur, pour leur avenir, ce qui prouvait qu'elle était bien celle qu'il avait toujours attendue. Il avait besoin d'une femme qui ne reculerait pas devant les difficultés, une femme qui comprendrait son esprit et son cœur. Et il l'avait trouvée.

— Vous n'allez pas déménager, décréta-t-elle. Vous allez rester ici, à Falling Brook.

— Oui, madame, répondit Chase en souriant.

Elle noua ses bras autour de son cou et, glissant ses doigts dans ses cheveux, elle ajouta dans un souffle :

— Et vous allez aussi m'épouser. Vous avez envie de fonder une famille, et c'est ce que je désire également… avec vous.

Chase sentit une joie indicible l'envahir tout entier comme une onde bienfaisante. Agrippant fermement ses hanches, il souleva Haley du sol et la serra tout contre lui.

— Dois-je comprendre que vous me proposez le mariage ? murmura-t-il.

— Si c'est ainsi que vous l'entendez, oui, répondit-elle,

effleurant délicatement ses lèvres d'un baiser. Je dirais plutôt que je viens de vous proposer un plan de vie.

— Organisez ma vie tant qu'il vous plaira, murmura-t-il, mordillant ses lèvres sensuelles tout en prenant la direction de sa suite. À condition que vous fassiez partie de chaque chapitre.

Ses lèvres répondirent passionnément aux siennes, et, sans cesser de l'embrasser, il l'emporta jusque dans sa chambre, et ne la reposa sur ses pieds que pour s'attaquer immédiatement à la fermeture à glissière au dos de sa robe. Le tissu glissa à ses pieds dans un froissement de soie, et elle fut devant lui, uniquement vêtue d'un soutien-gorge de dentelle noire et d'un string assorti, et de ses escarpins noirs à talons aiguilles.

— Vous allez me faire mourir, murmura-t-il en lui tendant à nouveau les bras.

— Pas si vite, l'arrêta-t-elle en riant. Vous êtes beaucoup trop habillé, et je n'aime pas tous ces bagages qui encombrent votre lit.

Tournant la tête vers le lit, il se souvint qu'il était en train de faire ses valises lorsqu'elle était arrivée. Il ne lui fallut que deux secondes pour flanquer le tout sur le sol. À cet instant précis, plus rien n'avait d'importance, hormis cette femme aux yeux brillants debout devant lui. Cette femme qu'il désirait plus que tout au monde.

Chase déboutonna sa chemise sans quitter Haley des yeux, et s'en débarrassa prestement. Ses chaussures et le reste de ses vêtements suivirent aussitôt le même chemin, jusqu'à ce qu'il soit totalement nu devant elle.

Lorsqu'il la vit parcourir lentement son corps d'un regard chargé de sensualité, il ne put s'empêcher de se demander combien de temps il allait encore résister avant de la jeter sur ce lit et lui prouver à quel point elle lui avait manqué ces quelques jours derniers.

— Et maintenant, lequel de nous deux est trop habillé ? remarqua-t-il en lui tendant ses bras.

— Alors, déshabillez-moi, ordonna-t-elle avec un sourire coquin.

Une mèche de cheveux blonds était retombée sur l'un de ses yeux, la rendant encore plus sexy. En revenant dans sa vie, elle avait fait de lui le plus heureux des hommes.

Tendant ses mains derrière son dos, il défit l'agrafe de son soutien-gorge. Haley ne le quitta pas du regard tandis qu'il le faisait glisser sur ses épaules et le long de ses bras, avant de le jeter négligemment sur le sol. Ensuite, il tourna toute son attention vers son string

Glissant ses pouces sous la dentelle, il s'agenouilla devant elle et le tira lentement sur ses hanches. Haley posa ses mains sur ses épaules et, soulevant un pied, puis l'autre, elle l'aida à la débarrasser de cette dernière barrière.

Lorsqu'elle se tint nue devant lui, chaussée de ses escarpins à talons aiguilles, son regard brûlant tout au fond du sien, Chase songea que c'était le spectacle le plus fabuleux qu'il lui ait jamais été donné de contempler.

Il laissa remonter ses doigts sur ses jambes, sur ses cuisses, et jusqu'au centre de sa féminité. Et, son regard perdu dans le sien, ses mains toujours sur ses épaules, elle écarta ses jambes pour mieux l'accueillir.

À la seconde où il glissa un doigt en elle, Haley ferma les paupières, et un gémissement monta du fond de sa gorge. Chase augmenta progressivement l'intensité de ses caresses, et, bientôt, elle commença à onduler des hanches contre sa main. C'était le spectacle le plus érotique que Chase ait jamais contemplé, et il l'observa d'un regard ébloui.

Puis, les ongles de Haley labourèrent ses épaules nues, et, rejetant sa tête en arrière, elle laissa échapper un cri tandis qu'elle atteignait l'orgasme. Chase attendit que son corps ait cessé de trembler avant de s'écarter d'elle et de se remettre debout. Puis, la soulevant dans ses bras, il l'emporta jusqu'au grand lit.

— Répète le moi, dit-elle dans un souffle alors qu'il l'allongeait sur la couette. Dis-moi que tu m'aimes.

Se plaçant au-dessus d'elle, ses coudes appuyés de part et d'autre de sa tête, Chase effleura ses lèvres avec les siennes.

— Je t'aime de tout mon cœur, Haley, murmura-t-il. Aujourd'hui et pour toujours.

# - 18 -

— Je ne suis pas sûre d'être prête pour ce qui va suivre, déclara Haley. C'est un pas de géant dans notre relation.

Chase, qui venait d'arrêter sa voiture devant un petit cottage et de couper le moteur, se tourna vers elle et prit ses mains entre les siennes.

— Tu vas seulement rencontrer mes parents, observa-t-il en riant. Pas faire face à un peloton d'exécution.

Haley se sentait nerveuse. Plus d'une semaine s'était écoulée depuis le jour où elle s'était rendue chez Chase et qu'elle lui avait avoué ses sentiments. Les onze jours qu'elle venait de passer avec lui à ébaucher des projets d'avenir avaient été les plus heureux de toute sa vie.

Mais les parents... C'était autre chose. Que savait-elle des relations parentales ? Dans sa propre vie, elles n'avaient jamais existé, Chase le savait. Cependant, ils étaient là, sur le point de partager un déjeuner du dimanche avec les parents de Chase.

— C'est toi qui m'as proposé le mariage, rappela Chase. Croyais-tu vraiment que tu serais dispensée de rencontrer mes parents tôt ou tard ?

— Je n'avais jamais réfléchi aussi loin, reconnut-elle. Je désirais seulement vivre toute ma vie avec toi.

— Ces gens font partie de ma vie, répondit-il, serrant doucement ses mains entre les siennes.

Il lui offrit un sourire rassurant, avant d'ajouter :

— Tu verras, mes parents vont t'aimer autant que je t'aime.

Haley exhala un soupir. Elle ne se lassait jamais de l'entendre lui dire qu'il l'aimait. Avec Chase à ses côtés, elle était prête à affronter n'importe quoi… même des parents.

— Je ne suis pas très à l'aise avec les parents en général, dit-elle, baissant la voix. Je ne sais jamais comment me comporter avec eux. Les tiens sont-ils du genre collet monté, ou dois-je seulement suivre leur exemple ?

— Ma chérie, répondit Chase, déposant un baiser sur ses lèvres, ce n'est pas comme si tu allais passer une audition. Ils t'aiment déjà parce que je t'aime. Fais-moi confiance. Sois simplement toi-même.

Haley prit une profonde inspiration, et elle acquiesça.

Chase descendit de la voiture et en fit rapidement le tour pour lui ouvrir la portière. Haley accepta la main qu'il lui tendait et la serra très fort tandis qu'il montait avec elle les quelques marches qui conduisaient à un joli porche.

Avant qu'ils n'aient eu le temps de frapper, la porte s'ouvrit et sa mère se précipita vers eux avec un cri de joie. Son père arrivait juste derrière elle, un grand sourire aux lèvres. Soudain, Haley eut la sensation qu'un lourd fardeau tombait de ses épaules.

— Je suis si heureuse que vous soyez venus, tous les deux ! s'exclama la maman de Chase en serrant son fils contre elle.

Puis, tournant son attention vers Haley, elle la prit à son tour dans ses bras. Muette d'émotion, Haley lui rendit son étreinte, et la maman de Chase s'écarta d'elle pour déclarer avec un sourire rayonnant :

— Vous ne pouvez pas savoir combien j'étais impatiente de vous rencontrer enfin, mademoiselle. J'espère que vous aimez le poulet et les pommes de terre. J'ai aussi préparé un gâteau au fromage avec un glaçage de framboises.

— Ne fais pas toutes ces manières, l'arrêta son père. Tu te fais du souci pour tout.

Haley se prit instantanément de sympathie pour cette femme. Être toujours en alerte et s'inquiéter de tout était l'essence même de son job. Alors qu'ils n'avaient pas encore dépassé le porche de la maison, elle ressentait déjà une sympathie instinctive pour la maman de Chase.

— Entrez donc, fit son père. Le déjeuner est déjà servi dans le patio derrière la maison. Il fait si beau aujourd'hui !

Haley les suivit à travers la maison jusqu'à une adorable terrasse abritée sous une pergola couverte de glycine.

— Asseyez-vous où il vous plaira, dit la maman de Chase. Ici, on ne fait pas de cérémonies.

C'était bon à savoir. Haley devinait que cette maison était l'un de ces lieux où chacun se sentait le bienvenu. Où personne ne vous poussait à faire semblant d'être ce que vous n'étiez pas.

À des années-lumière du foyer où elle avait grandi. Comment s'étonner que Chase soit si généreux, si… parfait ? Il avait toujours bénéficié de soutien autour de lui, à chaque moment de sa vie. Même pendant les jours difficiles, il avait toujours pu compter sur sa famille.

— Chase m'a informé que vous dirigiez Leaders de Demain, dit la maman de Chase en prenant un siège en face de Haley. J'ai entendu parler de votre association et je pense que votre travail en faveur de ces enfants est absolument merveilleux.

— Mon rôle dans tout cela est modeste, répondit Haley en souriant. Ce sont nos généreux donateurs qui rendent possible notre action.

— Ne vous sous-estimez pas, répondit la maman de Chase. Si vous n'étiez pas là, ces donateurs ne sauraient pas comment être utiles. Une bonne éducation est importante, et trop de jeunes n'ont pas les moyens financiers de poursuivre leurs études.

— C'est la pure vérité, convint Haley.

La conversation passa du sujet de l'association à celui du prochain projet de Chase, qui les informa qu'il avait commencé les démarches pour créer une nouvelle société à Los Angeles, leur propre fonds d'investissement. Il avait déjà suggéré à Haley de l'accompagner, mais elle n'était pas sûre que prendre des congés soit une très bonne idée au moment où débutait une nouvelle phase de recherche d'un P-DG pour Black Crescent.

Mais, bien sûr, elle doutait fort que Josh lui en tienne rigueur, car il appréciait Chase et il savait par expérience personnelle que l'amour était un sentiment merveilleux.

— Alors, racontez-moi, dit le père de Chase lorsqu'ils eurent terminé de déjeuner. Qu'a bien pu faire mon fils pour mériter l'attention d'une personne aussi merveilleuse que vous ?

Haley reposa son verre de vin sur la table, et elle ne put s'empêcher de rire.

— Honnêtement ? répondit-elle. Il m'a offert un bouquet de surligneurs de toutes les couleurs.

— Des surligneurs ? répéta son père. Fiston, tu peux faire bien mieux que cela.

— Je suis tout à fait d'accord avec toi, répondit Chase en repoussant sa chaise pour se lever.

Il plongea sa main dans sa poche, et il en sortit un écrin. Le souffle coupé, Haley leva ses yeux vers les siens.

— Je sais que tu m'as déjà demandé de t'épouser, déclara-t-il, mais nous n'avions jamais officialisé la situation.

Faisant basculer le couvercle de l'écrin, il mit un genou à terre devant elle, et, la vue brouillée de larmes d'émotion, Haley contempla le somptueux diamant taille émeraude monté sur une bague de fiançailles finement ouvragée.

— Je désirais t'offrir un bijou qui te ressemble, dit-il, son regard au fond du sien. Qui ait ta classe, ton élégance, un bijou aussi parfait que toi.

— C'est une bague merveilleuse, murmura-t-elle, la gorge serrée.

— Je désire passer le restant de ma vie auprès de toi, murmura-t-il. Je désire t'aider pour ton association. J'ai besoin de toi pour faire de moi un homme meilleur. Je veux tout, mais uniquement avec toi.

Il sortit la bague de son écrin, et Haley lui tendit sa main. Chase glissa la bague à son doigt, et clle constata qu'elle s'y adaptait parfaitement. Elle ignorait comment il pouvait avoir appris sa taille exacte, mais elle n'avait pas l'intention de lui poser la question.

Là-dessus, Chase se remit debout d'un mouvement fluide, et, l'attirant à lui, il la serra une nouvelle fois dans ses bras, et l'embrassa, au grand ravissement de sa mère, qu'ils entendirent pousser un petit cri de joie.

— Bienvenue dans la famille, dit son père, plus sobrement.

Haley se tourna vers les parents de Chase, de l'autre côté de la table. Tous deux la contemplaient avec des sourires rayonnants, et elle comprit qu'elle venait d'hériter d'une vraie famille. Avoir un homme à ses côtés et une famille aimante autour d'elle était tout ce dont Haley avait toujours rêvé.

Chase lui enlaça la taille, et, à cet instant, elle comprit qu'elle pouvait tout avoir, et que certaines choses dans la vie valaient la peine que l'on se batte pour elles.

KATHERINE GARBERA

# Pour une nuit avec son rival

*Traduction française de*
JOËL MALLET

PASSIONS

HARLEQUIN

*Titre original :*
IN BED WITH HIS RIVAL

*Un petit mot à toutes les filles du Texas !*
*Penni Askew, qui m'a accueillie quand j'y ai emménagé il y a si longtemps. Kim Gammill et Kathy Ranney, qui m'ont servi de mamans et d'amies lorsque j'en avais besoin. Eve Gaddy, mon âme sœur.*

# - 1 -

Piper Holloway raffolait des mariages. Comment ne pas savourer une journée sous le signe de l'amour ?

Sa nièce Harley et son promis, Grant Everett, avaient assez attendu leur conte de fées. Sans jalouser leur bonheur, Piper aurait pourtant préféré ne pas être la seule célibataire à toutes les réunions de famille.

Ces soirées pour couples heureux la poussaient toujours à se remettre en question, même si elle se sentait épanouie. Elle vivait pour son art, bien plus fiable qu'un homme, et pour sa galerie autrefois si populaire. Elle avait beau ne pas s'affilier à Wingate Enterprises, beaucoup la soupçonnaient d'avoir pu jouer un rôle dans les scandales qui frappaient la compagnie ces derniers temps, d'où la baisse de fréquentation.

Elle préférait ne pas s'en inquiéter ce jour-là, elle était venue s'amuser et soutenir Ava, sa sœur. À la mort de son mari, celle-ci avait cherché le réconfort de Keith Cooper, un ami de longue date. Après la saisie de sa maison, elle s'était installée chez lui. Cependant, il était tombé amoureux d'elle, et Ava avait préféré trouver une location afin de ne plus le revoir. Ainsi, tout le monde avait besoin de souffler.

Et cette belle journée de novembre sous le ciel de Royal, au Texas, s'y prêtait bien. Si Piper adorait Dallas, parfois, sa ville natale lui manquait. Ces derniers mois, elle rentrait plus souvent afin de soutenir ses proches. Cependant, elle se serait bien passée des rumeurs de trafic de drogue qui avaient transformé leur vie en véritable enfer depuis.

Le tribunal avait gelé leurs biens, saisi leur compagnie. Harley n'avait donc pas pu se marier sur les terres des Wingate comme elle l'aurait tant voulu. Heureusement, le ranch Everett convenait parfaitement à ce petit comité. Seuls la famille et les vrais amis avaient été conviés ; en somme, ceux qui n'avaient pas tourné le dos aux Wingate.

La propriété des Everett s'étendait à perte de vue. Ils avaient fait installer des planchers pour la cérémonie. C'était magnifique sous le soleil automnal. L'ambiance correspondait parfaitement à Harley, fervente avocate de la lutte pour l'environnement. Ainsi, organiser la réception autour et à l'intérieur de la vieille grange leur avait paru tout naturel. C'était sa grande sœur qui s'était occupée de la décoration. Il régnait une atmosphère très intimiste d'autant plus réconfortante que les Wingate ne se trouvaient plus en odeur de sainteté dans la région de Royal.

Tout le monde, notamment Ava, se réjouissait de l'absence de « tonton » Keith. Elle se remettait encore mal de la mort de son mari, et personne n'avait approuvé l'attitude de l'autre homme à son égard. Comme elle détestait se disputer avec elle, Piper n'avait pas abordé le sujet. Keith lui avait paru surprotecteur. Sa sœur, autrefois si courageuse, ne semblait plus que l'ombre d'elle-même.

Aujourd'hui, Ava transcendait l'élégance malgré ses traits tirés. La matriarche des Wingate reprenait peu à peu sa vie en main. Dix-neuf ans les séparaient, elle et Piper. Cette dernière avait d'ailleurs toujours cherché l'approbation de son aînée.

— Quelle est donc cette tenue ? demanda Ava à Piper en arrivant derrière elle. Même s'il s'agit d'un petit mariage, tu aurais pu faire un effort.

Piper se retourna, retenant une réplique bien sentie comme toujours. Elle préférait ne pas aggraver la mauvaise humeur de sa sœur.

— C'est une toge haute couture, lui indiqua-t-elle en faisant mine de l'embrasser. Je la trouve parfaite pour l'occasion, et Harley l'adore. Y a-t-il du nouveau pour l'enquête ?

— Non. Je crois que Miles est sur la bonne voie, mais il ne peut se baser que sur des rumeurs.

— Toujours aucun suspect ?

Piper savait peu de chose sur les affaires de la compagnie, hormis qu'Ava avait repris les commandes pour s'occuper après la mort de son mari. Désormais, la tâche s'avérait plus complexe.

— Si, mais je préfère ne pas en parler, lui indiqua Ava sèchement. Tu ne t'es jamais mariée, mais ce n'est pas le genre de conversation qu'on veut entendre le jour de ses noces.

— J'imagine. Tiens, Zeke et Reagan me font signe. À plus tard. Je suis sûre que la mère de la mariée doit se sociabiliser, surtout en l'absence de Trent.

La mort de ce dernier avait laissé un grand vide. Son père manquait terriblement à Harley, elle s'était même réfugiée en Thaïlande pour y ouvrir un commerce florissant.

Piper aurait pu se montrer plus douce, seulement

Ava possédait ce don de la changer en… en garce. Elle envisagea de s'excuser, mais sa grande sœur parlait déjà à d'autres invités. Quelqu'un parviendrait-il à faire fondre son cœur de glace, un jour ?

Piper se dirigea alors vers le bar.

— Je t'offre un verre ? lui demanda une voix grave irrésistible issue d'un rêve.

Elle se retourna pour faire face à Brian Cooper, grand, avec de beaux cheveux noirs coupés court qui soulignaient les traits anguleux de son visage. Il lui adressait un sourire jovial, ses yeux pétillant d'intelligence. Il l'avait déjà invitée plusieurs fois à boire un café. Elle n'avait jamais accepté.

Il remplissait pourtant de nombreuses normes de son cahier des charges. Un esprit vif teinté de charisme, une capacité surnaturelle à lui faire oublier des choses importantes. Piper croyait vraiment qu'avec l'âge venait la sagesse, d'où sa décision de garder ses distances.

Outre leurs onze ans d'écart, Brian était le neveu de Keith Cooper, aussi ne voulait-elle pas compliquer les choses.

— Les boissons sont gratuites, lui signala Piper.

— Je sais, répondit-il en agitant les sourcils. Mais au moins tu ne pourras pas refuser.

Son charme naturel suffisait à lui donner des palpitations. Elle avait beau s'efforcer de rester subtile, Brian ne se démontait pas.

— Je prendrais bien une tequila, mais Ava aurait une attaque. Un sauvignon blanc fera l'affaire.

— Tu obéis toujours aux ordres d'Ava ? Elle a tellement d'influence sur les autres ?

— Regarde ton oncle, ajouta-t-elle, se rappelant que

Keith n'avait apparemment pas bien vécu la fin de son amitié avec Ava.

— Oui, j'imagine. Je ne le fréquente pas beaucoup. La création de mon cabinet d'avocats m'a demandé énormément de travail…

Il s'arrêta puis émit une sorte de grognement.

— Mince, c'est bizarre la façon dont j'en parle.

Piper se mit à rire.

— C'est vrai.

— Je ne cherchais pas à me vanter, simplement…

— Aucun problème, lui assura-t-elle en avançant dans la file d'attente. Qu'est-ce que tu prends ?

— Une Grey Goose avec glaçons.

— Et moi qui essaie de rester chic avec mon vin blanc…

— Fais donc ce que tu veux. Enfin, je n'ai pas à craindre Ava, donc c'est facile à dire.

Piper apprécia cette remarque même si, dans le fond, il venait de lui rappeler qu'elle ne s'était pas lâchée depuis longtemps. Ce fut sans doute la raison pour laquelle elle commanda une tequila.

Elle tendit son verre à Brian puis ils se dirigèrent vers la piste de danse. Là, ils restèrent assez loin de l'orchestre et des invités pour ne pas avoir à parler trop fort.

— Je crois que j'ai une mauvaise influence sur toi, conclut Brian en souriant. Mais je ne regrette rien. Santé.

— Santé.

Cette tequila lui parut tellement meilleure que n'importe quel grand cru. En vérité, cela lui ressemblait plus, contrairement à l'image de la sœur parfaite qu'elle s'efforçait de renvoyer quand elle se trouvait à

Royal. Elle détestait ce réflexe de toujours chercher l'approbation de son aînée, à quarante ans.

— Tu viens de me rappeler que j'ai le droit de m'amuser. C'est triste qu'on doive m'y pousser, mais merci.

Brian prenait son temps pour finir sa vodka. Cela lui semblait une éternité, mais en fait il ne connaissait Piper Holloway que depuis quelques mois. Elle dégageait quelque chose de cool, d'atypique, sans compter son charme irrésistible. Il la désirait. Elle hantait ses nuits, et il se réveillait aussi excité qu'un adolescent, à sa grande surprise.

Aucune autre n'avait su combler ce vide depuis. Malgré cela, il restait persuadé qu'il ne s'agissait que d'une envie charnelle. Et plus elle le repoussait, plus il s'accrochait à elle.

Dans le pire des cas, il s'imaginait des choses, et cette étincelle mourrait après quelques verres. Cependant, son instinct le trompait rarement.

Refusait-elle ses avances par simple fierté ?

Il espérait que non, mais s'en souciait peu, là, à ses côtés.

Ils partageaient peu d'intérêts, elle l'artiste à l'esprit libre, lui le brillant avocat spécialisé dans le droit familial. Après tout, les opposés s'attiraient.

Son regard erra sur elle. Elle transpirait la créativité, même dans son allure. Sa chevelure, brun foncé ce mois-ci, épousait un carré plongeant. Quant à sa toge saphir, elle révélait par son décolleté généreux le galbe de sa poitrine opulente.

En dépit de sa taille, plus d'un mètre soixante-dix, elle

portait des talons. Elle faisait ainsi la même taille que lui. Brian l'observait savourer sa tequila. Elle fermait les yeux à chaque gorgée. Sa façon de boire dégageait quelque chose d'incroyablement érotique ; il devait y aller en douceur, mais cette simple vision lui donnait envie de la ramener chez lui pour enchaîner les verres.

Il se l'imaginait déjà nue entre ses bras, naturelle, sensuelle, véritable déesse contemporaine. Bon sang, elle l'excitait tant. Il se souciait tellement peu de leurs querelles familiales.

— Je suis passé à ta galerie, il y a quelques semaines, mais tu n'étais pas là, reprit-il, conscient de devoir se surpasser avec elle.

Mais entre cette vantardise involontaire et cette conversation maladroite…

— Je n'étais pas à Dallas, expliqua-t-elle. J'ignorais que tu viendrais.

— Pas de problème… J'aurais dû te prévenir.

— C'est toujours mieux.

— Mais tu n'as jamais vraiment eu l'air de vouloir me voir, lui rappela-t-il.

Elle rougit et pencha la tête sur le côté.

— Si tu veux tout savoir, je n'aime pas l'influence que Keith a eue sur ma sœur. Je craignais que tu sois pareil.

Quel choc ! Cela n'avait rien de surprenant en fin de compte. Il ne pouvait pas lui tenir rigueur de jouer la carte de la prudence. Sans être en guerre comme les Capulet et les Montaigu, les deux familles ne s'entendaient plus si bien depuis la mort de Trent. D'après Zeke, les Wingate méprisaient l'oncle Keith désormais. Lui-même avait trouvé le vieil homme trop prompt à profiter de l'occasion pour draguer Ava, même si elle avait semblé chercher du réconfort.

— Je comprends. Mais je ne suis pas comme lui.

— Tant mieux, répondit-elle sèchement.

Il grinça des dents. Il allait falloir qu'il se taise… ou qu'il boive quelques vodkas supplémentaires. Puis, les musiciens enchaînèrent sur une danse de groupe, l'Electric Slide, et Piper se mit à pétiller.

— J'adore cette chanson. Tu viens ?

— Je ne suis pas très doué, répondit-il.

— À plus tard, alors, répondit-elle en lui tendant son verre avant d'aller sur la piste.

Il resta là, à l'observer. Son sourire illuminait la salle entière. Elle enchaînait les mouvements avec grâce et agilité, main dans la main avec Daniel, son petit-neveu, pour lui enseigner les pas.

— Mais qu'est-ce que tu fabriques là au lieu de danser avec la femme que tu dragues depuis des mois ? s'enquit Zeke, qui était à la fois son ami et le fils d'Ava.

— J'aimerais ne pas me ridiculiser. Je préférerais ne pas empirer la situation avec elle, j'ai tout fait de travers, pour l'instant.

— Je déteste aussi ces trucs-là, reconnut Zeke. Mais si ta chérie veut danser, alors tu dois l'accompagner.

— Elle n'est pas ma chérie.

— Et ça ne changera pas si tu te contentes de la regarder comme un demeuré, insista l'autre.

Puis, Zeke alla chercher Reagan. Un instant plus tard, ils dansaient avec les autres.

Aucun obstacle n'arrêtait jamais Brian, aussi n'allait-il pas abandonner pour si peu. Il vida son verre d'une traite, le posa sur le plateau d'un serveur de passage et se lança.

Il rejoignit la piste, à côté de Daniel.

— Hé, tu m'apprends ?

— Oui, répondit le garçon de quatre ans.

Le petit lui montra les pas ; c'était plutôt amusant, en vérité.

Piper l'observait. Elle rit quand Brian et Daniel allèrent dans le mauvais sens, manquant s'écraser dans la ligne derrière eux. À la fin de la chanson, Brian se pencha en avant pour remercier son professeur. Le garçon, adorable dans son petit costume, ses santiags et son stetson, semblait irradier de bonheur après avoir joué un rôle si prépondérant dans le mariage de ses parents.

— Merci de ton aide, je te revaudrai ça, mon grand.

— J'aime bien les bonbons, répondit Daniel, fendu d'un sourire équivoque.

— Bien reçu.

Comme le groupe entonna un morceau plus doux, Brian se tourna vers Piper.

— M'accorderas-tu cette danse ?

— Je devrais refuser, mais tu as fait un effort, affirma-t-elle en lui prenant la main pour venir se caler contre lui.

Un frisson le traversa, son sang s'agita. Il désirait plus que tout la ramener chez lui, approche peut-être trop brusque quand ils n'avaient même pas encore partagé de vraie conversation. Allait-il trop vite ? Bon sang, il ne connaissait aucune autre manière d'obtenir ce qu'il voulait.

Cependant, Piper lui avait déjà prouvé qu'elle ne se laissait pas prendre dans le filet du premier venu. Gagner sa confiance allait exiger de la patience, le point faible de Brian. Mais elle en valait le coup.

La flamme entre eux avait beau brûler avec intensité, Brian voulait ne pas trop l'attiser, ne pas la laisser tout réduire en cendres et en fumée.

La fête battait son plein sous les lumières de la grande tonnelle, dans la chaleur des radiateurs électriques. Piper aurait préféré feindre l'indifférence, mais autant ne plus se mentir après ces quelques instants sur la piste, entre les bras de Brian. Tout comme de nombreuses personnes présentes ce soir qu'elle connaissait depuis sa plus tendre enfance, Piper savait que le jeune avocat avait soutenu sa famille dans l'adversité. Zeke et Reagan lui avaient appris à quel point il s'était démené pour eux. Sans compter cette tension sexuelle indescriptible depuis leur rencontre. Elle avait préféré l'ignorer jusque-là. Elle gardait ce genre de passion pour son art afin de se protéger. L'expression « tout ou rien » ne lui avait jamais correspondu quand on parlait de sa vie amoureuse mais, face à Brian, elle se sentait en danger.

Sa main sur son dos, son torse collé à sa poitrine, elle avait bien envie d'éparpiller sa prudence aux quatre vents. Cette sorte de… d'orage grondait quand il la touchait. Par ailleurs, malgré ses dires, il se débrouillait plutôt bien sur la piste.

Quelque chose en elle s'agitait. Elle ne ressentait jamais cela à Dallas, à cause de la routine. Ici, à Royal, au cœur du chaos venu engloutir sa famille, les choses semblaient changer… Peut-être subissait-elle cette influence. Cette tequila en incarnait l'exemple parfait. Piper avait passé trop de temps à se fondre dans un monde façonné par Ava. Elle se trouvait désormais au bord d'un précipice, prête à s'y jeter dans un élan de folie.

Or Piper savait que, malgré son charme, Brian n'était pas fait pour elle. Il était un ami de la famille, à l'instar de « tonton Keith », aujourd'hui méprisé par tous les Holloway et Wingate. Devait-elle se méfier de Brian ?

— Je te cherche un autre verre ? s'enquit-il à la fin de la chanson.

— Oui, merci.

À ce moment, Lauren Roberts en profita pour s'approcher d'eux.

— Excuse-moi, Brian, j'aimerais parler à Piper. Ce ne sera pas long.

— Je t'en prie, lui indiqua-t-il. Je vais au bar, je reviens.

Piper se prit à observer la coupe de son costume quand il s'éloigna.

*Du calme, ma grande.*

— Dis-moi tout, Lauren.

Cette belle brune rencontrait un succès fou à Royal avec sa chaîne de *food trucks* et, d'après l'assistante de Piper, elle cherchait de quoi décorer son nouveau restaurant.

— Je suis passée à la galerie quand tu n'étais pas là, et j'ai beaucoup aimé certaines œuvres. On m'a dit de voir directement avec toi pour trouver ce qui me conviendrait. Je sais que ce n'est pas le moment idéal, mais si je peux éviter de revenir à Dallas… Ça ne te dérange pas, j'espère.

— Non, bien sûr que non. J'aime bien discuter art, et

ton projet me plaît bien. J'ai entendu dire que tu voulais mettre en avant les producteurs locaux.

— Exact, notamment à travers les ingrédients et les recettes.

— Alors, il faudrait des artistes du coin, continua Piper, réfléchissant tout haut. Je vais contacter quelques collègues, ils devraient pouvoir m'aider. Tu préfères des peintures ou des photographies ?

— Honnêtement, tant que c'est beau et que ça permet aux gens de se détendre, tout me va.

— En gros, tu sauras en les voyant, conclut Piper, amusée.

— Voilà. Ah ! et Gracie Diaz va devenir mon associée, elle m'aidera donc à choisir.

— D'accord, laisse-moi quelques jours. Je vous enverrai des photos pour que vous fassiez le tri. Ensuite, nous n'aurons plus qu'à garder vos préférées. Qu'en penses-tu ?

— Parfait. Merci. Ah ! je sais que ça ne me regarde pas, mais… Est-ce que vous sortez ensemble, toi et Brian ?

— Non, pas du tout. Il a dû venir seul, lui aussi.

— D'accord. Je suis sûre qu'il n'a rien à voir avec Keith. D'après Sutton, c'est quelqu'un de bien.

*Vraiment ?*

— Super, s'exclama Piper.

— De quoi ? demanda Brian en arrivant avec les verres.

— La soirée, affirma Lauren en prenant congé.

— Tout à fait d'accord, répondit-il. Je suis tellement content pour eux, même si Harley et Grant me manqueront une fois repartis en Thaïlande. Tout le monde pensait qu'elle allait devoir abandonner ses rêves et rester ici.

— Elle a de la chance de l'avoir rencontré, acquiesça Piper. Même si les temps ont changé, tous les hommes ne suivraient pas leur femme sur un autre continent.

Brian sirota sa vodka en se grattant la nuque.

— Je n'oserais peut-être pas à sa place, mais qui suis-je pour juger ?

— C'est vrai que ça ne conviendrait pas à tout le monde.

Piper se réjouissait pour sa nièce, mais ses instincts la ramenaient à la méfiance. Elle avait cru, elle aussi, avoir trouvé l'homme de sa vie sans savoir qu'elle ne correspondait pas à ses critères de perfection. Il l'avait alors quittée. Si elle avait eu du mal à s'en remettre, le monde ne s'était pas arrêté de tourner pour autant. Aujourd'hui, elle pouvait vivre heureuse et comblée sans la compagnie d'un homme. Malgré tout, ces quelques instants avec Brian lui rappelaient une légère solitude. Même s'il ne devenait pas son futur partenaire, peut-être l'heure avait-elle sonné de chercher l'amour.

Sa rupture puis la tristesse d'Ava lorsque Trent était tombé malade l'avaient rebutée. Cependant, ses nièces et neveux trouvaient tous le bonheur, et cela lui donnait envie de combler le vide.

Pourtant, elle ne changerait plus jamais pour plaire à un homme ni ne sortirait avec quelqu'un en qui elle n'avait pas confiance. Ce soir-là, elle se rappela à quel point elle s'était isolée. La peur avait dû jouer un rôle, mais il était temps d'y mettre un terme.

Elle songea alors à la semaine à venir, il lui tardait

de rentrer à Dallas. Même si Brian habitait lui aussi cette ville légendaire, il évoluait dans d'autres sphères. Une fois chez elle, elle se cacherait de la confusion et du désir éveillé par cet homme.

# - 2 -

Le quartier artistique de Dallas se trouvait au centre-ville, cœur culturel. Tout orbitait autour de l'Opéra Winspear et du Meyerson Symphony Center à l'audacieuse architecture carrée. Piper avait installé sa galerie non loin du cadre verdoyant du Nasher Culture Center et de ses chefs-d'œuvre modernes. Elle avait dû batailler pour se trouver une place ici et non en bordure de la ville, car elle voulait montrer à ses clients la respectabilité de sa démarche. Ce jour-là, elle était allée visiter la collection Crow de la section art asiatique. Elle devait parfois retrouver l'inspiration. D'autant plus en ce moment.

Le mercredi, elle s'occupait de ses factures, lisait les rapports envoyés par sa comptable. Néanmoins, depuis le début du scandale Wingate, ses recettes avaient fortement périclité. Si les chiffres ne lui suffisaient pas, la fréquentation en baisse de la galerie restait un indicateur fiable. Elle aurait bien pu accuser l'économie capricieuse mais, en vérité, peu de gens voulaient traiter, même indirectement, avec quelqu'un dont les biens avaient été saisis par la brigade des stupéfiants.

On lui avait même demandé de prouver la provenance d'un tableau acquis cinq ans auparavant. Piper s'était exécutée, mais à contrecœur ; elle avait toujours refusé l'argent des Wingate en raison d'une éthique très stricte. Comment lutter face aux commérages, de toute manière ? Mais, si on devait peindre d'elle le même portrait que celui de tous ses proches, elle allait devoir trouver une nouvelle source de revenus.

— Bonjour patronne, voilà ton chai latte, la salua Coco, son assistante, en posant la tasse sur le bureau de Piper. Gracie Diaz vient d'appeler pour savoir si vous pouviez vous voir, cet après-midi.

— Merci. Je suis libre, normalement. J'ai déjà des diapos. Pourrais-tu mettre une projection en place dans la salle A ?

— Aucun problème. J'ajoute Gracie à ton emploi du temps. Nous avons aussi reçu des commandes. Et le gala aura lieu la semaine prochaine. Est-ce que ça t'intéresse ?

— Oui. Il faut profiter de la fin de l'année pour se montrer et renflouer nos caisses. Ce serait bien de louer la salle pour des soirées d'entreprise, comme l'an dernier.

Coco s'installa dans le fauteuil en face de Piper et posa ses rangers sur le bureau.

— J'ai pris les devants. Nous avons déjà trois réservations et j'attends deux confirmations. Un des clients a demandé si nous pouvions exposer de l'art moderne, un peu comme dans *Love Actually.* J'ai dit que nous réfléchirions. Ces nus de Maxi conviendraient.

— Bonne idée. Je passerai à l'entrepôt dans la semaine pour vérifier. Essaie de trouver d'autres solutions de ce genre. Il faut vraiment que nous tenions le coup.

— Aucun problème, patronne.

À ce moment, le deuxième assistant de Piper fit irruption.

— Un certain Brian Cooper demande à te voir.

— Ce n'est pas la première fois qu'il vient, souffla Coco. Plutôt mignon, souriant, jolies fesses. Tu veux que je m'en occupe ?

— Non, ça ira. Prépare la présentation pour Gracie. Paul, Coco va avoir besoin de ton aide pour une soirée.

Piper les laissa pour rejoindre le balcon du premier, où se situaient les bureaux.

Elle n'eut aucun mal à repérer Brian dans la galerie en contrebas. Il observait une sculpture cinétique inspirée par Xavier, un poète des environs : *Clivage*. Elle exprimait sa difficulté à rester du bon côté de la loi. Le corps principal adoptait deux visages tournés vers des directions opposées ; un contemplatif, le second enragé. Une main tenait un cahier et un stylo, l'autre un pistolet. Piper l'aimait beaucoup mais pensait pouvoir encore l'améliorer. La mâchoire d'une des faces lui paraissait trop carrée, par exemple.

Piper adorait tout autant qu'elle détestait le processus créatif. Donner vie à l'image mentale originelle en cherchant à y rester le plus fidèle sans jamais y parvenir représentait une frustration permanente.

Elle se cala une mèche derrière l'oreille et écarta ces pensées en descendant saluer Brian. Il portait un costume taillé à la perfection pour ses épaules larges et ses hanches étroites. Piper sentit une vague de chaleur lui harponner le ventre.

— Bonjour Brian. Quelle surprise !

Il se retourna, fendu d'un grand sourire qui attira le regard de Piper sur sa bouche. Cette ligne sensuelle, parfaite pour les baisers... Piper aurait dû l'embrasser à ce mariage et en finir une bonne fois pour toutes. Au lieu de cela, elle resta plantée là, à imaginer la sensation de ses lèvres sur les siennes.

— J'espère que je ne te dérange pas. J'avais une réunion dans le quartier, alors je voulais t'inviter à manger.

— Euh, attends, s'excusa-t-elle.

Il avait parlé de la revoir, elle avait eu tout le loisir d'y réfléchir depuis. Elle se rappela sa décision de ne plus le fuir.

— Je dois vérifier, j'ai un rendez-vous avec Gracie Diaz. Lauren et elle m'ont demandé de l'aide pour la décoration de leur futur restaurant.

— D'accord. Je n'en reviens pas qu'elle ait gagné à la loterie. Je pensais que ça n'arrivait jamais à personne.

— Moi aussi, acquiesça Piper en vérifiant son emploi du temps.

Elle espéra presque ne pas être libre, encore un peu frileuse. Elle préféra pourtant placer cela sous le coup de la prudence, et non sous celui de la lâcheté.

Brian éveillait des centaines d'alertes rouges en elle. Il savait ce qu'il voulait et n'avait pas peur de se démener pour l'obtenir. Piper se sentait en phase avec cette attitude, ce qu'elle trouvait plus que dangereux. D'autant plus quand il la dévisageait avec une telle intensité. Même un aveugle n'aurait pu manquer cela.

Piper envoya un message à ses assistants pour les prévenir.

— On dirait que je suis tout à toi.

— Fantastique !

— Où voulais-tu aller ?

— Eh, bien, comme c'est ton territoire, je comptais un peu sur toi pour me guider.

Elle sourit, elle appréciait le fait qu'il ne tenait pas à tout contrôler. C'était peu de chose, certes, mais Keith n'aurait jamais laissé Ava choisir un restaurant. Brian recelait donc des surprises et semblait se démarquer de la famille Cooper. Essayait-elle simplement de justifier son attirance pour lui ?

— Je connais une superbe cabane à tacos pas loin, répondit Piper. C'est très sobre, il faut s'asseoir dehors.

— Il fait beau, alors je suis à tes ordres.

— J'aime beaucoup cette idée, murmura-t-elle en rangeant son téléphone dans une poche de son gilet long.

Il lui courait après, mais ne la considérait pas comme sa proie. D'ailleurs, dans le fond, il lui plaisait aussi. Peut-être même assez pour l'inviter sous ses draps... Elle n'écartait pas entièrement cette idée.

Brian emboîta le pas à Piper, fasciné par son déhanché ; chacun de ses gestes semblait destiné à le titiller. En passant près de la galerie, il avait décidé de tirer profit de leurs échanges lors du mariage. Il ne se laisserait pas reléguer au rang de connaissance. Il avait passé trop de nuits sans sommeil, et tenter d'exorciser ce désir entre les bras d'autres femmes ne servait à rien.

Il la voulait elle. Nue, sauvage, rien que pour lui.

Malgré tout, il le sentait, s'il se précipitait il la perdrait. Ainsi avait-il placé toutes les chances de son côté. Il avait choisi son costume de manière à se mettre en valeur sans trop en faire.

Piper le guidait dans le quartier, une main sur le front pour se protéger de la lumière.

— Est-ce que tu passais vraiment par hasard, Brian ?

— Oui, affirma-t-il.

Elle n'avait pas besoin de savoir qu'il aurait pu mourir pour elle. Il se rappelait trop la douleur de son oncle au moment où Ava avait déménagé de chez lui sans se soucier de ses sentiments. Brian avait trouvé cette réaction… cruelle. Il craignait donc de voir Piper agir de la même manière. Peut-être aimait-elle séduire les hommes pour mieux les soumettre à sa volonté.

Après tout, elle avait choisi son célibat.

— D'accord, fit-elle d'un air déçu.

— Tant que j'y pense, je viens d'acquérir un immeuble pour mon cabinet d'avocats et je cherche quelqu'un de talentueux pour la décoration. J'envisageais de mélanger l'art texan à quelque chose de pertinent et contemporain.

— On me demande rarement ce genre de services, avoua-t-elle, la tête penchée sur le côté. Mais l'idée me plaît. Bon, si c'est un déjeuner professionnel, je devrais t'emmener ailleurs…

— Mais non, arrête un peu. Je préfère que tu me montres ton restaurant favori.

Sous le doux soleil de novembre, Brian ne put s'empêcher de remarquer à quel point Piper se trouvait dans son élément, ici. Lors du mariage, elle se démarquait des autres, fleur exotique parmi les roses texanes. Aujourd'hui, elle était parfaitement à sa place.

Brian, lui, sortait du lot avec son costume trop chic. Sans appartenir à cet univers, il se rappela les charmes de Piper. Elle restait fidèle à elle-même sans se préoccuper de l'avis des autres, contrairement à ces femmes qui fréquentaient Brian pour se donner une consistance. Piper était unique.

Les instants passés en sa compagnie pendant la réception avaient simplement transformé une passade en quelque chose de plus concret. Cette collaboration avec elle devait lui apprendre à quel point elle comptait. Si cette étincelle se limitait à quelques nuits endiablées, alors autant prendre le risque. Il devait assouvir ce fantasme pour retrouver une vie normale.

— Alors, est-ce que tu veux uniquement des artistes connus ? lui demanda-t-elle après qu'ils eurent commandé et se furent installés à une table à l'écart.

Brian finit de mâcher puis s'essuya les mains. Il n'avait pas vraiment réfléchi à la question.

— J'aimerais que les clients et les visiteurs aient l'impression de foncer droit vers la réussite. Je te fais confiance.

— Il faudrait que je voie sur place, continua-t-elle. Il n'y a pas un artiste qui te plairait en particulier ?

— Je t'enverrai une liste, si tu veux. Je sais ce que je n'aime pas. Nous nous spécialisons dans le droit familial donc je préfère éviter l'abstrait. Il faut véhiculer un sentiment de stabilité, d'unité. Même si leur monde bouge d'un point de vue légal, les gens doivent se sentir en sécurité.

— On ne croirait pas entendre un avocat, s'étonna-t-elle d'un sourire.

— Je suis un peu différent, affirma-t-il en haussant les épaules. Quand es-tu rentrée à Dallas ?

— Dimanche. Je voulais passer du temps avec Ava.

— Je me suis toujours demandé comment vous viviez cette différence d'âge.

— Pour moi, c'est normal. Forcément, l'écart est moindre avec mes neveux et nièces, mais on s'y fait.

— D'accord. Quand j'étais petit, je voulais des frères et sœurs, même si je ne suis pas sûr que j'aurais apprécié. Je suis déjà assez en compétition avec moi-même, alors avec les autres…

— Une vraie catastrophe familiale.

— Va savoir, ironisa-t-il. Je ne pense pas pouvoir changer, de toute manière.

— Moi non plus, admit Piper. On se dispute assez souvent avec Ava à cause de ça. Elle veut que je sois plus comme tout le monde. Elle a grandi avec une vision si étroite de la famille… Tout ce qui pourrait ternir le tableau lui pose problème.

— Tu lui attirais des ennuis ?

— Pas forcément, mais je n'arrive pas à être celle qu'on veut que je sois.

À ces mots, Brian sentit une nouvelle poussée de désir pour elle, même s'il se méfiait encore à cause d'Ava. Piper se servait-elle de lui ? Se servait-il d'elle ? Devait-il l'oublier malgré tout ?

Sa libido l'en empêcherait. Du moins, jusqu'à ce qu'il soit parvenu à explorer cette sensualité qu'elle semblait le laisser entrevoir au moindre geste, à la moindre parole, au moindre regard.

— Tant mieux.

À la fin du repas, ils se donnèrent rendez-vous dans la semaine. Brian allait devoir s'en contenter pour l'heure mais, selon lui, la patience restait une vertu irremplaçable.

Piper avait toujours envié Gracie Diaz pour sa longue chevelure brune et lisse en harmonie avec sa peau mate et ses yeux marron. Elle sourit en voyant arriver cette femme qu'elle avait connue toute petite. Le père de

Gracie était un employé des Wingate jusqu'à sa mort tragique.

Gracie avait financé ses études en travaillant comme serveuse sans jamais arrêter d'aider sa mère et son frère. Plus tard, Beth Wingate l'avait engagée comme assistante pour lui montrer les ficelles de l'organisation événementielle. Cependant, elle avait gagné des millions à la loterie, récemment. Elle n'avait pas encore bien réalisé ce bouleversement, mais elle n'aurait plus jamais à s'inquiéter pour ses proches.

— Salut, Gracie, fit Piper en l'enlaçant de bon cœur.

— Bonjour. Il y a moins de monde que la dernière fois.

— Malheureusement. Certains doivent douter de mon affiliation avec les Wingate, mais tant pis pour eux, nous nous sortirons d'affaire. Lauren m'a dit que tu devenais copropriétaire de son nouveau restaurant.

— Tout à fait. J'ai tellement hâte ! C'est la première fois de ma vie que je peux vraiment aider quelqu'un. C'est génial.

— J'imagine, assura Piper, très heureuse pour son amie. Je t'ai préparé des peintures et imprimé des photos. Voudrais-tu boire quelque chose pendant que nous y jetons un œil ?

— Un verre d'eau, s'il te plaît.

— Entendu. Tu peux m'attendre dans la salle au bout du couloir. J'arrive.

Piper entra dans l'espace détente. Sans trop prêter attention à Coco, aux prises avec un chimichanga à la forte odeur de chili et d'aromates, elle prit deux bouteilles en verre aux couleurs de la galerie puis regagna le couloir. Là, elle aperçut Gracie foncer vers les toilettes. Inquiète, Piper alla la voir.

Elle entendit des vomissements suivis de la chasse d'eau.

— Tout va bien, Gracie ?

— Oui, lui répondit la jeune femme en s'essuyant le visage. Une petite indigestion. Désolée.

— Tiens, bois un peu d'eau, dit Piper en la menant dans la salle de présentation. Je ne crois pas que nous ayons de quoi manger, à part des biscuits.

— Ne t'en fais pas, de l'eau, c'est parfait, assura Gracie en observant les tableaux aux murs. J'aime bien ce taureau, là. Y a-t-il d'autres œuvres de cet artiste ?

— Le longhorn ? Oui, il est magnifique. Ça me rappelle les photos en noir et blanc d'Ansel Adams. Elles dégagent une telle énergie. Son portfolio est dans mon bureau, il a aussi fait une série limitée de lithographies, si ça t'intéresse.

Piper laissa son invitée le temps de récupérer ledit portfolio. En revenant, elle retrouva Gracie devant une œuvre intitulée *Géants brisés*, une photo des terres constellées de derricks entre Royal et Midland. En plein désert, seules les potences métalliques dominaient sous les éclats du soleil.

Rien à voir avec le longhorn, mais au moins elle comprenait mieux les goûts de sa cliente.

— Ça te plaît ?

— Oui. Ça m'évoque toutes les richesses que le pétrole a apportées tout en laissant des terres dévastées.

— Absolument, acquiesça Piper en lui tendant les photographies qu'elle avait cherchées. Je connais un autre artiste que tu pourrais apprécier, mais il n'est pas célèbre, et ça pourrait ne pas être un réel investissement à long terme. Qu'en penses-tu ?

— Lauren et moi voulons avant tout créer une ambiance particulière dans le restaurant. Tant mieux si les œuvres prennent de la valeur, mais ce n'est pas notre priorité.

— D'accord. Je te laisse étudier celles-ci tandis que je cherche les autres sur ma tablette.

La galerie proposait diverses façons de montrer le travail de ses protégés aux acheteurs. Entre les diapositives des plus rétro ou les formats JPEG des jeunes, Piper aimait cette variété de méthodes, preuves de la diversité dans ce milieu. Elle-même artiste, elle comprenait cette démarche. C'était plus facile de se dénuder par son travail que de se dévoiler directement aux autres. Plus sûr, songea-t-elle. Consciente du rôle de sa rupture difficile dans cette attitude, elle s'était tout de même toujours sentie plus libre dans son atelier… plus qu'avec les hommes. La bouche de Brian lui revint à l'esprit. Elle dut se ressaisir, ne pas oublier sa priorité du moment.

Elles passèrent ensuite une bonne heure à étudier tous les artistes et tableaux imaginables de la galerie, du moins ceux correspondant à l'ambiance recherchée par Gracie. Elles se basèrent sur les deux œuvres qui avaient suscité l'intérêt de la jeune femme. Ce travail minutieux finit par porter ses fruits ; Gracie fit une première sélection. Elle allait même commander une création originale à un des photographes.

Cela rassura Piper. Certes, une seule cliente n'allait pas renflouer ses caisses à vie, mais Gracie Diaz venait de lui prouver que les amateurs d'art ne se souciaient pas tous des rumeurs et des scandales financiers.

Cela lui rappela la commission pour les locaux de

Brian. Elle devait se surpasser. Si elle adorait ce métier, elle ne se leurrait pas, les affaires s'avéraient parfois délicates.

*Brian.* Elle ne devait pas oublier de garder une relation strictement professionnelle avec lui. Le fallait-il vraiment ? Elle avait ressenti bien trop de joie en le voyant. Il éveillait quelque chose en elle, la laissait à cran, au bord d'un gouffre. Tout de même, elle craignait leur différence d'âge et ses liens avec Keith. Ava avait vécu trop de choses avec ce dernier.

En somme, elle aurait dû l'oublier, mais quelque chose l'en empêchait.

# - 3 -

Brian croulait sous le travail. Son nouveau clerc se donnait du mal, mais commettait encore des bourdes. De plus, l'oncle Keith n'arrêtait pas de l'appeler pour se plaindre d'Ava Wingate. Comparer sa journée à une partie de plaisir frôlait l'euphémisme. Brian avait besoin d'un bon verre et d'une nuit de repos, seulement il devait encore se consacrer à son œuvre caritative avant de rentrer. Il avait invité des jeunes défavorisés à un match des Mavericks, la grande équipe de basket de Dallas.

En prenant sa douche dans sa salle de bains privée, il entendit du bruit dans le bureau. Sans doute Tony, venu lui apporter le maillot qu'il avait commandé. Brian ne se donna donc pas la peine d'enfiler une chemise. Il sortit de la salle d'eau, les yeux rivés sur son téléphone ; on venait de lui écrire. Keith… encore. Soudain, il entendit quelqu'un prendre une grande inspiration avant de siffler de façon amusée. Il releva la tête pour se perdre droit dans le vert sombre des iris de Piper.

Le regard de l'artiste dériva sur son torse, ce qui excita Brian tout à coup. Il contracta ses muscles sans même s'en rendre compte, et elle reprit son souffle, hypnotisée par le reste de son corps.

Elle s'approcha, tendant légèrement une main comme pour le toucher, puis se ressaisit avant de se détourner.

Il se força à retourner dans la salle de bains malgré son désir de se coller à elle pour voir jusqu'où elle irait. S'il ne s'était pas trouvé sur son lieu de travail, il n'aurait sans doute pas pu s'en empêcher. Il la rejoignit après s'être habillé.

— Désolé, je croyais que c'était Tony.

— Il n'était pas là, alors je me suis permis d'entrer. C'est donc à moi de m'excuser, mais je dois bien avouer… quelle agréable surprise, Cooper !

Il sourit, un sourcil arqué.

— Ravi que ça te plaise. Nous n'avions pas rendez-vous, si ?

— Non. J'avais une réunion dans les parages, j'en ai profité pour visiter vos bureaux.

— Je suis content de te voir en tout cas. Je dois partir pour la salle omnisports American Airlines dans une quarantaine de minutes, mais je peux te faire faire le tour du propriétaire dès que j'aurais trouvé mon assistant. Si tu as soif, sers-toi dans le réfrigérateur.

Brian s'installa devant son ordinateur pour vérifier la conversation de groupe entre lui et ses subordonnés. Tony était descendu réceptionner le maillot, il reviendrait dans une dizaine de minutes. Brian lui répondit qu'il allait montrer les locaux à Piper ; il pouvait laisser le colis dans le bureau.

Puis son téléphone vibra de nouveau : un énième message de Keith. Il avait presque envie de le bloquer.

— Mauvaises nouvelles ? l'interrogea Piper.

— Non, pas vraiment. C'est mon oncle. Il devient à moitié fou depuis le départ de ta sœur. Mais je préfère ne pas parler de ça.

— Moi non plus. Il s'est montré particulièrement

exécrable, ces derniers temps. Je me demande parfois s'il n'a pas essayé de profiter d'Ava.

Brian ne savait pas trop quoi répondre. Son oncle aimait éperdument Ava. De son point de vue, elle lui avait donné de faux espoirs sans jamais avoir l'intention de lui rendre cet amour.

— Je pense qu'il était sincère avec elle. Il n'a donc pas dû profiter d'elle. Ce serait…

— Mieux vaudrait éviter le sujet. Tu vas prendre la défense de ton oncle, et c'est normal, mais je ne veux pas laisser cette histoire s'immiscer entre nous. Je t'aime bien, Brian.

Il aurait souhaité pouvoir lui dire adieu, pour leur bien à tous les deux, seulement, il n'en trouvait pas la force. Il la désirait. Pire encore, plus il apprenait à la connaître, plus il l'appréciait. Cette relation lui semblait bien mieux partie que celle d'Ava et Keith ; Brian n'avait pas aimé Piper en secret pendant de longues années. Il convoitait son corps depuis quelques mois, rien de plus. Lui courir après ne constituait sans doute pas un acte de sagesse absolue, cependant il devait assouvir ce besoin.

Ses rêves torrides l'empêchaient de dormir. Il le savait pertinemment, une fois leur passion consommée, son obsession pour elle finirait par s'évanouir. Si elle se trouvait aux antipodes de ses autres conquêtes, Brian, lui, n'avait pas changé pour autant. Imposer sa marque sur le monde lui tenait plus à cœur que n'importe quelle relation sérieuse.

— Moi aussi, Piper, répondit-il, oubliant le sujet comme elle l'avait suggéré, tout en sachant très bien que cela les opposerait toujours d'une manière ou d'une autre. Revenons à nos moutons. Comme tu le vois, l'atrium est vaste et j'aimerais combler ce vide. Une sculpture ou une fresque conviendrait sans doute.

Elle jeta un œil par-dessus la rambarde afin d'observer le grand espace en contrebas. Une balustrade en laiton donnait sur le hall, deux canapés faisaient face à des baies vitrées ouvertes sur le centre-ville de Dallas.

— Bonne idée, acquiesça Piper. Des fresques apporteraient un charme supplémentaire, mais j'ai quelque chose d'autre à te montrer avant.

Elle tira un carnet de son sac, prit quelques notes et le rangea.

— Je te fais confiance. Tout ce qui m'importe, c'est que les locaux soient agréables, qu'ils reflètent nos clients et tous les efforts que j'ai fournis pour en arriver là.

Brian avait compris que Piper n'aimait pas les paroles en l'air. Ainsi, pour mieux l'aider dans sa tâche, il lui montra l'intégralité du bâtiment.

— Je dois bientôt partir pour le match des Mavericks, mais j'aimerais en finir avec les contrats. Puis-je te laisser entre les mains de mon assistant ?

— Bien sûr, affirma-t-elle. Tu es fan de cette équipe ?

— Oui, même quand ils perdent, mais, ce soir, je dois accompagner des jeunes, répondit-il, le regard ancré au sien.

Il ne voulait pas la quitter si tôt. Devait-il l'inviter au risque de ne plus pouvoir reléguer cette attirance au rang de simple désir charnel ?

— Comment ça ?

— Je parraine un programme avec des écoles. Les

élèves émérites sont inscrits sur une liste. Ensuite, on en tire plusieurs au sort, et je les amène au match.

— Quelle merveilleuse idée. Je ne m'attendais pas à ça de ta part.

— Merci, mais je ne sais pas comment le prendre.

— Je t'imaginais plus du genre obsédé par la réussite à tout prix, avoua-t-elle. Si personne n'aide les jeunes, alors ils ne parviendront jamais à se construire un meilleur avenir.

— Exactement, dit-il en revenant dans son bureau. Certains de ces gamins ne verraient jamais un stade sans cela.

Tony se trouvait là, une liasse de papiers en main, l'air de signifier à son patron qu'il lui restait encore du travail pour la soirée.

— Il vous reste environ dix minutes. Je vous ai appelé une voiture pour vous éviter de perdre du temps avec le stationnement. D'après l'association, il y aura une dizaine d'enfants et un parent ou un tuteur. Le grand frère d'un des garçons a demandé s'il pouvait venir, j'ai accepté. Et il me faudrait plusieurs signatures.

— Merci, Tony. Pourriez-vous rédiger un contrat pour Mlle Holloway ?

— Sans problème. Prenez place, mademoiselle Holloway, je vous en prie.

— Merci. Au revoir, Brian.

Il hésita encore une fois à l'inviter puis se ravisa, préférant éviter les complications inutiles. Il ne devait pas s'amouracher d'elle au nom de quelques pulsions. Une telle complication, ni elle ni lui n'en avaient besoin.

— À plus tard.

Dans la soirée, Piper s'installa devant le match de basket, bien au chaud dans son pyjama, ses pensées tournées vers Brian et Keith. Se ressemblaient-ils ?

Elle se perdait dans des possibilités infinies en observant son salon, la télévision lui servant surtout de compagnie. Ces cinq dernières années, elle avait passé beaucoup de temps à décorer sa maison du quartier de Frisco, une banlieue au nord de Dallas. Elle n'avait épargné aucune vente sur licitation ni aucune enchère en ligne afin de trouver la demeure idéale. Elle avait cherché des œuvres intéressantes en accord avec ses goûts éclectiques et variables. Elle sourit en observant sa nouvelle sculpture tribale. Elle modifiait peu à peu sa collection, et ce masque de déesse correspondait bien à cette période de sa vie.

Une pointe de tristesse la tirailla tout de même en repensant à sa sœur, bannie de chez elle, condamnée à relancer ses affaires à partir de rien. Piper se demanda comment l'aider. D'après les rumeurs, Keith en savait plus qu'il ne l'admettait. C'était plus ou moins lui qui avait dirigé la compagnie pendant son long deuil.

Piper se sentirait-elle plus à l'aise si elle disposait d'une excuse pour fréquenter Brian ? Sortirait-elle avec lui pour le bien de sa sœur, même si elle n'était pas du tout impliquée dans l'entreprise et ne se sentait plus si proche d'Ava, ces temps-ci ?

Elle lança une conversation de groupe avec sa famille, prête à demander quel type d'informations il fallait soutirer à Keith. Cependant, elle ne trouvait pas comment amorcer la discussion sans passer pour Miss Marple. Elle ignorait si Brian pouvait l'aider. Il avait bien cité son oncle dans la journée, mais Piper ne savait pas du tout comment orienter la conversation.

Elle appela Ava, mais celle-ci ne répondit pas. Elle ne lui laissa pas de message.

Piper se rendit alors dans son atelier en s'étirant. Elle y passait beaucoup de temps, ces dernières semaines. Elle y trouvait l'évasion nécessaire en cette période trouble.

Elle travaillait sur une nouvelle œuvre inspirée d'un poème de Xavier, entendu lors d'une lecture dans un café. Il avait vécu une bonne partie de son adolescence en centre de correction juvénile, mais risquait désormais la prison s'il récidivait.

À dix-neuf ans, il devait se trouver une nouvelle vie. Son texte parlait de sa difficulté à respecter la loi au lieu de l'interpréter selon ses convenances. L'idée de la première sculpture, *Clivage*, était venue à Piper en rêve. Elle avait pensé pouvoir s'en tenir à cela. Or, les paroles de ce jeune homme de dix-neuf ans l'obsédaient ; elle s'était sentie comme attirée par sa toile et avait tracé les premiers traits de cette peinture abstraite. Les deux facettes de Xavier : le poète brillant opposé au membre de gang prêt à tuer pour sa survie, tous deux pris dans une lutte permanente.

Piper lui avait demandé sa permission pour la statue, destinée à une vente aux enchères organisée par Habitat pour l'Humanité. Quant au tableau, elle le donnerait à Xavier. Elle avait presque terminé. La silhouette tenait elle aussi un stylo et un cahier d'une main, un pistolet de l'autre. Néanmoins, son regard la dérangeait encore.

Elle ne parvenait pas à saisir cette lueur d'intelligence. Sans crier gare, une vision de Brian lui traversa l'esprit. Lui aussi dégageait cette intensité, cette détermination...

Voilà ce qu'il manquait. Piper se remit au travail, comme possédée jusqu'au moment où elle se recula enfin pour trouver les yeux de Brian sur le visage de Xavier.

Contente du résultat, elle s'étonna en voyant l'heure. Minuit passé. Elle sortit de l'atelier. Son téléphone vibra sur la table basse. Son cœur fit un bond en le prenant. C'était Brian.

Brian : Tu dors certainement, mais je voulais m'excuser d'être parti comme un voleur.

Piper : Je peignais, en fait. Ne t'en fais pas, j'aurais dû te prévenir. Alors, ce match ?

Brian : Une catastrophe. Je sais que c'est une saison de reconstruction, mais quand même…

Piper : Je n'y connais rien, mais… câlin ?

Brian : [emoji amusé] Merci. Que peignais-tu, aussi tard ?

Piper : Un portrait. Je voulais le finir, mais ne trouvais pas l'inspiration nécessaire.

Brian : Est-ce que ça t'arrive souvent ? Je ne savais même pas que tu étais artiste.

Piper : Ce n'est pas mon gagne-pain, seulement un à-côté. D'habitude, je préfère les œuvres communes.

Brian : J'aime beaucoup la statue exposée à la galerie. Tu me montreras tes tableaux ?

Piper : Peut-être. [Clin d'œil]

Brian : Peut-être ?

Piper : Je fais principalement des commandes. Je donnerai celui-là à un collaborateur avec qui j'ai travaillé pour une œuvre caritative.

Brian : Laquelle ?

Piper : Habitat pour l'Humanité, le gala aura lieu à la fin du mois.

Brian : J'ai une table. On y va ensemble ?

Elle voulut accepter, mais se rappela tout d'abord sa réserve. Elle se souvint de toutes les raisons de ne pas le fréquenter qu'elle avait listées en dansant avec lui. Néanmoins, quelques années auparavant, elle avait compris qu'elle regrettait uniquement ce qu'elle n'avait pas accompli. Elle le sentait, elle s'en voudrait à vie de ne pas avoir tenté sa chance avec Brian. Peut-être parviendrait-elle aussi à lui soutirer des informations.

Piper : Oui. Je vais me coucher.

Brian : J'aimerais encore te parler, mais bonne nuit, Piper.

Piper : Bonne nuit.

Elle se dépêcha d'aller prendre une douche avant d'agir de façon irréfléchie et de l'inviter chez elle. Trop d'obstacles se dressaient entre eux pour qu'elle soit intéressée par lui à ce point. Si ces messages innocents n'allaient pas forcément donner naissance à une idylle, Piper se contenterait de quelques instants agréables.

Brian l'amusait, savait la séduire. Et, bon sang, qu'il était musclé. Elle ne l'aurait jamais soupçonné de cacher un tel corps sous ses costumes taillés sur mesure. Elle se donnait un mal fou pour occulter son torse saillant.

Or, à peine s'endormit-elle que Brian lui vint en rêve, complètement nu.

Piper avait passé une bonne partie de la semaine au cabinet de Brian. Il l'avait croisée sans trop trouver le temps de lui parler. Une affaire censée se régler par une simple médiation avait dégénéré pour se terminer au tribunal. La bataille s'annonçait de plus en plus rude. Brian accueillit donc ce vendredi soir avec un plaisir incomparable. En repassant à son bureau avant de rentrer chez lui, il trouva Piper en train d'accrocher un tableau.

Elle avait retroussé les manches de son ample chemisier blanc. Son pantalon de cuir semblait lui allonger encore plus les jambes. Elle avait écarté quelques mèches brunes derrière son oreille.

— C'est vous, Tony ? demanda-t-elle. Aidez-moi, s'il vous plaît. J'aurais dû attendre…

— C'est Brian, précisa-t-il en se précipitant pour la soulager du poids du cadre. C'est bon, je le tiens.

Son parfum de cannelle évoquait les fêtes, la famille. Puis, le contact de sa hanche contre la sienne invoqua vite de longues nuits torrides sous les draps. Brian sentit le portrait vaciller entre ses doigts, il devait se contrôler. En jouant un peu avec le tableau, il finit par trouver les crochets et l'installa.

Piper tourna vers lui ses yeux verts affamés. Brian n'allait pas résister plus longtemps. Il avait l'impression de l'avoir attendue des années durant, et aujourd'hui elle se tenait là, tout près, comme la seule flamme de ses désirs. Il devait l'embrasser. Il voulait goûter à cette bouche voluptueuse, savoir une bonne fois pour toutes si ce feu s'avérait ou si son imagination lui avait joué des tours.

Comme il n'avait pas fermé la porte, elle ne se sentirait pas prise au piège. Il préféra tout de même reculer, mais il trébucha sur une boîte à outils qu'il n'avait pas vue. Piper lui attrapa alors le bras et bascula à son tour en cherchant à le retenir. Brian retrouva l'équilibre sans problème et la saisit par la taille.

Elle posa une main sur son torse, leurs regards se croisèrent. Un silence se brisa entre eux. Tous deux s'inquiétaient de s'aventurer trop loin et de gâcher leur amitié. Du moins, c'était ce que ressentait Brian.

— Merci, s'excusa-t-il. Je suis un peu maladroit.

Elle ne bougea pas.

— Tu sais très bien que c'est faux.

— J'ai l'impression du contraire en ta présence. Je perds tout mon sang-froid quand tu es là.

Elle secoua la tête, se mordant la lèvre inférieure. Il dut fermer les yeux pour ne pas l'embrasser. Il se sentait ridicule, comme s'il allait mourir de ne pas l'enlacer.

Cependant, avec les paupières closes, le contact de ses doigts mêlé à son odeur venait annihiler toute sa maîtrise de soi. Piper Holloway le cernait de toute part. Cette femme l'obsédait. Il s'était promis de la laisser mener la barque. Il devait partir. Il la libéra, rouvrit les yeux, s'éloigna. Elle l'observa, les bras serrés contre la poitrine, puis se tourna vers le tableau.

Il se concentra sur la peinture, lui aussi. Tout était bon pour se détourner de son corps svelte et de cette bouche sensuelle. Quel portrait surprenant ! On aurait cru une impression de sa photo sur le site de son cabinet.

L'artiste y avait injecté toute son énergie et sa passion. Il ressemblait à un homme capable de tout conquérir.

— Qui est l'auteur ?

— C'est moi, répondit-elle à voix basse. Tu n'aimes pas ? Je l'enlève si tu détestes.

— Non, j'adore. Cette version de moi est très rassurante, j'aimerais bien lui ressembler.

— C'est déjà le cas, Brian. Au départ, je comptais accrocher cette photo de toi que j'ai trouvée dans un magazine juridique et puis… comme je n'arrivais pas à dormir, je me suis mise à peindre. Peu importe, c'est un cadeau, je ne te le facturerai pas.

Il se rapprocha. Le voyait-elle ainsi ? Il mit un certain temps avant de réaliser ce qu'elle venait de dire.

— Je tiens à te payer. J'aurais dû te demander, mais j'ignorais que tu peignais.

Elle lui avait donné l'impression de ne pas vouloir lui montrer son art. Il comprenait mieux désormais. Ce portrait dégageait quelque chose d'extrêmement intime. Elle avait su se révéler tout en extériorisant la personnalité de Brian après seulement quelques échanges.

Si elle avait saisi l'homme qu'il espérait être, il s'agissait d'une version idéalisée. Il ignorait même s'il pouvait faire preuve d'une telle détermination. Piper avait compris sa vraie nature.

Brian resta dubitatif face à cette idée. Il ne voulait pas qu'on le voie ainsi ; il se sentait trop vulnérable. Voilà ce qu'elle éveillait en lui. En quelque sorte, il cherchait peut-être à se montrer à la hauteur de ses espérances.

— Intéressant, fit-il, préférant cacher ses sentiments. J'aime bien.

Elle se tourna vers lui, apparemment nerveuse, comme prête à lui poser des milliers de questions.

— Tant mieux. Je n'arrive pas à juger mon travail. En général, j'en suis satisfaite jusqu'à ce que quelqu'un d'autre le voie, et alors tous les défauts me sautent aux yeux.

Brian se rapprocha encore un peu, ne supportant pas de la savoir si loin de lui.

— Je le pense vraiment.

Ils restèrent hypnotisés l'un par l'autre, pris dans une tempête électrique. Au risque de le regretter, il ne pouvait pas attendre un instant de plus pour l'embrasser. Il devait se rapprocher de cette femme exotique et complexe qui avait chamboulé son univers tout entier.

# - 4 -

Piper n'avait pas prévu de se trouver là au moment où il découvrirait le portrait. Elle avait passé trop de nuits à y déverser sa frustration sexuelle. Bien sûr, elle désirait Brian, mais ils menaient des vies trop pleines, trop opposées, et à son âge elle savait pertinemment que vouloir quelque chose ne suffisait pas à l'obtenir. Elle l'avait donc peint.

Mais voilà qu'elle se trouvait entre ses bras musclés et qu'il semblait hésiter à l'embrasser comme s'il lui cédait les commandes. Elle plaqua les mains sur son visage, cette solide mâchoire à peine rasée, et se mit sur la pointe des pieds pour poser les lèvres sur les siennes.

Un éclair la parcourut. Toute sa féminité lui hurla que ce n'était pas trop tôt. Ensuite, Brian prit le contrôle de leur deuxième baiser. Il s'inclina et joua de sa langue. En douceur tout d'abord, puis avec plus de témérité.

Un goût de menthe et, cela lui parut ridicule, de virilité. Brian ne la serrait pas trop fort, sans doute pour ne pas lui donner l'impression de l'emprisonner en se laissant aller à sa fougue. Piper passa les mains sur son cou pour une douce caresse avant de descendre jusqu'à son épaule. Si elle avait déjà vu son corps d'Apollon, elle eut vite une démonstration de sa force lorsqu'il la souleva en tournant le dos à la porte. Elle recula la tête, et leurs regards se croisèrent. Elle aurait souhaité rester là pour toujours, et l'expression de Brian trahissait la même envie.

Il lui passa le pouce sur le menton, lui envoyant une nouvelle décharge sensuelle. Elle devenait trop sensible, songea-t-elle, trop à fleur de peau, trop insatiable. Elle aurait voulu le dévorer tout entier, surtout s'il enlevait sa chemise.

Il soupira puis la libéra, mais elle sentit quand même son érection contre sa cuisse au passage.

— Un peu plus, et ça dégénérait.

— Rien qu'un peu, plaisanta-t-elle d'une voix douce, consciente qu'elle n'aurait rien regretté.

Elle avait l'habitude des hommes qui… Mince, en vérité, elle n'avait plus l'habitude des hommes. Elle se méfiait d'eux. Après ses déboires avec son ex-fiancé, elle s'était recroquevillée sous des barricades infranchissables.

Elle s'éloigna de Brian. Un seul coup d'œil à la peinture, et elle savait ce qu'elle éprouvait pour lui, ce qu'elle attendait de lui quand le destin le lui interdisait. Pourquoi l'embrasser alors qu'elle se sentait bien trop âgée pour avoir le cœur brisé par une silhouette de rêve et une bouche capable de lui faire oublier jusqu'à son nom ? Trop âgée.

Trop avisée.

Quelle blague !

Si elle était censée entrer dans cette période de sagesse, Piper se sentait comme une gamine de vingt ans. Cela ne pouvait plus durer. Les relations d'un soir passaient encore… Là, il s'agissait d'une tout autre chose. Autant oublier.

— Euh, je dois y aller, s'excusa-t-elle en allant ramasser son sac sur la chaise.

Elle commençait à paniquer. Non pas à cause de Brian, mais parce qu'elle ne s'était pas attendue à de telles sensations. Il avait refait jaillir cette part féminine enterrée depuis si longtemps. Or, c'était mal... à bien des égards. Il éveillait un désir pour des choses auxquelles elle n'avait pas droit et qui la menaient toujours à une tristesse infinie.

— Pardon, murmura-t-il d'une voix rauque. Je ne voulais pas te brusquer.

Une fois sur le seuil, elle se retourna. Même là, elle ignorait comment elle pouvait ne pas s'enfermer avec lui, lui arracher ses vêtements d'un geste brutal, céder à la tempête indomptable qui l'ébranlait.

Une déesse de la sagesse.

*Pourvu que ce mantra suffise.*

— Non, ne t'en fais pas. C'est moi qui ai commencé. Je n'aurais pas dû, je ne suis pas prête. Ravie que la peinture te plaise. Je t'en montrerai d'autres la semaine prochaine.

Quand elle fit mine de partir, il lui saisit le coude en douceur, une légère caresse.

— Et si je t'invite à dîner, Piper ?

Elle se retourna à moitié.

— Pour parler de la décoration ? Je ne crois pas que ce sera utile, sauf si tu n'aimes pas ce que je t'ai proposé.

— Mais si, j'adore, répondit-il, amusé. Je te demande si tu veux... sortir avec moi.

Il rendait tout cela de plus en plus concret. Et Piper venait justement de comprendre qu'il ne s'agissait pas uniquement d'une pulsion.

— Impossible. Je suis trop vieille pour toi. Tu devrais te trouver une…

Il la coupa en lui posant l'index sur les lèvres.

— Tu es la seule avec qui j'ai envie de passer du temps, Piper. Si je ne te plais pas, alors soit, mais l'âge, ce n'est qu'une excuse. Je n'y ai même jamais pensé. Allez, accepte, s'il te plaît.

Un seul regard au creux de ses yeux ténébreux, et Piper perdit toute volonté. Après un simple baiser, elle aurait dû garder le contrôle. Elle était un parangon de maturité, pas une nymphomane en furie. Tout irait bien et, en toute franchise, l'idée d'un dîner lui plaisait.

Assurément. Entre ses réticences à sortir et son travail, elle n'avait pas accepté de rendez-vous galant depuis longtemps.

— D'accord. Avec plaisir. Tu pensais à un endroit en particulier ?

— Tu connais le CRU, ce restaurant qui fait aussi bar à vin, dans la galerie commerciale Shops at Legacy ?

— Oui. 20 heures ?

— Parfait.

Elle voulut s'en aller, mais il la prit dans ses bras et l'éloigna de la porte. Il lui pencha la tête en arrière pour un nouveau baiser sans plus aucune retenue. Au bout d'un long moment, elle parvint enfin à se dégager, à bout de souffle. Toute trace de sagesse en elle avait disparu. Elle se sentait vide. Seule. Frustrée. Comme après avoir effleuré un rêve tant espéré qui, en fin de compte, lui ouvrait simplement l'appétit.

— À bientôt.

Elle sortit, se demandant si elle ne venait pas de se jeter, toute joyeuse, du haut d'une falaise.

Le CRU s'était imposé comme un des endroits les plus courus de Dallas. On y servait plus d'une trentaine de vins du monde entier, à tous les prix. Sans compter l'atmosphère chaleureuse, la cuisine typique de la région de Napa et les délicieuses pizzas au feu de bois.

Brian avait choisi ce restaurant, car Piper vivait tout près, et il connaissait le directeur. Sans son réseau professionnel, il n'aurait sans doute pas pu réserver de table. Cela ne le dérangeait pas d'attendre mais, pour son premier rendez-vous avec elle, il préférait ne pas rester debout dans l'entrée.

Par ailleurs, l'ambiance décontractée leur permettrait de ne pas trop s'angoisser. Il avait beau vouloir garder son sang-froid, il se connaissait bien, il analysait ses sentiments pour Piper, et il n'y avait rien de glacial dans tout cela. Mais ce soir, se rappela-t-il, tout orbitait autour d'elle. Ses désirs. Ses besoins.

Il allait donc faire tout son possible afin de la mettre à l'aise.

*Mais bon sang, ce baiser…*

Ce portrait avait tout changé. Pour lui qui souhaitait se cramponner à l'aspect purement sexuel de leur relation, cette étreinte dans son bureau avait tenu ses promesses. Il aurait voulu la pousser à l'orgasme entre ses bras, encore et encore, jusqu'à ce que, éreintée, elle en oubliât tout.

La serrer contre lui, quelle douce torture ! Impossible de renier son attirance pour elle, il le savait au plus profond de son être. Cependant, la prudence de Piper lui avait rappelé de ne pas s'emballer.

Il ne s'était pas attendu à ce qu'elle évoque leur âge. Encore une fois, il ne s'en rendait même pas compte.

Avec un soupir, il passa ses clés au valet de parking puis entra dans le restaurant. Comme il ne trouva Piper nulle part, il se présenta au maître d'hôtel. Peu après, Hugh, le patron, vint le saluer.

— Content de vous voir, Brian. Surtout si je n'ai pas à vous payer.

Brian lâcha un rire. Hugh et sa femme avaient plusieurs fois envisagé le divorce sans jamais y avoir recours.

— C'est vrai que ça change, plaisanta-t-il. Merci de m'avoir trouvé une table.

— Aucun problème. Un rendez-vous galant de dernière minute, j'imagine.

— Exactement, assura Brian sans trop vouloir lui parler de Piper.

— N'en dites pas plus. S'il vous faut quoi que ce soit…

Puis, il s'excusa pour aller voir un serveur qui l'appelait.

Brian entendit alors la porte d'entrée s'ouvrir et se tourna. Piper venait d'arriver. Dans son haut ample à bretelles, sa veste de cuir noire, son jean foncé et ses bottes à talons, elle sortait vraiment du lot. Elle lui sourit en le voyant.

Brian remarqua aussitôt tous les regards posés sur elle ; elle ne s'en rendait même pas compte. Elle ne comprenait pas à quel point elle attirait l'attention rien qu'en étant en accord avec elle-même. Il se demanda si l'influence d'Ava avait joué un rôle dans son attitude.

— Salut, Cooper. Désolée si je suis en retard, il y avait de la circulation.

— Je viens d'arriver, annonça-t-il. Je vais prévenir l'hôtesse.

— Tu as une table ?

— Oui, je connais le patron. Mais j'ignorais que ce restaurant était si populaire quand je t'ai invitée.

Elle acquiesça puis le suivit jusqu'à la réception et dans la salle. Les employés de bureau venus se détendre après le travail laissaient peu à peu la place aux couples. Brian posa une main dans le creux des reins de Piper pour la guider… même si ce geste lui servit surtout d'excuse pour la toucher.

À son grand réconfort, elle ne sembla pas s'en offusquer. Il s'était demandé s'il ne s'était pas montré trop insistant, mais elle était venue et ne le repoussait pas. C'était le premier pas sur le long chemin vers Piper Holloway.

Brian voulait qu'elle apprenne à le connaître, notamment pour lui faire oublier ce problème d'âge. Aussi, il souhaitait lui prouver qu'elle n'était pas qu'un caprice passager. Il l'appréciait pour elle, et pour aucune autre raison.

L'hôtesse les conduisit à une table haute au fond de la salle. Brian tint son siège à Piper avant d'aller s'asseoir en face d'elle.

— Merci, fit-elle. Je déteste ces tabourets. J'ai toujours l'impression de ne jamais réussir à en descendre.

— Je ne pense pas qu'il reste d'autre ta…

— Non, c'est moi qui suis un peu bizarre. Ava me répète sans cesse d'arrêter de me plaindre de ces trucs-là.

— Vous passez beaucoup de temps ensemble ? s'enquit Brian, un sourcil arqué.

— Pas tant que ça. Seulement quand je suis à Royal. J'essayais de la faire sortir lorsque Trent est tombé malade. C'était dur de la voir perdre son mordant et son élégance à petit feu.

— Ça a dû l'anéantir. Oncle Keith aussi disait vouloir lui changer les idées. Il a vraiment mal vécu la disparition de son meilleur ami.

— Ça leur a fait un choc, admit Piper. Ava n'est plus la même depuis.

— Franchement, mon oncle non plus, reconnut Brian en soupirant. La mort de Trent a dû représenter pour lui une deuxième chance de devenir celui dont ta sœur avait besoin.

Brian n'avait pas vraiment prévu de parler de Keith, mais Piper ne semblait pas vouloir changer de sujet.

— Qui sait ? À mon avis, il a profité de sa tristesse.

— Il se serait servi de l'invincible Ava Wingate ? demanda-t-il, étonné.

— Même une femme de poigne connaît ses moments de faiblesse, rétorqua-t-elle en ouvrant le menu d'un geste équivoque.

— C'est vrai. Je ne dis pas le contraire. J'ai du mal à imaginer mon oncle essayer de la manipuler. Je sais qu'il l'aime.

— Très bien. Moi, je n'aime pas qu'on me rappelle l'irascibilité de ma sœur. De toute manière, nous ne sommes pas là pour évoquer leurs problèmes, ce soir.

— Absolument pas. Voyons plutôt s'il y a plus que de petites étincelles entre nous.

Ainsi discutèrent-ils de leurs passions respectives, le sport pour lui, l'art pour elle, puis de cinéma. Elle ignorait comment mais, au fil de la conversation, ils se trouvèrent de nombreux points communs.

— Que dirais-tu d'aller voir un match des Cowboys ? lui demanda Brian. J'ai des billets saisonniers. D'habitude, j'y vais avec mon ancien colocataire, mais il n'est pas là en ce moment. Tu sais, ils jouent toujours pour Thanksgiving.

— Je ne voudrais pas te pousser à croire que je faisais semblant de m'intéresser au sport, mais je l'ignorais. Est-ce qu'ils jouent ici, à Dallas ?

— Cette année, oui. Alors ? Mes parents invitent toute la famille à Southlake pour l'occasion. Tout le monde est fan inconditionnel des Cowboys chez nous.

— Voilà donc pourquoi tu sais que Tom Hicks a fait don de terres pour bâtir une école primaire, ironisa Piper.

Brian rougit. Elle le trouva encore plus mignon et plus désirable. Elle s'amusait bien, et c'était si facile de le taquiner. Elle se rendait aussi bien compte de son sens aigu de la famille, ce qui n'allait pas lui simplifier la tâche pour l'interroger à propos de Keith. Elle ne voulait pas le pousser à trahir son oncle… Sauf si celui-là avait agi de manière suspecte. Ce que personne ne pouvait prouver, apparemment.

Outre cet opportunisme amoureux à la mort de Trent, les Wingate-Holloway avaient peut-être d'autres raisons de le soupçonner.

— Pardon si je me suis emporté.

— Un tout petit peu, répondit-elle. Mais j'aime ça chez toi. Je serais ravie d'aller voir ce match.

— Parfait. Et n'oublie pas ce gala de charité. On dirait que nous sortons ensemble.

— Faut-il vraiment mettre une étiquette sur notre relation ?

Elle avait beau s'en cacher, cette idée lui plaisait. Encore une fois, elle commençait à en avoir assez de toujours être la seule célibataire lors des réunions de famille.

— Non, tu as raison. Je voulais simplement te faire comprendre que je suis sérieux.

— Vraiment ? lui demanda-t-elle, légèrement effrayée de trop s'ouvrir à lui.

Elle avait vu sa sœur se noyer dans cette relation avec Keith. Tous les Cooper étaient-ils des manipulateurs envahissants ? Était-elle en train de perdre la tête ? Heureusement, il se fit rassurant.

— Oui, mais allons-y doucement. Nous n'en sommes qu'au premier rendez-vous.

La réponse idéale. Seulement, cherchait-il à lui faire baisser sa garde ? Qu'attendait-il d'elle ? Elle devait l'admettre, Brian faisait parfaitement l'affaire pour ce dont elle avait besoin. Jeune et amusant, il n'espérait rien de plus que quelques nuits sous ses draps. Elle se rappela à la prudence. Brian savait analyser ses interlocuteurs ; Piper l'avait lu dans un article à son sujet. Il devait une part de son succès à cette capacité. La manipulait-il en ce moment même ?

Elle se ressaisit, reprit une gorgée de sauvignon blanc, refusant de laisser ses doutes ridicules lui gâcher la soirée. Même s'ils sortaient ensemble, cela n'engageait à rien. Rien de sérieux n'allait se produire, du moins pas tout de suite. Elle était une déesse de la sagesse, se sermonna-t-elle.

— Est-ce que tu as fréquenté beaucoup de femmes ? s'enquit-elle, curieuse tout à coup.

— Oui, pour ne pas te mentir. Mais rien de bien palpitant depuis l'université. Je n'avais pas le temps avec ma carrière. Et monter mon cabinet d'avocats n'a pas aidé du tout.

Elle s'en était déjà rendu compte. Brian semblait du genre à s'investir à cent pour cent dans tous les domaines de sa vie, professionnelle ou sentimentale. Elle but encore un peu puis réalisa qu'elle terminait son deuxième verre. Avec l'âge, elle éprouvait de moins en moins de mal à boire plus que de raison. Elle se servit donc de l'eau.

— Et toi, Piper ? Tu sors souvent ?

— Pas vraiment. Mes relations se résument à ce que nous partageons. Elles arrivent quand je rencontre la bonne personne, pas parce que je sens qu'il est l'heure de trouver quelqu'un.

— Ce n'est pas si mal comme concept, acquiesça-t-il. J'aimerais en faire autant, mais, dans ma profession, il faut savoir se sociabiliser, et c'est parfois mieux d'être vu avec une femme à son bras.

— Il te faut une parfaite petite épouse, commenta-t-elle. Une qui t'épaulerait en toutes circonstances.

Au moment de prononcer ces paroles, Piper comprit qu'elle s'efforçait uniquement de se protéger. Au milieu de toute cette histoire, elle devait ne pas oublier son indépendance. Elle n'aurait pas supporté de devenir la godiche de Brian. *Rappelle-toi, tu ne cherches qu'un peu de bon temps.* Encore une fois, il était trop tôt pour s'inquiéter autant.

— Il ne me faut rien du tout, protesta-t-il. Je profite déjà d'une excellente soirée.

— Moi aussi, avoua-t-elle. Pendant que j'y pense, normalement, j'aurai bientôt trouvé toutes les œuvres pour tes bureaux.

— Tony m'a montré les autres. Je dois dire que j'aime beaucoup. D'après lui, tu as tout installé pour une période d'essai de trois mois.

Il posa alors sur elle un regard empreint d'une curiosité infinie.

— Qu'as-tu en tête, Piper ?

— Je dois m'assurer que ces œuvres correspondent au bâtiment. À force de les voir tous les jours, tu sauras lesquelles tu veux garder ou non.

— Bonne idée. Est-ce que tu fais la même chose avec tous tes clients ?

— Pas forcément. Si une personne achète un tableau lors d'une vente aux enchères, elle se débrouille. En revanche, si elle me demande de l'aider à décorer sa maison ou autre, alors je me montre plus souple. D'ailleurs, il s'agit seulement d'un échange pour une œuvre du même artiste, pas d'un remboursement.

— Assez logique. L'art se veut subjectif, non ? Comme les couples.

Il avait prononcé ces derniers mots à voix basse.

— C'est-à-dire ? lui demanda-t-elle.

— Les couples parfaits en apparence ne le sont pas forcément.

# - 5 -

À la fin du repas, Brian aurait souhaité passer encore un peu de temps en compagnie de Piper, mais il l'avait invitée à dîner, rien de plus… Il s'efforça de ranger ses désirs au placard afin de ne pas l'effrayer.

Le ciel texan paraissait encore plus immense et clair que d'habitude ; la pollution lumineuse rendait l'observation des étoiles presque impossible. S'ils avaient été à Royal, Brian l'aurait emmenée contempler la voûte céleste près de son ranch.

— Est-ce que tu sais monter à cheval ? lui demanda-t-il en l'aidant à enfiler sa veste.

— Oui. Je ne suis pas très douée, mais j'aime bien. Pourquoi ?

— C'est juste que la nuit aurait été parfaite pour ça.

— Effectivement, mais c'est impossible ici, plaisanta-t-elle.

— Oui, maugréa-t-il. Tu veux marcher un peu avant de rentrer ?

Elle refusa d'un signe. Le centre commercial Shops at Legacy consistait en un parc ouvert où se dressaient restaurants et magasins d'usine. Peut-être que Piper ne voulait pas passer de temps avec lui dans un lieu public.

Brian s'était promis de ne pas s'emballer, aussi força-t-il un sourire en chérissant ces quelques instants. Ce ne devait pas être si compliqué que cela. Il la rappellerait dans deux ou trois jours.

— Très bien, la semaine a été longue. Je te raccompagne jusqu'à ta voiture.

— Et si tu allais chercher la tienne pour me suivre chez moi ? suggéra-t-elle. On pourrait prendre un dernier verre pendant que je te montre mon atelier.

Il scruta au plus profond de ses yeux verts sans trop savoir ce qu'elle attendait de lui. Il n'y décela que de la sincérité. C'était déjà suffisant.

— Oui, bonne idée.

Piper habitait une impressionnante maison de pierre dans un quartier privé. Une demeure bien trop grande pour une personne seule, songea Brian. Néanmoins, une fois à l'intérieur, il comprit vite que l'artiste aimait cet espace et avait su se l'approprier.

— Je te fais visiter ou tu veux un verre d'abord ? lui demanda-t-elle. L'automne me donne toujours envie de me pelotonner devant la cheminée en buvant du Baileys.

— Moi, ça me donne envie de dinde et de football, mais je préfère ta vision des choses.

— Je m'occupe des boissons, répondit-elle toute joyeuse en lui désignant le patio. Et toi, tu allumes un feu. On peut s'asseoir près du brasero, dehors.

— À vos ordres. J'étais scout, tu sais.

— Tiens donc, ironisa-t-elle. J'arrive.

Quand il sortit, il n'eut aucun mal à trouver le tas de bois entreposé près de la cuisine extérieure, dont le sol aux carreaux marquetés affichait un style purement texan : un paysage audacieux autour d'un grand soleil représenté par le brasero.

Il alluma le feu avant d'épousseter deux fauteuils

rembourrés séparés par une petite table puis de les rapprocher du brasier. Il se redressa en entendant la porte s'ouvrir.

Piper, emmitouflée dans une écharpe épaisse, portait un plateau avec une bouteille de Baileys et deux verres remplis de glaçons. Brian la débarrassa, et elle alla chercher deux couvertures dans un meuble. Il remarqua ses initiales brodées sur le tissu quand elle lui en tendit une.

— Si jamais tu as froid…, dit-elle. C'est ma période préférée de l'année. Les nuits sont plus longues et on ne meurt pas de chaud en permanence.

En l'observant se couvrir les épaules, Brian faillit la prendre dans ses bras pour la réchauffer. Cette simple idée suffit à l'exciter.

— Je ne crois pas avoir de mois préféré, admit-il. J'aime bien pêcher sur le lac en été… mais c'est parce que ça m'aide à me détendre.

— Est-ce que tu manges tes prises ?

Il haussa les épaules tandis qu'elle lui tendait un verre. Leurs doigts se touchèrent. Un frisson lui courut le long du dos.

— Non, je les relâche, en général. J'y vais pour respirer.

Tout en s'efforçant de se comporter de façon civilisée, Brian rêvait de la prendre sur ses genoux pour lui montrer ses véritables envies. Quel calvaire !

— Ça me repose d'être sur le bateau pendant que les autres pêchent, assura-t-elle. J'en profite pour dessiner.

— Alors, dis-moi, est-ce que tu dois attendre l'inspiration ou est-ce que tu gribouilles jusqu'à obtenir quelque chose de joli ? s'enquit-il en faisant une moue curieuse. Moi, je ne suis pas du tout créatif.

— Tu te trompes, à mon avis, mais ton imagination ne te sert peut-être pas dans le sens purement artistique. Je parie que tu trouves toujours des solutions géniales à tes problèmes… Ça aussi, c'est se montrer créatif.

— Tu as l'air d'avoir longuement réfléchi à la question, lui fit-il remarquer en buvant une gorgée.

— Oui. Je déteste quand on essaie de nous faire croire que la créativité est un don réservé à une poignée d'élus. Tout le monde a du talent. Même si on ne parle pas d'art, chacun fait preuve d'imagination au quotidien.

Sans trop savoir s'il partageait ce point de vue, il comprenait.

— Peut-être que ce n'est que ce qui rend chaque personne unique.

— Peut-être, continua-t-elle. Pardon, je m'emporte un peu quand on lance le sujet. Pour moi, c'est comme tout dans la vie. Si on y tient vraiment, alors on fait tout pour développer son talent. Voilà comment j'envisage la créativité.

— C'est vrai que, dans le cas contraire, je n'arriverais pas à mes fins. C'est la persévérance et le professionnalisme qui m'ont mené où je suis. Je pourrais me contenter de passer quelques coups de fil au bureau tous les jours mais, si on me confie une affaire, alors je travaille dessus jusqu'au bout.

— C'est tout à fait toi, lança-t-elle en lui souriant. Tu ne t'arrêtes qu'une fois que tu as obtenu ce que tu veux.

— Exactement.

— Et que veux-tu, là, maintenant ? ajouta-t-elle en posant son verre pour lui faire face.

— Toi.

L'intelligence et l'audace de Brian n'avaient de cesse de la surprendre. Elle s'était déjà dessiné un vague portrait de l'homme, mais avait bien dû brûler ces collages aux formes imprécises pour les remplacer par ses larges épaules, cet intense regard ténébreux et sa mâchoire solide. Elle n'avait pas prévu de l'inviter chez elle, seulement, plus elle l'observait, plus elle mourait de désir pour lui.

Ce baiser l'avait tiraillée toute la journée. Elle avait écarté toute pensée rationnelle. Elle se figurait la déesse de la sagesse en vieille femme aux longs cheveux gris lui cascadant jusqu'à la taille, en train d'observer le monde plutôt que d'y prendre part. Mais Piper n'était pas prête à se retirer aussi tôt. Elle se sentait trop jeune, trop pleine de vie, d'autant plus avec Brian.

Il la poussait à la tentation malgré toutes ses réticences. Après tout, elle n'avait jamais écouté sa raison. Elle préférait foncer et réfléchir après. Comme ce soir en le ramenant chez elle.

Était-elle prête pour ce qui se passerait ensuite ?

Il posa son verre sur la table pour lui faire face à son tour. Elle ne put refréner un rire en remarquant ses santiags. Elle avait l'habitude de croiser des hommes au style très contemporain, à Dallas, pas des stéréotypes texans. Brian, lui, avait grandi à Royal, et ses origines trahissaient parfois son côté légèrement marginal.

— Des bottes ? s'exclama-t-elle. Je m'attendais à tout sauf à ça de ta part. Je n'ai même pas remarqué au restaurant.

— On est vendredi soir, s'amusa-t-il en lui adressant un clin d'œil. C'est là que je retrouve mes racines.

— Mon père était pareil, murmura-t-elle. Il se

faisait toujours beau pour le week-end, avec ses jolies chaussures et son chapeau.

Elle n'y avait plus repensé depuis longtemps. Après la mort de leurs parents, lors de ses premières années à l'université, Ava avait repris le flambeau et comblé le vide, mais elle devait déjà s'occuper de ses enfants.

Ses parents manquaient énormément à Piper. Ce souvenir lui fit l'effet d'une surprise inattendue, comme une douce brise.

— Le mien aussi, continua Brian. Un avocat du tonnerre en semaine, mais un bon vieux cow-boy le week-end. J'aime à croire qu'on se ressemble.

— Sans doute, assura-t-elle d'une voix tendre. En tout cas, tu n'as rien à voir avec ton oncle.

— Je sais, ronchonna-t-il. Keith restera toujours un campagnard, mais mon côté de la famille a tendance à préférer Dallas.

— Ça se voit. Tu sembles bien à ta place, même si tu gardes un petit côté Cooper de Royal. Tes racines de propriétaire de ranch transparaissent par moments.

— C'est dans mon sang, je dois l'admettre. Mais toi aussi, non ?

— Oui. Enfin, pas dans mon sang au sens propre. Ne te méprends pas, j'adore les ranchs, le grand air et les coins tranquilles où dessiner, mais bon… à part pour les balades à cheval, je ne serais pas très douée pour le reste.

— Heureusement que tu t'es lancée dans une autre carrière, alors, affirma-t-il en se posant les mains sur les cuisses avant de se pencher en avant. Est-ce que je te rends nerveuse, Piper ?

*Peut-être.*

Elle aurait voulu nier sans pouvoir lui mentir pour autant. Après tout, il ne lui avait rien caché. Il la désirait. Elle. Piper Holloway, emmurée dans une solitude volontaire depuis des années.

Les sentiments de Brian ne lui déplaisaient pas.

Elle tenta de se rappeler qu'il ne s'agissait que de pulsions passagères, la suite logique de ce baiser, même si elle ne se voilait pas la face. Elle ne sortait jamais... et n'avait pas ramené d'homme chez elle depuis très longtemps.

— Je ne sais pas, reprit-elle. Tu m'as dit ce que je voulais entendre, mais je ne suis plus si sûre...

Une tension palpable s'installa entre eux pendant quelques longues secondes.

— Je peux m'en aller, si tu préfères, affirma Brian.

Elle se sentit un peu perdue. L'incertitude la tiraillait. Pouvait-elle seulement lui accorder sa confiance ? Il n'était pas Keith, après tout. Plus elle apprenait à le connaître, plus elle comprenait cela.

— Non, répondit-elle enfin. Je veux que tu restes.

— Alors, viens, allons nous asseoir bien au chaud sur la banquette double, suggéra-t-il, le souffle un peu court. On peut déjà commencer par apprécier cette nuit d'automne.

Elle l'observa. Cela lui suffirait-il ? D'autres auraient exigé plus. D'après son regard sincère, Brian, lui, allait se contenter de la prendre dans ses bras près des flammes si elle lui disait ne rien vouloir d'autre.

Elle acquiesça puis se leva pour déplacer la grande chaise longue tandis que Brian sortait son téléphone. Alors, de la musique se fit entendre. George Strait. Cet enfant du Texas dont les paroles résonnaient à merveille dans le cœur de Piper.

*You Look So Good In Love*, tu es si belle amoureuse… Une sorte de valse country.

— Mon père adore George Strait, lui apprit-il. Me feras-tu l'honneur ?

Lui qui n'aimait pas danser lui tendait la main, ce soir. Difficile de résister… à la chanson comme à Brian. Il semblait avoir plus à offrir qu'elle l'eût cru.

Il lui posa une main sur la hanche, elle mit la sienne sur son épaule. Elle n'avait pas l'impression de se faire manipuler. Il n'était qu'un homme en compagnie d'une femme qu'il appréciait. Elle s'en tint à cela. Elle préféra écarter ses doutes tandis que Brian chantonnait et tourbillonnait avec elle. Bonne ou mauvaise idée, rien n'importait plus, toutes ses peurs s'envolaient.

Et, en vérité, si Brian était venu, c'était parce qu'elle le lui avait demandé. Dans un soupir, elle posa la tête sur son épaules. À la fin de la chanson, elle leva les yeux. Une flamme complice brûlait entre eux. Puis, il lui saisit le menton et lui passa le pouce sur les lèvres.

Si Brian ne voulait pas la brusquer, il voyait bien que Piper hésitait. Il avait toujours su quoi faire de sa vie, mais, avec les gens, tout devenait plus difficile, ainsi préférait-il feindre la nonchalance pour ne pas prendre de risques inutiles. Il n'atteindrait jamais ses objectifs s'il… s'il s'abandonnait à ce que Piper avait éveillé en lui en peignant ce portrait. Il ne voulait pas finir comme son oncle, anéanti à cause d'une femme. Non, cela ne lui ressemblait pas.

Il libéra sa main puis se recula. George Strait…

Quelle erreur ! Il s'égarait toujours en écoutant ses chansons, il se prenait à croire que son cœur pouvait accepter des sentiments inconnus.

— Merci pour cette danse, dit-il maladroitement.

— Tout le plaisir est pour moi, répondit-elle. J'ai l'impression qu'on réfléchit trop tous les deux, ce soir.

— Oh ! que oui ! Autant ne pas te mentir, tu me plais depuis longtemps, et je suis sûr que tu t'en es rendu compte. J'aimerais pouvoir garder mon sang-froid, mais je n'y arrive pas. D'ailleurs, quelque chose me dit que tu partages ce sentiment.

Elle le fixa de cet air insondable. Il souhaita la guider vers ce qu'elle cherchait. Cependant, plus il s'efforçait de le lui offrir, plus il se sentait comme Robin Trépide, l'acolyte de Kim Possible dans ce dessin animé qu'il aimait tant durant son enfance. D'après sa mère, personne ne pouvait devenir ce dont quelqu'un avait besoin, on pouvait seulement rester soi-même.

*Sois naturel.*

Il ignorait néanmoins si Piper avait besoin de cet homme-là, malgré toute sa volonté. Il ne s'agissait pas de simplement remplir les cases nécessaires mais bel et bien de se rendre digne d'elle.

— Mais, Brian, je ne peux pas te laisser partir comme ça, souffla-t-elle. Ce serait peut-être plus prudent. Je comprends, et je sais que c'est ma faute si tu me dis ça, mais je vais t'apprendre quelque chose…

— Quoi ? demanda-t-il, saisissant le doute en Piper. Fais-moi confiance.

Elle lui adressa ce sourire à la fois si triste et si doux.

— J'ai compris que, mes regrets, je les dois uniquement à ma prudence, pas à mon impulsivité.

Il la reprit entre ses bras.

— Cette idée me plaît. Toi, tu me plais. J'ignore si nous irons plus loin que cette nuit, mais je préférerais rester, moi aussi. Tu ne regretteras pas ?

Comme si les mots ne suffisaient plus, elle lui prit le visage à deux mains. Brian s'enflamma. Puis, il sentit son souffle chaud à l'instant où leurs lèvres se trouvèrent et il crut ne pas pouvoir se contrôler.

Il la prit par les hanches pour l'amener contre lui, son ventre se frottant à son érection. Piper leva une jambe et l'enroula autour de lui. Sa langue épousa la sienne, avide d'une passion qui apaiserait son âme solitaire et qu'elle seule pouvait lui offrir.

Il pivota et sentit la colonne de pierre du patio dans son dos. Il s'inclina en avant pour que Piper se blottisse contre lui. Leurs souffles se mélangeaient, la poitrine de Piper s'écrasait tendrement contre son torse, ses mains exploraient son corps.

Elle lui laissait un goût de Baileys et de clair de lune, semblable à leurs discussions de la nuit et à toutes celles qu'il espérait encore avec elle. Semblable à tant de baisers attendus sans jamais y avoir eu droit. Il sut alors : il ne pourrait jamais l'oublier en un battement de cils.

Ces instants le hanteraient toute sa vie, sentiment des plus agréables, s'avoua-t-il au plus profond de son âme. Il laissa ses doigts errer sur l'échine de Piper, lui empoignant les fesses pour mieux la coller contre lui, son sexe calé entre ses cuisses. Elle interrompit leur baiser pour reprendre son souffle. Brian remarqua son décolleté plongeant et la façon dont sa poitrine se soulevait à chaque bouffée d'air.

Il traça le contour du charme d'or suspendu juste sous son cou, lui caressa le creux des seins avant de s'aventurer plus bas, lui effleurant la peau, sentant son pouls s'accélérer de seconde en seconde. Ils échangèrent un regard ; elle brûlait d'un désir brut.

Lui-même dégageait sans doute la même intensité. Il lui donna alors un doux baiser. Il voulait prendre son temps, rendre cet instant éternel. Or, lui faire l'amour devint soudain plus important que toute son existence, et il sut que prolonger le plaisir allait frôler l'impossible.

Il devait la sentir nue contre lui dans un abandon total. Il allait la prendre là, contre cette colonne. La conquérir dans l'espoir infime de retrouver son souffle. S'offrir à elle, doucement, tendrement. Mais, avant cela, il devait l'emmener dans un monde de plaisirs débridés et sauvages afin de savoir une fois pour toutes ce qu'il attendait de Piper ou ce qu'il représentait pour elle.

# - 6 -

Ce genre de soirées manquait à Piper, un des aléas de la vie de célibataire. Pour l'heure, elle préférait oublier tout cela. Brian allait passer la nuit avec elle et invoquer des sensations qu'elle n'avait pas vécues depuis longtemps.

Elle le poussa en arrière pour le faire basculer sur la chaise longue. Enhardie, elle s'assit sur son sexe tendu et se déhancha contre lui. Elle lui arracha un gémissement viril, et sa gorge se noua. Alors il lui attrapa les fesses avant de se mettre à bouger, le bassin plaqué contre son jean. Piper, elle, passa les mains dans son épaisse chevelure pour lui pencher la tête en arrière. Là, elle s'efforça d'ignorer ce qu'elle vit en Brian.

Elle voulait simplement sentir son corps.

Elle en avait tant besoin après tous les soucis de ces derniers mois. Un homme si irrésistible pouvait bien souffrir de tous les défauts du monde, cela n'importait plus. Il suffisait à Piper de savourer chaque instant en sa compagnie. Elle admirait sa force, cette manière d'assumer sa vraie nature. Et le moindre de ses gestes les rapprochait toujours plus, éveillait un désir renouvelé en elle. Face à cet appétit si féroce, elle s'intima de prendre son temps. Cependant, elle avait envie de lui.

En elle.

Tout de suite.

Elle aimait la façon dont sa joue mal rasée lui griffait le bout des doigts. Et sa bouche, si large, si sensuelle, elle n'y résistait pas tant elle la poussait à bout. Elle se décala légèrement, et Brian en profita pour s'immiscer sous son haut, sa paume masculine et chaude serrée sur son sein en le caressant.

Dans un frisson, elle lui donna un baiser langoureux. Elle lui suçota la langue comme si elle ne pouvait plus s'en passer, puis elle sentit Brian lui griffer le dos de haut en bas. Prise d'un nouveau tremblement, elle se recula pour l'observer.

— C'est tellement mieux que je l'imaginais.

Il la regardait, les paupières à moitié closes, les lèvres encore exaltées. Le sang lui montait au visage, il respirait à un rythme saccadé. Et, quand Piper enleva son haut pour le jeter dans un coin, Brian écarquilla les yeux d'un coup, hypnotisé par sa poitrine opulente sous son soutien-gorge à dentelles.

— Seigneur, pantela-t-il. Tu es encore plus sexy que dans mes rêves, et ils étaient déjà très chauds.

— Tant que ça ?

Brian lui prit le sein gauche, son pouce lui titillant le téton par-dessus le tissu. Elle jeta les épaules en arrière pour se pencher sur lui et taquiner ses lèvres du bout de ses mamelons. Lui la lécha à travers la dentelle, lui embrassa le sein à pleine bouche.

— Plus que le Texas au mois d'août, finit-il par répondre, le visage enfoui contre sa peau.

Piper poussa un gémissement. Elle écarta les cuisses pour descendre encore plus bas sur le sexe de Brian. Elle se déhanchait en le laissant la dévorer. Ensuite, il lui ouvrit son jean pour glisser la main dans sa culotte, lui attraper le bas des reins et la serrer plus fort.

Face à tant d'extase, Piper en voulait plus. Il lui en fallait plus.

Seigneur, depuis quand n'avait-elle pas ressenti un tel plaisir entre les bras d'un homme ? Elle lui arracha les boutons de sa chemise d'un coup, écartant le tissu pour planter ses ongles dans ses pectoraux si fermes. Il se raidit par réflexe, une main agrippée de plus en plus fort à ses fesses, avant de la prendre vigoureusement par la taille pour les faire basculer. Il surplombait Piper et sentait son souffle chaud sur son visage. Elle ne put s'empêcher de faire courir un doigt le long de sa fine toison.

Puis, son regard ardent plongé dans le sien, il fit couler les bretelles de son soutien-gorge le long des bras de Piper. D'abord la gauche, puis la droite. Elle voulut toucher son érection à travers son pantalon. Il poussa un petit grognement en lui saisissant le poignet. Il lui embrassa la main et la lui cala en douceur sur l'oreiller.

— Qu'est-ce que tu fais ? s'étonna-t-elle, pensant avoir commis une maladresse.

— J'essaie de ne pas venir trop tôt, répondit-il d'une voix rauque.

Elle faillit rire tant elle se sentit flattée.

— Je ne veux pas prendre mon temps, Brian.

— Si tu savais à quel point c'est dur de se contrôler avec toi, avoua-t-il.

Piper lui embrassa la main en se noyant dans ses pupilles dilatées au moment où il se pencha pour lui donner un baiser. Elle le sentit s'aventurer plus bas, se faufiler dans son dos pour défaire son soutien-gorge et le lui enlever. Un instant plus tard, elle replongeait déjà les doigts dans les cheveux de Brian.

Elle écarta les jambes pour mieux sentir leurs sexes enhardis se taquiner. Un nouveau gémissement. Brian entreprit d'ouvrir son pantalon à lui, mais elle l'arrêta pour s'en occuper à sa place.

Cependant, il s'esquiva, tirant sur le jean de Piper et lâchant un petit juron quand le tissu se prit dans ses chaussures. Il se retourna pour les lui enlever. Elle tendit ensuite la main vers le sexe de son amant. Elle le chatouilla quelques secondes en libérant les boutons restants et se glissa dans l'ouverture pour le prendre entre ses doigts, chaud et dur.

Brian se dégagea en douceur, espérant ne pas se blesser. Il n'avait pas ressenti une telle excitation depuis le lycée. Elle l'avait séduit bien plus rapidement qu'il ne pouvait l'admettre. Il se délecta du corps de Piper, allongée contre le coussin, les bras au-dessus de la tête, les cuisses légèrement desserrées. Elle le dévisageait, comme pour le défier de se détourner. Impossible.

Il la désirait. Ainsi la souleva-t-il par la hanche pour retirer avec tendresse sa minuscule culotte rouge et la laisser tomber. Il se releva, enleva ses bottes. Cela s'avéra plus difficile que prévu, mais il ne quitta pas un seul instant la déesse offerte à sa passion.

— Cette chemise est fichue, commenta-t-il en la jetant. C'était une de mes préférées.

— Je t'en rachèterai une, rétorqua-t-elle en lui adressant un clin d'œil. Tu n'as qu'à pas être si canon. Je n'ai pas pu résister.

— Si tu le dis.

Aucune femme ne l'avait autant complimenté et, même s'il s'exerçait pour se défouler ou encore se recentrer sur ses objectifs, il savait que dorénavant il penserait toujours à Piper chaque fois qu'il ferait du sport.

Il se dénuda à son tour et la rejoignit avant d'attraper une couverture pour qu'ils ne prennent pas froid.

— Et maintenant, tu vas me dévoiler tous tes secrets.

— Aucun problème, du moment que tu me montres les tiens.

Encore une fois, il dut se rappeler de se calmer. À son sens, le plaisir mutuel passait avant tout.

Tourné sur le côté, il la tira contre lui, lui embrassant le cou toujours plus bas jusque sur les épaules. Son parfum de cannelle devenait un peu plus entêtant à cet endroit. Il ne résista pas à l'envie de la lécher. Il vagabonda encore, découvrit un tatouage sur son avant-bras.

Des chiffres romains calligraphiés. 2001.

— Qu'est-ce que ça veut dire ?

Piper eut la chair de poule, ses tétons se durcirent quand il effleura la date.

— La pire année de ma vie. Je me suis fait tatouer pour ne pas oublier que j'ai survécu à des événements dont je croyais ne jamais me relever.

— Tant mieux, assura-t-il en l'embrassant. J'imagine que ça t'a rendue plus forte.

Brian en retraça le contour. Il avait pu assister à sa volonté d'acier plus d'une fois. Il savait que ses expériences l'avaient façonnée ainsi. Il aurait souhaité lui demander plus de détails, mais se tut. Pour l'heure, il préférait faire l'amour à cette femme qui déchaînait des ouragans en son corps et son âme.

— Exactement. Dès que j'y repense, je me tiens un

peu plus droite, fière de pouvoir tout affronter dans ce monde de fous.

Il se plaça derrière elle et l'enlaça de nouveau. Il la comblait de ses lèvres, ses seins entre ses doigts tandis qu'il lui cajolait l'entrejambe avec sa virilité. Piper posa une cuisse sur celle de Brian puis lui prit la main et la plaça sur son sexe à elle.

Il en traça les contours jusqu'à s'inviter lentement vers le centre et sentir les plis de sa chair tendre. Quand il lui titilla le clitoris, Piper émit un long gémissement, et il stoppa net, mais elle se colla à lui.

— N'arrête pas.

Il recommença, lui pinçant gentiment un téton tandis qu'il l'embrassait. Comme elle se tortillait entre ses bras, il se tourna légèrement pour épouser son mouvement, provoquant des halètements de plaisir chez elle. Alors elle s'agrippa à ses cheveux et le gratifia d'un baiser affamé au moment où il la poussait à l'orgasme.

Piper enfonça ses ongles dans le crâne de Brian en accélérant. Il aurait voulu aller au bout de leur acte, mais il souhaitait avant tout la faire jouir d'abord, la voir se contracter au moment de l'extase.

Elle émit des cris de plus en plus aigus, rapides, saccadés, puis se sépara de lui pour hurler son nom tandis qu'elle s'abandonnait à des spasmes. Il ne la lâcha pas, continuant de lui caresser le sexe jusqu'au moment où elle se retourna d'un coup, le poussa sur le dos et le chevaucha.

Brian sentait la main de Piper aller et venir sur son pénis. Un léger soubresaut lui indiqua qu'il se trouvait plus à la limite qu'il ne l'imaginait. La voir dans cet état l'avait presque achevé. S'il s'efforçait de se concentrer sur son plaisir à elle, la simple idée de la savoir si excitée risquait de le faire jouir à son tour.

À cause de son travail et de la construction de son cabinet, il avait toujours privilégié les histoires d'un soir, cependant, il n'avait jamais connu une telle intensité.

Parce qu'il couchait avec Piper.

Le plaisir le fit vibrer de plus en plus au rythme des assauts de son amante. Il sentit son bas-ventre se contracter face à ses gestes lents et sensuels. Elle lui passa un doigt sur le bout de la verge, et il frissonna.

De l'autre main, elle se mit à jouer avec ses testicules tout en lui serrant un peu plus le sexe, le poussant à remuer les hanches. Tout à coup, elle se pencha en avant, envoyant un bref souffle chaud sur son ardeur avant de le provoquer avec la langue.

Tous ses sens s'éveillèrent alors qu'elle continuait de bouger la main. Il luttait pour rester immobile, mais finit par caresser les cheveux de Piper tandis qu'elle l'invitait dans sa bouche.

Elle agitait la langue tout en le massant. Il n'allait plus résister. Seulement, il voulait absolument partager un orgasme avec elle pour leur première fois. Il l'arrêta donc en douceur. Elle lui déposa un dernier baiser sur la verge en se redressant, le regard ancré au sien.

— Tu ne tiens plus ?

— J'aimerais jouir en toi, lui répondit-il d'une voix rocailleuse qui le surprit lui-même.

Comme si l'homme raffiné qu'il s'était acharné à devenir s'était fait dévorer.

— Je ne veux pas me dire que tout ça n'était que le fruit de mon imagination, plus tard, surenchérit-il.

— Tu imagines souvent des fellations ?

— Non, arrête, ne me fais pas rire, rouspéta-t-il, malgré son admiration pour son esprit si libre, si amusant.

Brian se leva en vitesse pour attraper un préservatif dans sa poche avant de revenir sur le lit. Les mains sur les hanches de Piper, il la ramena sur son giron puis s'allongea en arrière, relevant le bassin jusqu'à sentir sa chaleur.

Elle lui souriait au moment où leurs corps s'épousèrent. Alors, elle se baissa, lentement, centimètre après centimètre de délice. Une fois complètement assise sur lui, elle agita les sourcils.

— Était-ce à ça que tu pensais ?

— Non, répondit-il en l'attrapant par le creux du dos pour la tirer plus bas.

Et, son autre main bien calée sur la hanche de Piper, il s'enfonça encore plus loin en elle. Le plus loin possible.

— C'est ça que je voulais.

— Oh ! intéressant, gémit-elle.

Brian accepta tout ce qu'elle pouvait lui offrir, la comblant de grands coups de reins au point de céder. Son bas-ventre se contracta, il l'entendit pousser les mêmes petits bruits qu'avant son orgasme et il lâcha lui aussi un rugissement en venant en elle.

Il bougea encore jusqu'à ne plus rien sentir puis retomba en arrière sur les coussins sans libérer Piper. Quant à elle, elle se lova dans son cou en lui caressant le torse le temps de reprendre son souffle. Il lui effleurait le dos de bas en haut, se rappelant avoir précisé qu'ils couchaient simplement ensemble. Tout au fond, il devait l'admettre, il se mentait. Il n'avait jamais rien connu d'aussi sérieux. Il la serrait tendrement mais, en vérité, il aurait pu s'enrouler autour d'elle et ne jamais la lâcher.

Impossible, il le savait. Elle ne cherchait rien de compliqué ; il devrait procéder en douceur.

Pour leur bien à tous les deux.

— C'était incroyable, s'extasia-t-elle en levant la tête. Tu veux dormir ici ?

Brian se tut un moment. Il désirait tellement plus, mais il s'en contenterait pour l'heure.

— Avec plaisir. Mes affaires de sport sont dans la voiture, je n'ai pas eu le temps d'aller à la salle, aujourd'hui. Je vais les chercher, comme ça, j'aurais de quoi me changer.

— Je vais ranger un peu puis je te rejoins à l'intérieur.

Il enfila son jean et l'observa, encore allongée, la couverture autour de la poitrine. Il savait qu'il venait de trouver quelque chose qu'il n'avait pas cherché. Toutefois, il préféra ne pas laisser ses pensées vagabonder trop loin, car seul le temps lui dirait si son instinct ne le trompait pas.

Il alla récupérer ses affaires. Ensuite, ils prirent une douche et firent l'amour dans son lit géant. Combien de fois se réveilla-t-il pour l'observer ? Il avait quand même fini par arriver à ses fins, et elle semblait surpasser toutes ses espérances, mais elle le terrifiait beaucoup plus également. Il n'était pas du genre à fuir, cependant ses sentiments pour Piper… Il préférait ne pas trop y songer.

Le lendemain, l'odeur du café et la voix de Piper dans la pièce d'à côté le réveillèrent. Il la trouva assise dans un fauteuil, au téléphone. Elle leva les yeux et lui fit signe de se taire, un doigt devant les lèvres.

— Je te rappelle.

N'assumait-elle pas ses choix ?

Brian la regardait. Il obtenait toujours ce qu'il voulait et n'hésitait pas à se lancer dans ce que personne ne semblait capable d'accomplir. On ne l'avait jamais blessé dans son ego jusqu'à ce que Piper lui intime de se taire.

Lui ne se souciait pas qu'on les voit ensemble. Or, Piper le considérait comme un ennemi. Comme elle s'obstinait à prendre la défense de sa sœur, elle ne voulait peut-être pas qu'on apprenne leur relation. Et même s'il respectait cette décision, il refusait qu'elle se serve de lui comme Ava avait manipulé Keith.

# - 7 -

— Tout va bien ? demanda Brian.

À le trouver là, les cheveux en bataille, plus alléchant qu'un péché, Piper se conforta dans ses sentiments de la nuit dernière.

Seigneur, comment se détourner de ce corps si craquant ? Face aux picotements au creux de ses reins, elle aurait souhaité pouvoir rester au lit avec lui. Seulement, il la troublait. Malgré sa volonté de ne pas s'attacher, elle l'avait observé dans son sommeil, captive d'un sentiment plus imposant.

Dans l'espoir de se protéger, Piper n'avait jamais donné d'importance à ses conquêtes. Après ses fiançailles rompues, elle s'était juré de ne plus jamais montrer ses faiblesses à un homme. Cela lui valait parfois des problèmes, d'ailleurs. C'était sans doute pour cette raison qu'elle n'avait pas tout de suite compris à quel point Brian comptait.

— Je préférais éviter d'expliquer notre relation à Ava.

— Comment ça ? s'étonna-t-il en se rapprochant. Tu ne lui dois rien.

Hypnotisée par les courbes de rêve de Brian, là, tout près, vêtu d'un simple caleçon, Piper mit un certain temps à réagir.

— Elle est sur mon dos en permanence. Peut-être à cause de la différence d'âge.

— Et si tu avais été avec un autre ?

— Ça n'aurait rien changé, voyons, expliqua-t-elle, comprenant qu'elle l'avait vexé. Pourquoi te traiterais-je différemment ?

— Parce que je suis plus jeune que toi, que je suis le neveu de Keith. Je ne sais pas si je ne suis qu'une simple histoire d'un soir, mais me dire de me taire… La dernière fois que j'ai fait ça, j'avais seize ans et mon père venait de toquer à ma chambre.

Piper arqua un sourcil. Elle aurait voulu en apprendre plus, mais le moment était mal choisi.

— Ava incendie toujours les hommes avec qui elle me voit. Je préférais ne pas la laisser gâcher cette matinée, voilà tout.

Comme il hocha la tête, elle se leva pour aller l'embrasser. Quel soulagement quand il soupira et l'enlaça en retour.

— Tu es trop bien pour moi. Ta sœur le sait sans doute.

— Je me moque de son avis, assura Piper d'un ton décidé. C'est entre toi et moi. Bon, tu veux un café ?

— Oui.

Au même moment, son estomac gargouilla, et il se mit à rougir.

— Et de quoi manger, ajouta Piper en riant.

— Oui, mais ne t'embête pas, je vais nous préparer des omelettes, fit Brian.

— Sauf que je n'ai pas d'œufs. Il me reste des gaufres à toaster et du sirop d'érable, si tu veux.

— Aucun problème.

Elle le conduisit dans la cuisine où elle sortit une cafetière à piston. Elle préférait ce système aux machines à capsules si tendance, elle le trouvait bien plus écologique. Le goût n'avait d'ailleurs rien de comparable. Elle prit les gaufres dans le congélateur, mais il n'en restait plus que trois. Brian aurait sans doute encore faim. Elle les mit à cuire avant de fouiller dans ses placards pour y dénicher des fruits en conserve.

— J'ai rarement des invités.

— Aucun de nous n'avait prévu ça, convint-il. Je ne regrette rien, cela dit.

— Moi, non plus.

Comme son téléphone sonnait dans la chambre, Brian prit son café en allant répondre.

Piper resongea à Ava. Elle devait la rappeler, elle ne l'avait pas vue dans cet état depuis la maladie de Trent. Elle semblait à bout de nerfs, déprimée. Cela ne se finissait jamais bien avec elle.

— C'était un client. Je vais devoir te laisser, lui indiqua-t-il en revenant dans la cuisine. J'aurais aimé rester. Tu veux bruncher avec mes parents et moi, demain ?

Ses parents ? Elle ne se sentait pas prête, aussi refusa-t-elle d'un geste.

— Je ne pourrai pas, mais on se voit mercredi, au gala.

— Si tu veux, on pourrait rentrer chez moi après, c'est assez proche de la salle, ça t'éviterait de faire la route.

Piper aimait cette façon de tout rendre logique. Cette simplicité lui facilitait autant les choses qu'elle les compliquait. Elle ne parvenait plus à se leurrer, elle ne pouvait plus le reléguer au rang de simple amourette.

— Avec plaisir.

— Désolé de ne pas rester, s'excusa-t-il.

— C’est important, je comprends.

Piper l’accompagna dans l’entrée. Là, Brian l’embrassa avant de sortir. Elle l’observa s’en aller depuis le seuil puis, se donnant l’impression d’être un cliché éculé de mère de famille, elle referma en vitesse.

Elle appréciait Brian, même s’il lui rappelait certaines perspectives impossibles. Cette sensualité renouvelée en elle, elle la craignait. Cela la poussait toujours à ne plus réfléchir. Elle avait vécu une telle humiliation des années auparavant qu’elle avait préféré rester seule.

Elle se frotta la nuque comme pour écarter cette inquiétude et ne pas se laisser aller. Pourquoi cette flamme entre elle et Brian la dérangeait-elle tant ? Dans le fond, elle le savait ; la féminité et la sensualité de sa déesse intérieure avaient été brisées.

Peut-être à tout jamais.

Cela la ramena à sa prudence habituelle. Si cette incapacité à oublier son passé, mêlée à ses inquiétudes quant à un avenir avec un homme de onze ans son cadet, l’accablait à ce point, alors aborder le sujet avec lui s’avérerait un million de fois pire.

Elle regagna la cuisine en soupirant. Les gaufres jaillirent du grille-pain. Bien qu’elle n’en mangeât qu’une d’habitude, elle tartina les trois de beurre et de sirop d’érable. Elle savoura son petit déjeuner, heureuse de se trouver au calme, mais en son for intérieur elle aurait aimé qu’il lui tienne compagnie.

Brian passa son samedi à s’occuper du fils d’un de ses clients, qui s’était fait arrêter dans la nuit. Comme ce type de délits n’entrait pas dans son domaine d’expertise, il en référa à un de ses anciens employeurs afin de solliciter son aide. Quand il trouva enfin une minute pour écrire à Piper, il était déjà 18 heures.

En temps normal, il ne passait pas ses journées à gamberger à propos de ses conquêtes, mais, face à l'écran de son portable, il savait qu'il devait prendre des pincettes. Même si Piper lui avait assuré le contraire après l'appel d'Ava, elle n'avait pas tout à fait réussi à le convaincre. Il sentait qu'elle lui cachait quelque chose.

Mais quoi ?

Il ne voulait pas la harceler. Par ailleurs, contrairement à ce qu'il pensait, coucher ensemble n'avait en rien atténué son attirance pour elle, bien au contraire.

*Bon sang !*

Il n'avait jamais hésité à foncer, il n'allait donc pas laisser passer sa chance avec Piper. Il lui demanda par texto de lui raconter sa journée.

Il posa son téléphone près du lavabo de la salle de bains, alla se doucher puis s'habilla. Quand il n'avait rien de prévu, comme ce soir, il allait dîner au Texas Cattleman's Club.

Il jeta un œil à son portable en mettant sa montre. Piper lui avait répondu.

Piper : J'étais dans mon atelier pour un nouveau projet. Tout va bien. Et toi ?

Il s'assit dans le fauteuil club en cuir près de son lit pour lui écrire.

Brian : J'ai travaillé toute la journée, mais tout est réglé. Pas trop fatiguée après des heures de création ?

Piper : Si, mais vraiment contente ! Je sais que je ne voulais pas qu'on se voie ce soir, mais je dois m'aérer l'esprit.

Brian : J'allais sortir. Tu m'accompagnes ?

Piper : Oui, merci. Dans une heure ?

Brian : [Pouce levé]

Il souriait, heureux de la revoir plus tôt que prévu. S'attachait-il à elle trop vite ? Se débarrasserait-elle de lui de la même manière qu'Ava avec l'oncle Keith ? Il aurait voulu s'intimer de se méfier, mais il n'avait jamais su réprimer ses sentiments. S'il ne tombait pas amoureux facilement, une fois épris d'une femme, il se laissait toujours prendre très rapidement.

Il finit de se préparer avant d'appeler un Uber. Comme il avait prévu de boire, il préférait ne pas conduire. Sur place, il aperçut des inconnus au milieu d'habitués. Certaines familles fréquentaient le club depuis sa création, tout comme les Cooper. Il salua ses connaissances d'un signe de tête en se dirigeant vers le bar. Il commanda une Lone Star puis se trouva une table près de l'entrée.

Il consulta ses courriels en buvant sa bière, levant les yeux aux moindres allées et venues. Puis, Piper finit par arriver. Elle s'illumina et le salua d'un grand geste en le voyant. Ses cheveux courts lui donnaient l'air d'une punk. Sa petite jupe en daim brun s'accordait bien à son pull crème arrêté à hauteur de sa taille. Cette femme semblait lui couper le soufflechaque fois.

Quand elle s'avança, il se leva pour l'inviter à s'asseoir. Elle lui donna un baiser avant de s'installer.

— Puis-je t'offrir un verre ? lui demanda Brian. J'ai réservé une table, mais il faut attendre quarante minutes.

— Une margarita. Et des nachos.

— D’accord.

Il retourna au bar et reprit une bière au passage. Il était encore trop tôt pour la tequila. Il regagna leur table avec les boissons puis s’assit en face de Piper. Il voulait tout savoir de sa journée sans pour autant pouvoir la harceler de questions.

Elle but une grande gorgée et soupira.

— J’ai eu une idée, ce matin. Je pensais faire quelques esquisses, mais j’ai fini par peaufiner les détails. Et, tout à coup, il faisait nuit, et je mourrais de faim.

— Est-ce que ça t’arrive souvent ?

— Pas assez à mon goût mais, quand c’est le cas, je me laisse porter. Et toi, tu connais ce sentiment ?

— Plus ou moins. Parfois, je commence des recherches pour un dossier et je ne m’arrête que tard dans la nuit.

On l’avait toujours traité de maniaque du travail tant il s’y perdait par moments. Il adorait tracer un chemin vers la justice pour ses clients. Dénicher et annoter des précédents le passionnait.

— Alors, tu me comprends. J’ai vraiment faim et, tu l’as bien vu, il n’y a rien à manger, chez moi. La plupart du temps, je commande de la nourriture à emporter pour le soir, mais avec tout ce travail, dernièrement, je n’ai même plus la force de passer au restaurant…

— Les choses devraient se calmer petit à petit, souffla-t-il en s’écartant pour laisser le serveur poser les nachos sur la table.

— Espérons-le. J’ignore sincèrement comment inciter les gens à oublier leurs préjugés. Tu sais à quel point certains peuvent se montrer obtus.

Beaucoup pensaient qu’il n’y avait pas de fumée sans feu dans l’affaire Wingate. Brian en revanche connaissait les membres de cette famille depuis assez longtemps, ils étaient honnêtes.

— Moi, ça m'agace que tu doives en pâtir, Piper.

— Moi aussi. J'ai travaillé si dur pour en arriver là, tout ça pour qu'on croie que j'ai accepté de l'argent sale. Mais n'en parlons pas, raconte-moi plutôt ta journée.

Il lui changea les idées en lui expliquant comment il devait s'improviser psychanalyste dans certains cas. Comme il ne pouvait pas entrer dans les détails, il orienta la conversation vers une nouvelle exposition qui arrivait à Dallas.

Ils partagèrent un agréable dîner puis, sans trop comprendre, elle finit par accepter une partie de billard. Elle n'y avait pas joué depuis l'université, quand elle et son amie Charlotte écrasaient les garçons qui les draguaient dans les bars. Son premier coup partit de travers, elle ne savait pas si elle allait pouvoir se mesurer à cet avocat de choc.

Il faisait un sans-faute, mais elle remarqua vite que, si elle se penchait en avant, Brian se concentrait sur elle, et non sur le jeu. Tant pis pour le manque total de fair-play, elle abusa de cette stratégie. Même si cela lui permit de gagner plusieurs tours, elle ne rentra toujours aucune boule.

— Tu sais ce qui t'aiderait ? s'enquit-il tandis qu'elle se mettait en position.

— Hum ?

Il se posta derrière Piper, les pieds collés aux siens, et se pencha sur elle. Il posa une main sur le tapis vert, l'autre sur son épaule et se mit à rouspéter.

— Si tu arrêtais un peu de me distraire et que tu te concentrais sur la partie ?

Elle se retourna, le nez plissé.

— Je n'arrive à rien d'autre, ce soir.

— Depuis quand n'as-tu pas joué ? demanda-t-il en se plaçant à ses côtés.

— Au moins quinze ans. Je ne m'en sortais pas trop mal.

— En usant de tes charmes ? la taquina-t-il.

— Crois-le ou non, je trouvais ça nul. La plupart du temps, les garçons nous ménageaient avec ma colocataire parce qu'ils nous sous-estimaient. Il nous suffisait alors d'obtenir un tour pour les écraser.

— Tu te débrouillais, en fait…

— Pas trop mal, oui. Mais toi, mon ami, tu es doué.

— Mon père a un billard chez lui, je m'entraînais avec lui. Ça m'aide à me détendre. Papa dit toujours qu'on ne peut pas forcer une boule à adopter son point de vue.

Elle ne put réprimer un rire. Ils partageaient le même esprit libre, et Brian semblait habité par la même détermination. Il passait ses journées à réfléchir, argumenter, convaincre les autres qu'il avait raison. Elle devrait s'en souvenir, il pouvait se montrer très persuasif.

— Bien, puisque tu gagnes haut la main, je pense qu'on va arrêter le massacre.

— Je ne sais pas trop. J'aime bien quand tu fais semblant de faire tomber quelque chose.

Piper éclata de rire.

— Je veux bien continuer chez toi.

— Tu veux passer à la maison ?

— Oui. Si ça ne te dérange pas…

— Oh ! que non !

Il la prit par la main pour la serrer dans ses bras, son regard ancré au plus profond du sien. Piper comprit à quel point ils se complétaient. Malgré ses barricades encore dressées haut, elle décida de ne plus s'inquiéter inutilement avec Brian. Il lui fallait quelqu'un qui l'accepte au naturel, qui soit de son côté. Brian semblait tenir ce rôle à la perfection.

Elle ne vida même pas son verre. Seule sa présence comptait. Elle avait passé la journée sur une peinture censée résumer sa vie. En dépit d'une base abstraite, des visages avaient fini par en émerger. Sa sœur, bien entendu, son père dont elle s'était toujours sentie proche… Brian. Plus elle peignait, plus elle réalisait à quel point elle ne pouvait plus le considérer comme une distraction passagère. Il s'enracinait déjà à son cœur.

Autant se laisser porter.

— Allons-y, fit-il en la menant à l'extérieur. Je suis venu en Uber, et toi ?

— Avec ma voiture, ça m'aurait coûté trop cher depuis chez moi.

— Est-ce que ça te dérange de la laisser ici, ce soir ? Je ne suis pas en état de conduire.

— Aucun problème.

Le parking disposait de caméras, et elle aussi avait trop bu.

Ils arrivèrent chez Brian en un temps record. Son appartement avec terrasse alliait des éléments modernes à une ambiance très douillette. Depuis le salon, elle admira la vue sur les gratte-ciel illuminés de Dallas. Il préparait des margaritas dans la cuisine. En ôtant ses bottes, elle se demanda quelle folie l'avait menée ici, même si elle ne désirait se trouver nulle part ailleurs.

Cette idée l'effraya à un tel point qu'elle faillit prendre la fuite.

Il revint avec les cocktails.

— Tiens. Alors, que voulais-tu faire ?

*Me pelotonner sur le canapé devant la télé,* songea-t-elle. Seulement, elle n'osa pas le dire tout haut. Elle se défiait justement de cette attitude ; il devenait trop important, elle devait ralentir. Coucher avec lui, elle s'en accommoderait. Tout le reste… Elle n'y arriverait pas.

— Euh, je ne sais pas trop. Et toi ?

— Il y a un match.

— Seigneur, un vrai mec…

— Eh, oui, admit-il. Mais je pensais que ça te plaisait.

— Effectivement, répondit-elle, amusée.

— Comment t'occupes-tu le soir, en général ?

— Je dessine en écoutant de la musique, répondit-elle en le suivant à travers l'appartement.

— Je vais me changer puis nous déciderons d'une activité autre que le sport ou l'art. Je peux te prêter des vêtements si tu veux.

Elle hocha la tête en lui emboîtant le pas vers la chambre. Des toiles ornaient les murs. Piper reconnut une œuvre de sa galerie.

— Quand as-tu acheté celle-ci ?

— Il y a quelques mois. Tu n'étais pas là, mais je ne voulais pas que quelqu'un l'acquière.

— C'est l'endroit idéal. J'ai installé une autre peinture de cet artiste dans la grande salle de conférences, à ton cabinet. Elle dégage la même impression d'immensité que ce paysage, mais il s'agit de Santa Fe, et non d'Austin.

— Il me tarde de la voir. Tu as vraiment l'œil pour ces choses-là.

— Oui, affirma-t-elle, se rendant compte qu'elle fixait Brian.

Elle aurait tellement aimé le rencontrer quinze ans plus tôt, pouvoir oublier les querelles entre leurs familles. Elle devait se souvenir qu'elle était venue pour son corps de rêve et ses baisers endiablés.

Rien d'autre.

# - 8 -

Piper ne savait pas trop à quoi s'attendre de la part de Brian lors du gala d'Habitat pour l'Humanité.

La soirée avait lieu au Gaylord Texan Resort & Convention Center, un bâtiment gigantesque typiquement texan, au bord du lac Grapevine. Bien plus grand que la plupart des stations thermales de la région, il offrait une large gamme de distractions : un parc aquatique ; des boîtes de nuit ; des hôtels et autres infrastructures cinq étoiles.

Les décorations de Noël envahissaient déjà les lieux. Piper prit donc son temps pour s'imprégner de l'ambiance. Elle attendait les fêtes avec impatience, espérant voir la vérité sur sa famille éclater au grand jour. Tous retrouveraient un tant soit peu de normalité ainsi.

Cependant, à quoi ressemblait la normalité déjà ? En toute franchise, elle n'en avait plus la moindre idée depuis quelques années. Pour couronner le tout, elle perturbait ses habitudes et participait au gala en compagnie d'un homme. Or, elle s'était juré de ne plus jamais retomber dans ce piège après le fiasco de ses fiançailles. Piper changeait au contact de Brian. Il devait bien s'agir de sa première grande soirée accompagnée depuis longtemps. Seulement, elle refusait de trop ruminer cette idée.

Elle adorait ce genre de galas avant le scandale et toutes les suspicions à l'encontre de la famille Wingate. La bonne société ne s'était pas privée de lui étiqueter les mêmes vices imaginaires qu'à tous ses proches. Néanmoins, ce soir, au bras de Brian, elle ne prêtait attention ni aux regards noirs ni aux murmures.

Brian leur avait acheté des bottes assorties, des Paul Bond sur mesure. Elle les adorait. Elle avait même trouvé une robe de cocktail courte afin d'exhiber ces petites merveilles.

Tout le long du dîner, il avait gardé la main sur sa cuisse, geste agréable, apaisant. Ils attendaient désormais les enchères.

Piper éprouvait toujours une appréhension dans ces moments-là. Lorsqu'elle avait vingt-quatre ans, son fiancé l'avait quittée la veille d'un événement similaire. À l'époque, elle avait fait don de sa toute première œuvre et s'était sentie obligée de venir. Heureusement, Ava l'avait accompagnée et avait joué son rôle de reine intouchable à la perfection pour soulager sa petite sœur de cette torture. Piper lui en serait éternellement reconnaissante. Personne n'avait osé lui parler malgré les rumeurs, avérées, selon lesquelles Ron l'avait plaquée pour une autre.

S'il restait bien souvent plus simple de considérer Ava comme une femme odieuse, sous ses airs impitoyables battait un cœur tendre.

Son aînée l'avait donc sauvée, et aujourd'hui Brian endossait l'armure du chevalier blanc. À la différence qu'il la gardait d'Ava et de tous les cancans à propos de procès ou autres saisies de propriété. Bon nombre d'invités faisaient sans doute des messes basses au sujet de l'entreprise, d'enquêtes par l'agence antidrogue… Sujets ô combien accablants ! Malgré tout, grâce à lui, Piper passait un agréable moment, à sa grande surprise.

— Ta statue arrive ensuite, se réjouit Brian. Tu sais, je ne vais reculer devant rien pour l'acquérir.

— Mais arrête, tu n'es pas obligé, protesta-t-elle. Ta simple présence me suffit.

— Je la veux vraiment. Elle sera parfaite dans le vestibule. Je n'aime pas tout ce que tu m'as proposé, mais la fresque dont nous avons parlé constituera l'arrière-plan idéal. Tu disais toi-même qu'il fallait quelque chose d'audacieux pour toucher mes clients. Ton travail est fantastique, tu as su capturer ce que presque tous ces jeunes ressentent. Ton talent me laisse sans voix, Piper.

Saisie d'un élan de fierté, elle lui sourit.

— Ce n'est pas si…

— Ne commence pas, la coupa-t-il, faussement agacé. Accepte le compliment.

Elle acquiesça, consciente de tenir cette modestie de ses parents. Or, elle devait l'admettre, elle s'était acharnée jour et nuit sur cette sculpture, un travail empreint d'amour dans tous les sens du terme.

— Merci, je me suis donné du mal. Je rejouais en boucle un enregistrement du poème de Xavier. Il module sa voix et son vocabulaire en passant d'un monde à l'autre. J'espère avoir su saisir cette dualité complexe et lui avoir fait honneur.

Elle avait baptisé sa statue *Clivage* dans une tentative d'exprimer cette lutte permanente chez Xavier, ce jeune homme tiraillé entre suivre le droit chemin et sombrer dans la délinquance. La sculpture exhibait un seul corps à deux visages tournés dans des directions opposées ;

l'un contemplatif, l'autre en colère. Une main tenait un carnet et un stylo, la seconde une arme à feu.

— C'est parfait, attesta Brian en regardant deux femmes qui les observaient. Je crois que ces personnes partageront cet avis.

D'un coup d'œil par-dessus l'épaule, elle reconnut Kim et Kathy, deux employées d'un organisme local visant à soutenir les arts. Piper leur fit un signe.

— Bonsoir. Je vous présente Brian Cooper, spécialiste du droit familial. Brian, ces dames collaborent avec les écoles de la ville pour faire découvrir le monde de l'art aux enfants.

Brian les salua puis se dévoua pour braver la foule jusqu'au bar.

— J'adore cette œuvre, dit Kathy. Je vais solliciter les parents d'élèves afin d'acheter quelque chose de similaire pour notre école. Bien sûr, ça doit aussi marquer les plus jeunes, mais beaucoup ont du mal à gérer cette dualité.

— Je serais ravie de travailler pour vous, affirma Piper. Contactez-moi quand vous voulez.

— Avec plaisir, enchaîna Kim. Sachez tout de même que certains s'inquiètent des rumeurs à votre sujet. Nous, nous vous connaissons bien et avons tout de suite réfuté ces accusations, mais nous aurons peut-être du mal à obtenir l'accord de la direction.

Piper serra les poings afin de ne pas s'énerver. Elle se contenta de hocher la tête. Que répondre de toute manière ? Les parents d'élèves pouvaient bien penser ce qu'ils voulaient. Bon sang, elle-même ne savait rien de l'affaire hormis que ses proches n'étaient pas des criminels. Et malgré quelques pistes intéressantes, personne n'avait encore réussi à réunir assez de preuves contre les suspects.

— Pas de précipitation en art, assura Piper avec un sourire forcé. Je vous prie de m'excuser, mais je viens de voir passer quelqu'un à qui je dois absolument parler.

— Aucun problème.

Piper s'éloigna d'elles, refusant de penser aux écarts d'une entreprise dans laquelle elle n'avait jamais travaillé. Aussi rejoignit-elle Brian dans la file d'attente du bar. Il arqua un sourcil quand elle arriva à sa hauteur.

Elle afficha une mine enjouée et lui indiqua qu'elle l'attendrait un peu à l'écart. De nature sociable, ce soir-là elle aurait préféré se rouler en boule, se fondre au décor jusqu'à annihiler toute la peine enfouie au fond de son âme.

— Ça va ? s'inquiéta Brian en la rejoignant, deux flûtes de champagne en main.

— Oui. Un peu paniquée. J'aimerais tellement qu'on accepte mon travail pour ce qu'il est plutôt qu'à travers le filtre du scandale Wingate.

— C'est déjà le cas.

Il avait beau la rassurer, Piper savait que Brian ne pouvait pas convaincre le monde entier de sa bonne foi.

Habitué de ces soirées, Brian les trouvait toutes insipides, froides, mais la présence de Piper lui ouvrait de nouveaux horizons. Elle se détendit peu à peu après son premier verre de champagne. Pour avoir fréquenté ce gala quinze ans d'affilée, elle connaissait des anecdotes croustillantes à propos de la plupart des convives.

Cependant, ces petites histoires ne suffisaient pas à dissimuler son trouble. Elle maintenait les apparences, mais il sentait bien que les ragots la tracassaient. Sa galerie fonctionnait moins bien à cause de cela, il aurait voulu l'aider.

Mais comme les affaires de drogue ne relevaient pas dans son domaine, rien que ce soir, il espérait lui faire oublier ses soucis.

Et ne plus penser aux siens.

Sortir avec elle quand leurs familles respectives se trouvaient en froid restait assez complexe. Heureusement, à Dallas, ils ressentaient moins cette rivalité qu'à Royal.

Il ne cernait pas encore bien Piper. Par moments, elle se permettait d'assumer son extraordinaire sensualité pour mieux établir des remparts insurmontables entre eux à d'autres moments.

Brian savait qu'Ava avait agi de même avec son oncle Keith. Celui-là s'était assez plaint de son choc au moment où son amie avait déménagé puis commencé à filtrer ses appels.

Brian préférait donc rester prudent. Cependant, quand elle s'était retrouvée nue dans son lit, il avait l'impression d'avoir dévoilé la vraie nature de Piper au grand jour. Ne pas prendre de risque avec elle n'était même plus envisageable. Dès qu'ils couchaient ensemble, il sentait quelque chose changer en lui.

La peur, quel mystère… Brian s'en servait parfois pour convaincre ses clients d'agir et de se reprendre en main, mais cela pouvait aussi provoquer l'effet inverse.

Assis à table, il l'observait s'efforcer de profiter de la soirée. Elle se tourna vers lui. Une vague de désir subit le submergea, et son cœur se serra.

Pouvait-il la croire ?

— C'est la scène que tu devrais regarder, pas moi, fit-elle d'un air intrigué.

— Il n'y a rien d'intéressant par là-bas.

Elle posa une main sur l'intérieur de la cuisse de Brian en se penchant vers lui.

— Contrairement à moi ?

Ses paroles susurrées à son oreille lui provoquèrent une érection instantanée. Piper lui effleura le sexe et agita les sourcils avec malice.

— Nous devrions rentrer après la vente de ma statue, lui chuchota-t-elle.

— Oui, répondit-il un peu trop fort, s'attirant des regards malvenus.

Il sourit puis lui murmura tout ce qu'il désirait lui faire.

Au bout d'un moment, on présenta la sculpture à l'effigie de Xavier. Piper le lâcha alors pour joindre les mains sur son giron. Brian comprenait, il ne lui en tint pas rigueur. Comment ne pas s'inquiéter, à sa place ? Lui voulait cette œuvre plus que tout. Il fit donc une enchère. Quelqu'un à l'autre bout de la salle semblait tout aussi intéressé et augmentait la mise chaque fois. Au bout de quelques échanges, Brian proposa une somme bien plus élevée, provoquant le silence dans l'assemblée.

— Qui dit mieux ? demanda l'annonceur.

Tout le monde se tut, et Brian gagna la statue sous les applaudissements. Soulagé, il se tourna vers Piper. Elle le fixait d'un air qu'il ne parvenait pas à déchiffrer.

— Toutes mes félicitations à tous les deux, s'exclama madame Standard, assise en face d'eux. Cette œuvre magnifique vaut largement une somme aussi coquette, si vous voulez mon avis.

— Merci, dit Piper. Je reviens…

Elle prit aussitôt son sac, se leva et partit.

Brian s'excusa auprès de sa tablée pour suivre Piper. Elle marchait vite en direction d'un des patios, il dut accélérer le pas pour la rattraper.

— Qu'est-ce qu'il y a ? lui demanda-t-il.

Elle était blême.

— Piper ?

— Rien… Tu as dépensé tellement d'argent pour ça. Pourquoi ?

— Parce que c'est un de tes chefs-d'œuvre. Je veux le voir chaque fois que j'irai au bureau. Tu t'es peut-être inspirée de la vie d'un poète, mais ça te représente, toi. Cette lutte entre ce que la société et Ava attendent de toi et la déesse que tu es.

*La déesse.*

Il la considérait comme aucun autre auparavant, tout devenait trop sérieux. Elle ne se sentait pas prête, ni pour lui ni pour personne. Ils n'étaient absolument pas faits l'un pour l'autre. Elle avait joué trop longtemps à cause de son attirance incontrôlable, parce qu'elle s'était prise à croire que lui non plus n'attendait rien de profond.

Seulement, il éveillait en elle des sentiments trop forts, et elle voyait bien à quel point c'était réciproque.

— Je ne suis pas une déesse. J'essaie simplement d'avancer du mieux possible. Comme tout le monde.

Il la prit dans ses bras d'un geste si intense qu'elle en chavira.

— Peut-être, mais, chez toi, c'est différent. Tu le

sais, et je crois que tu ne veux pas me le montrer. Je ne comprends pas pourquoi.

Elle se dégagea, résolue malgré ses frissons dans le froid de novembre. Elle ne pouvait plus continuer ainsi, pas quand ses sentiments s'emmêlaient tant. Les hauts et les bas de sa vie orbitaient désormais tous autour de cet homme inattendu. Elle devait le quitter avant qu'il ne l'abandonne. Avant de ne plus pouvoir se remettre de son absence. Cela lui parut égoïste, mais elle voulait partir la première pour se donner l'illusion d'avoir conservé une partie de son âme.

— Ce que tu vois, ce n'est que l'âge et la maturité. Si j'ai l'air si différente de celles que tu as dû fréquenter auparavant, c'est parce que j'ai vécu bien plus de choses qu'elles.

Elle s'efforça de devenir un modèle de volonté, une sorte de Carrie Fisher.

— En vérité, si tu avais quarante ans, je te semblerais si banale.

Il croisa les bras, la tête inclinée, comme s'il ne comprenait rien.

— Essaierais-tu de me faire croire que ce qui te définit se résume uniquement à ton âge ?

Devant une telle concision, elle avait l'impression de se chercher des excuses.

— Tu exagères, mais oui.

— Moi, j'exagère ? rétorqua Brian. Je suis un exemple de pure modération. Tu vas me quitter, et je ne sais même pas pourquoi. Tu as bien précisé que tu ne voulais rien de sérieux.

Piper soupira. Quelle catastrophe ! Elle savait très bien qu'il valait mieux éviter une telle discussion quand elle se laissait aller à ses états d'âme. Si elle tombait amoureuse, elle ne se sentait pas encore prête à lui révéler ses secrets, à lui dévoiler ses défauts.

Elle avait le sentiment de remettre sa féminité en jeu ; elle ne pouvait l'avouer à Brian, si parfait selon elle. Il représentait tous ses désirs, tout ce qu'elle ne s'autorisait pas à saisir.

— C'est terminé entre nous, conclut-elle enfin. C'était bien, mais ça ne pouvait pas durer.

— Les choses deviennent trop sérieuses, je me trompe ? lui demanda-t-il sans ménagement.

— Exactement, Brian, je pense bien trop à toi, mais nous savons tous les deux que ça ne mènerait nulle part.

Il jura en se retournant, penché en avant, les mains sur les hanches. Il finit par se taire, mais ne bougea pas. Elle l'avait blessé sans le vouloir, seulement elle pouvait au moins s'en aller la tête haute, le cœur meurtri, mais pas entièrement brisé.

Il lui fit de nouveau face. La peine sur son visage arracha des larmes à Piper. Elle cligna plusieurs fois pour les contenir.

— Mais pourquoi ? À cause de cette histoire entre ta sœur et mon oncle ?

— Arrête, le supplia-t-elle en déglutissant.

Elle n'arrivait même plus à parler. Elle sentait sa gorge se serrer de plus en plus à force de retenir ses pleurs tandis qu'il mettait son âme à nu.

— Non, tu me dois la vérité, insista-t-il d'une voix éraillée. Ou me refuseras-tu même ça ?

— Je ne suis pas celle que tu crois, le coupa-t-elle, repensant à leur passion dangereuse.

Leurs rendez-vous, cette soirée… Ils attiraient tous

les regards, mais elle n'aimait pas celle qu'elle était sous les projecteurs.

— Tu ne me feras pas avaler ça. Je ne craque pas pour l'image fantasmée de Piper Holloway. Non, j'aime cette artiste qui oublie le monde une fois dans son atelier, celle qui a su peindre un portrait de moi sincère et non pas une croûte tape-à-l'œil.

Il s'avança, la main tendue.

— Donne-nous une chance.

Elle se mordit la lèvre, désormais incapable de ne pas pleurer.

— Non, je ne peux pas. Ce serait une énorme erreur. Adieu, Brian.

Elle se retourna pour sortir de sa vie à tout jamais.

# - 9 -

Le trajet de Dallas à Royal donna bien trop de temps à Piper pour réfléchir. Elle pensa un million de fois à ces instants ratés avec Brian, mais elle ne pouvait plus s'encombrer de regrets.

Elle devait assumer sa décision. De toute manière, mieux valait ne pas commettre d'erreur. Elle tentait de se persuader qu'elle allait papillonner dans la vie sans plus se soucier des coups durs une fois remise de ce dernier.

Revenir à Royal la queue entre les jambes ne lui ressemblait guère. Elle s'était toujours targuée de se débrouiller seule, d'avoir trouvé sa place loin de l'ombre de sa sœur. Cependant, quand Ava l'avait appelée, complètement dévastée, Piper n'avait assurément pas pu ignorer sa détresse.

Quelle route monotone… Par habitude, Piper se rendit au manoir Wingate, auquel elle n'avait plus accès depuis la saisie, bien sûr. Elle s'assit sur le trottoir quelques instants, rongée par une rage sans nom à l'égard de Keith Cooper.

Elle savait que, dans le meilleur des cas, il avait tout juste cherché à profiter d'Ava malgré leur amitié de longue date. Il lui avait prêté main-forte, l'avait réconfortée dans son chagrin. Toutefois, il aurait dû se donner plus de mal pour innocenter les employés des entreprises Wingate. Voilà comment il aurait vraiment pu aider Ava.

Cette colère envers les hommes de la famille Cooper n'arrangeait rien. Piper détestait Brian pour lui avoir forcé la main, pour lui avoir prouvé qu'elle devait se contenter des types habituels : divorcés avec des enfants ou célibataires endurcis.

Elle reprit son chemin jusqu'à la location de sa sœur. Elle se gara, sortit son sac du coffre et se dirigea vers le seuil.

Ava lui ouvrit, toujours aussi chic ; Piper remit immédiatement en question son legging, sa veste en cuir et son T-shirt AC/DC face au sourcil arqué de son aînée.

— Pas étonnant que tu sois seule, lança Ava en guise d'accueil.

— Ils savent tous qui est ma sœur et n'osent pas m'approcher, rétorqua Piper sans réfléchir.

Ava lui adressa un petit sourire puis l'enlaça.

— Merci d'être venue.

— De rien. Je devais m'éloigner de Dallas, de toute façon.

Elles entrèrent. Piper alla poser son sac dans le bureau. Une fois dans la cuisine, Ava lui offrit un café, mais elle refusa.

— Non, merci. J'ai surtout besoin de me dégourdir les jambes. Tu m'accompagnes ?

— À contrecœur, mais d'accord. Je vais me changer.

Ava s'absenta le temps d'enfiler un legging Lululemon, une casquette et des lunettes noires comme si elle fuyait des paparazzis. Piper se retint de se moquer d'elle, elle avait déjà subi trop d'épreuves ces derniers mois.

Ce quartier privé protégeait Ava du monde extérieur,

pas des commérages. Elle avait beau adorer attirer l'attention, elle se serait bien passée de ce type de publicité.

— Je déteste ça, se plaignit Ava. Je ne supporte pas de ne pas travailler et d'être en froid avec les enfants. Trop de choses ont changé depuis la mort de Trent.

Piper la prit par l'épaule. Voilà ce dont elle avait besoin, se concentrer sur les problèmes des autres, prendre du recul sur sa situation.

— C'est sûr, mais c'est normal. Vous vous aimiez tellement.

— C'est sans doute à cause de ce vide que je me suis tant reposée sur Keith. Il n'a pas agi de façon très honorable, mais il m'a quand même apporté du réconfort.

— Du réconfort ? s'exclama Piper. Vraiment ?

— Pas dans ce sens-là, voyons. Ce voyage en Europe m'a permis d'oublier mes soucis. Il s'est occupé de tout pendant que j'affrontais le deuil. Ils s'adoraient avec Trent, surtout quand nous étions plus jeunes. Je voulais simplement revivre ces instants sans avoir à m'inquiéter d'accabler les enfants en parlant de leur père, voilà tout.

— Ça a dû être agréable. J'ignore comment j'aurais réagi à ta place.

— Estime-toi heureuse de n'avoir jamais aimé et perdu cet amour.

Piper se figea net. Ava savait bien que ses fiançailles avaient été rompues. Comment osait-elle dire une chose pareille ? Elle songeait parfois que c'était bien parce qu'elle avait tant donné à cet homme qu'elle ne s'était plus attachée à personne avant Brian. Elle refusait de briser ses rêves à lui aussi.

— Qu'y a-t-il, Piper ?

Encore abasourdie, elle ravala le nœud dans sa gorge.

— Tu sais très bien que j'étais amoureuse.

— Désolée, je pensais que nous parlions de moi, se plaignit Ava. Pourrais-tu faire un effort rien que quelques minutes ?

— Mais quand est-ce que je n'en fais pas avec toi ? s'offusqua Piper.

Elle s'était déplacée expressément pour elle, mais Ava agissait comme… comme Ava, à vrai dire.

— Pardon, tu as raison. Je suis perdue, voilà tout. J'ai l'impression de chasser tous ceux qui comptent. Les enfants m'évitent, et je passe mon temps à t'agresser, ce n'est pas juste.

Piper prit sa sœur par la taille, rassurée de la sentir l'enlacer en retour.

— Je nierai si tu le répètes, mais je suis démunie.

— Moi aussi, avoua Piper, le cœur gros.

Elles restèrent ainsi un moment. Pour la première fois de sa vie, Piper éprouva le sentiment de vraiment comprendre son aînée. Pour une fois, un lien inattendu les unissait.

— Tu vois ? Je sais aussi réconforter les autres, la taquina Ava.

— Je sais très bien que tu tiens plus que tout à ta famille, même si tu ne le montres pas.

— Exact. C'est à ça que je dois mes ennuis avec Keith. Je me sentais si seule.

— Ça arrive. Mais tu es sur la bonne voie.

Elle aurait aimé trouver les mots, pouvoir partager son histoire avec Brian sans risquer de briser ce lien inespéré et si fragile avec sa sœur. La rivalité entre les deux familles pesait encore lourd sur ses épaules.

Brian devait donner le meilleur de lui-même lors d'un procès. Au lieu de cela, il ruminait le fiasco avec Piper au gala. Elle devait être à cran à cause des ragots, il comprenait. À sa place, il aurait fini ivre, à se battre avec tout le monde… Même si ce n'était pas son genre.

Parfois, il aurait souhaité pouvoir agir ainsi. Pouvoir ressentir des sentiments fugaces, les exprimer, passer à autre chose. Il se savait esclave de la raison, non de la passion… en temps normal. Malgré ses préjugés quant aux aspirations de Brian, Piper n'avait pas entièrement tort.

Néanmoins, elle le connaissait mal si elle croyait qu'il ne voyait pas sa véritable personnalité à cause de son âge. Que lui cachait-elle ?

Lorsque le greffier ordonna à l'assistance de se lever, Brian s'exécuta, invitant sa cliente à l'imiter. Mieux valait occulter ses problèmes le temps de l'audience.

Au vu de ses honoraires élevés, il devait se démener, ne pas se déconcentrer pendant ce divorce compliqué. Il se mit donc à l'œuvre afin d'assurer à sa cliente une compensation pécuniaire des plus confortables, insistant sur les conséquences dévastatrices de ce mariage raté sur sa santé, sur sa vie. Il l'aida également à conserver la maison et la garde des enfants selon les conditions désirées. Cependant, son époux s'opposait catégoriquement à ce premier point. Le juge suggéra donc aux deux parties d'accepter les termes énoncés ou de retourner en médiation, ce qu'ils avaient déjà fait trois fois. Au moment de la suspension d'audience, obnubilé par Piper et par sa décision arbitraire de rompre, Brian se tourna vers Karen, sa cliente.

— Pourriez-vous éventuellement envisager de déménager ?

— Hors de question. Mes enfants adorent cette maison. Ils ont grandi dans ce quartier. C'est chez eux, ils ne devraient pas avoir à subir une telle épreuve. Je le déteste de vouloir nous infliger ça après tout ce temps.

— Nous pouvons soit renégocier les termes du divorce soit le pousser à croire qu'il nous a eus sur ce front-là avant d'exiger encore plus d'argent. Je pense pouvoir obtenir mieux si vous restez dans cette maison. Au moins les frais de copropriété.

— D'accord, répondit Karen. Je ne veux surtout pas qu'il s'imagine avoir gagné. Ah ! Seigneur, je dois vous paraître ridicule.

— Non, vous traversez une période difficile. Tout le monde a le droit de pinailler dans ce genre de situation.

— Merci, soupira-t-elle. Mais je vous vois mal réagir de cette façon.

— Vous seriez surprise, lui avoua-t-il.

En vérité, il n'aurait jamais voulu causer de tort à Piper. Il désirait la reconquérir, rien de plus. Tout d'abord, il devait réunir toutes les pièces du puzzle. Il avait loupé quelque chose.

— Permettez-moi d'en douter, Brian. Vous vous êtes montré juste depuis le début. C'est ça, le principal dans cette histoire. Je n'ai jamais voulu d'un divorce. Notre vie me convenait parfaitement. C'est lui qui s'est mis à me tromper et m'a prouvé sans vergogne qu'il ne s'arrêterait pour rien au monde. Je crois que j'ai envie de lui faire du mal pour avoir méprisé notre famille.

— Ne vous en voulez pas, répondit-il d'une voix

douce. Cependant, je pense ne rien vous apprendre si je vous dis que la loi ne fonctionne pas de cette manière.

— Je le sais bien, assura-t-elle, d'un ton las. Mais, parfois, j'aimerais sincèrement que ce soit le cas. Très bien, essayez d'obtenir plus d'argent. Et j'exige un document officiel stipulant que, s'il quitte la région, alors j'aurai le droit de vivre où je veux.

— Je vais m'arranger au mieux, affirma-t-il en ramassant ses papiers pour aller s'entretenir avec l'avocat du mari.

Quarante minutes plus tard, Brian parvenait à ses fins. Il observa le couple au tribunal. Toute animosité entre eux venait de s'envoler. Il ne leur restait rien à débattre, aucune dispute à relancer ; ils semblaient tous les deux s'en rendre compte. Brian comprit à cet instant… Il préférait largement sa rupture avec Piper à tout ce cinéma. Il jura de ne jamais atterrir devant un juge s'il se mariait un jour. Bien entendu, Karen non plus ne s'était jamais attendue à une telle situation.

Ces histoires de mariage le ramenaient toujours à Piper. Craignait-elle qu'il veuille franchir le cap ? Il n'avait jamais parlé d'amour éternel ou autre, seulement de quelques rendez-vous, de nuits torrides. Pourtant, d'après son instinct, leur lien ne se résumait pas à cela. Il ne savait plus. Imitait-il son oncle avec Ava sans s'en rendre compte ? D'ailleurs, que s'était-il vraiment passé entre eux ?

Brian envoya un message à Keith puis regagna son cabinet. On avait livré la statue de Xavier, elle trônait au beau milieu du vestibule. Il s'arrêta pour l'observer. Face à la souffrance, l'envie et la sincérité du sujet, il réalisa qu'il devait tout mettre en œuvre pour récupérer Piper.

Il l'appela, en vain. Elle se contenta de lui répondre par SMS.

Piper : C'est trop tôt pour parler.

Il envisagea des millions de réponses, mais comme aucune ne sonnait juste il prit une photo de la sculpture et la lui envoya.

Brian : Ton talent n'a pas d'égal.

Il rempocha son téléphone en s'éloignant. Mieux valait continuer comme si cette statue n'éveillait pas en lui une avalanche de sentiments. Piper avait saisi les deux facettes de Xavier alors qu'elle ne faisait pas assez confiance à Brian pour lui dévoiler les siennes.

Ses nièces remontaient toujours le moral à Piper. Harley et Beth l'avaient conviée à une séance de pédicure. Comme par hasard, elles avaient attendu qu'Ava se rende chez son avocat pour inviter leur tante. Elle comprenait, tout en souhaitant pouvoir arranger la situation.

— Quelle couleur vas-tu choisir ? lui demanda Harley, la cadette.

Cette brune naturelle et pragmatique aux longs cheveux lisses et aux yeux verts arborait toujours un air affable.

— Bleu nuit, je pense, répondit Piper, songeant au regard sombre de Brian, parfois empreint de touches azurées.

— Pas mal. Moi, j'aimerais du rouge, ou une couleur vive qui évoque l'automne.

— On dit orange dans la vraie vie, plaisanta Beth, la

grande blonde très sophistiquée qui se faisait toujours des mèches.

— Vu comme ça, j'aurais l'impression de ressembler à une citrouille, se plaignit Harley.

— Tu aurais dû amener Daniel, dit Piper en souriant. Il a l'œil pour les couleurs.

— Oui, mais Grant lui offre une journée père-fils. En plus du déménagement et des affaires à garder ou à jeter, le retour en Thaïlande nous demande beaucoup d'énergie. Les déménageurs s'occupent du plus gros, mais j'ai l'impression qu'on n'en connaîtra jamais la fin.

— Tu as bien fait de venir, affirma Beth. Tu dois te reposer un peu.

— Elle a raison, ajouta Piper d'une voix guillerette. Je suis si contente pour toi et Grant, vous allez si bien ensemble. Malgré tous vos problèmes, vous avez su garder le cap.

— Et toi, Piper, quelqu'un avec qui braver les tempêtes ? s'enquit Harley tandis qu'elles apportaient leur vernis vers les fauteuils de relaxation.

— Pas vraiment, soupira-t-elle, pensive. C'est tellement difficile de tomber d'accord avec quelqu'un de diamétralement opposé. Au moins, j'aurais essayé.

— De qui parle-t-on au juste ? intervint Beth. Je ne savais pas que tu fréquentais quelqu'un. Je t'ai seulement vue discuter avec Brian Cooper, au mariage.

— C'est lui, avoua Piper. Nous nous sommes séparés avant mon retour à Royal.

— Pourquoi ? l'interrogea Beth, soudain plus acide. Était-il comme Keith ? Si c'est le cas, tu as bien fait de le renvoyer sur les roses. Keith avait trop d'influence sur maman, elle commençait à changer, et pas en bien.

— Je ne sais pas…, hésita Harley. J'ai du mal à croire que maman se laisserait contrôler si facilement.

— Beth a raison pour votre mère. D'ailleurs, elle était tellement sur la défensive que je n'ai pas pu lui expliquer pour Brian.

— C'est vrai, acquiesça Beth. Mais, tu peux nous raconter, à nous.

— Il n'est pas comme son oncle.

En vérité, il n'était comme aucun autre. Enfin un homme capable de comprendre qu'elle ne suivait pas le tempo sur lequel dansait le reste du monde.

— Je ne vois pas le problème, alors…, s'étonna Harley.

— La différence d'âge.

— On s'en moque de ça, rétorqua Beth. Tu t'inventes des excuses. Quel est le vrai problème ?

Piper observa ses nièces, cherchant le courage de tout leur avouer. Même au sein de sa famille, elle ne s'était jamais bien intégrée. Cependant, il fallait qu'elle parle à quelqu'un, qu'on la comprenne. Elle n'avait jamais rien dit à ses nièces concernant ses fiançailles, elles étaient trop jeunes à l'époque.

— Tu as raison, c'est plutôt à cause de mon passé. J'ai vécu une rupture assez violente et je me suis promis de ne plus jamais endurer ça.

— Mais pourquoi as-tu quitté Brian ? l'interrogea Harley, intriguée.

— Premièrement, ta mère n'apprécierait pas le fait que je sorte avec le neveu de Keith.

— Comme si tu t'en souciais…

— Un peu quand même. Je sais qu'elle est étouffante, mais je ne veux pas la blesser pour autant.

— Si tu l'aimes, maman comprendra, assura Beth.

C'était en effet surtout parce qu'elle se raisonnait que Piper avait quitté Brian pour ensuite rentrer à Royal. Elle le trouvait parfait en tout point. Néanmoins, il aurait fini par vouloir fonder une famille, et Piper ne pouvait se résoudre à lui avouer son terrible secret.

— Piper, lui souffla Harley. Tu as l'air de l'apprécier, mais tu ne m'as toujours pas répondu.

— Je ne sais même pas comment vous expliquer, mais ça ne fonctionnera pas, voilà tout.

— Désolée, soupira Beth. Il pourrait te rendre heureuse, pourtant.

— C'est dommage, ajouta Harley. Mais ça ne suffit pas forcément dans un couple.

Piper savourait sa chance d'avoir deux nièces si intelligentes. Aussi préféra-t-elle changer de sujet pour parler de Thanksgiving. Elles passèrent ainsi le reste de l'après-midi à discuter puis, au moment de retrouver Ava, Piper se rendit compte qu'elle devrait voir Beth et Harley plus souvent. Elles lui avaient rappelé que la vie et ses complications ne se résumaient pas à de simples peurs.

Se privait-elle d'avancer à cause de ses angoisses ? Ou avait-elle raison de se méfier de Brian et de sa façon de la rendre vulnérable ? Elle parvenait à tout affronter parce qu'elle avait appris à dissimuler cette part sauvage d'elle-même. Elle ne savait même plus vraiment comment la libérer.

Cela lui donna matière à réflexion sur le chemin du retour. Elle passa devant le Texas Cattleman's Club. Sa famille était membre depuis toujours, même si les femmes n'étaient admises que depuis le début des années 2000. Aujourd'hui, ses proches ne s'y sentaient plus les bienvenus.

À Dallas au moins, Piper ne devait pas supporter ces petits rappels quotidiens. Elle ignorait comment réagir. Puis, à un feu rouge, une épiphanie la traversa : elle cherchait purement et simplement à ne pas penser à Brian.

Elle soupira. Si seulement quitter quelqu'un suffisait à effacer les sentiments. Elle le savait, elle avait pris la bonne décision à long terme, mais elle en souffrait. Et son désir qui ne s'estompait pas… *Une vraie midinette*, se fustigea-t-elle.

Elle secoua la tête. Elle pouvait bien se bercer d'illusions, se persuader d'être une déesse avisée ; dans le fond, elle restait cette jeune femme de vingt-quatre ans, déçue par les fausses promesses.

Le moment était peut-être venu d'arrêter de fuir les douleurs possibles. Elle n'avait quitté Brian que par peur qu'il ne découvre sa part brisée, celle qui avait fini par éloigner Ron. Pourtant, elle ignorait si elle trouverait la force d'ouvrir son cœur. Dominer le monde depuis son trône divin était une chose, accorder sa confiance à Brian en était une autre… bien plus colossale. Lors des noces de Harley, Piper s'était cherché un amant, mais elle avait trouvé bien plus.

# - 10 -

Piper avait écrit un message à Brian avant de l'effacer une bonne centaine de fois. Il avait beau lui manquer, elle devait se résigner. Mais pourquoi n'y parvenait-elle pas ? Ses liens de parenté avec Keith auraient dû suffire à la convaincre de ne plus penser à lui.

Elle se réveillait la nuit, cherchant son corps pour trouver un vide désespérant. Elle ne comprenait pas ce désir si intense. Ils avaient couché ensemble quelques fois à peine. Mais les affaires de cœur ignoraient souvent toute raison.

Elle avancerait à tâtons dorénavant. Peu importe la manière, elle se montrerait forte, comme la déesse qu'elle souhaitait devenir.

Elle ne se sentait pas du tout sage ce jour-là ; sa sœur se décomposait toujours plus à mesure que l'héritage de Trent lui filait entre les doigts. Si elle avait déjà perdu confiance en elle à la mort de son mari, la saisie de ses biens lui avait fait l'effet d'un coup de poignard. Elle avait beau tenter de sauver les apparences en présence des enfants, elle semblait complètement désemparée, par moments.

Piper leur servit du vin et rejoignit son aînée devant l'âtre. Le feu offrait une douce chaleur. Elle s'arrêta un instant pour observer le manteau de la cheminée. Dans son ancienne maison, Ava y avait suspendu une photo d'elle et Trent en compagnie des enfants. Ce devait être une vraie torture d'occuper une location sans savoir si on allait retrouver son foyer un beau jour.

— C'est l'heure d'un moment di-vin…, plaisanta Piper pour s'annoncer avant de tendre un verre à Ava.

— Dieu, merci.

— À nous.

— À nous, chuchota sa sœur en trinquant. Oh ! ma chérie, que vais-je faire ?

Piper s'assit en tailleur près d'elle, sur le canapé.

— Rappelle-toi déjà que tu es Ava Wingate. Tu as élevé des enfants merveilleux et tu as participé à développer une grande compagnie. Tu subis une mauvaise passe, mais tu n'es pas encore morte.

— C'est vrai, mais je suis aussi celle qui a eu si peur de la solitude qu'elle est tombée dans les bras de Keith et l'a laissé prendre les décisions à sa place. Honnêtement, je… je n'ai même pas réagi. Ça ne me ressemble pas.

— Je sais.

— Toi, oui, mais pas les enfants. Harley m'a invitée à son mariage par politesse. Ils me tiennent pour responsable. J'en veux tellement à Trent de m'avoir abandonnée. Il n'y peut rien, je le sais, mais il me manque, j'avais besoin de lui. Il m'avait promis plus de temps que ça.

Piper dut réprimer ses larmes.

— S'il avait pu t'offrir ces années, il l'aurait fait. Il t'aimait plus que tout au monde.

Ava s'enfonça sur le canapé. Elle semblait avoir du mal à respirer.

— Parfois je me demande si la vraie moi n'est pas

morte avec lui. Comme si une autre tentait de prendre ma place.

Piper posa son verre sur la table basse pour enlacer Ava. Celle-là n'avait jamais montré la moindre faille dans sa vie, ce devait être si dur pour elle. Cette femme à la volonté d'acier avait toujours lutté bec et ongles pour concrétiser ses projets, pour s'assurer le bien-être permanent de sa famille. Aujourd'hui, elle peinait à se tenir debout et à empêcher son monde de s'écrouler.

— Tu as fait de ton mieux. Au risque de te choquer, tu n'es pas Wonder Woman, Ava.

Sa sœur se mit à rire puis recula pour lui donner une petite tape.

— Je sais.

— Tu sembles l'oublier, parfois. Ne sois pas si dure avec toi-même. Keith a profité de votre amitié, et tu l'as cru. Comment t'en vouloir de ne pas être tombée amoureuse de lui ? Après ma rupture avec Ron, je pensais que je m'en moquais puis à force de quitter tous les suivants, j'ai compris que je n'avais plus confiance en personne, aujourd'hui encore.

— Je m'en rends bien compte. Aurais-tu rencontré quelqu'un ? lui demanda alors Ava en s'essuyant le coin de l'œil avec un mouchoir.

— Oui, mais c'est terminé.

— Pourquoi ?

— Je me sens trop impétueuse en sa présence… Et je ne peux pas me le permettre. En plus, il est plus jeune.

— Je ne vois pas le problème avec l'âge, s'étonna Ava en se tournant vers elle.

— Oui, c'est vrai. C'est simplement une raison de plus.

— Jusque-là, rien ne semble si insurmontable. Une de nous mérite bien une relation saine.

Cette remarque fit l'effet d'une gifle à Piper. Peut-être devait-elle accorder une deuxième chance à Brian. Cette douleur passée l'empêchait de trouver le bonheur. Elle pensait s'en être remise, mais la vérité lui sautait aux yeux. Il fallait oublier, s'ouvrir à un autre homme.

— Si tu veux tout savoir, tu le connais.

— Vraiment ? De qui s'agit-il ?

— De Brian Cooper.

— Le neveu de Keith ? s'exclama Ava, sidérée. Vous n'allez pas bien ensemble.

— Mais tu…, balbutia Piper, qui pensait que sa sœur avait changé.

— Tu as eu raison de le quitter. Tu es intelligente, tu ne laisseras jamais aucun homme te mener à la baguette.

Piper avait passé l'après-midi à expliquer son métier aux artistes en herbe du lycée de Royal. Elle se remémorait son adolescence entre ces murs à la fois si familiers et si différents depuis. La salle d'arts plastiques sentait toujours autant l'acrylique et l'argile. Pour la première fois depuis sa fuite de Dallas, Piper pouvait souffler. Elle inspira à pleins poumons, les paupières closes.

Elle et Cheri, l'enseignante d'art, se connaissaient bien. Elle avait quand même été surprise quand son amie l'avait invitée à aborder sa carrière devant ses élèves et à découvrir leurs œuvres. Certains débordaient de talent, et elle avait assuré vouloir afficher leur travail lors de son exposition étudiante estivale, au grand plaisir de leur professeure.

— Je ne citerai pas le nom de ta galerie, Piper. La

ville se méfie des Wingate, pour le moment. Je sais que tu n'as rien à voir là-dedans, mais les parents sont parfois bornés. Les élèves ne devraient pas en pâtir.

— Merci, Cheri, dit Piper en la saluant, un peu à cran et agacée par l'étroitesse d'esprit de certains.

Elle remontait la grande rue en direction de sa voiture, tête baissée, sans vraiment regarder où elle allait. Elle se cogna à quelqu'un. En levant les yeux pour s'excuser, elle s'arrêta net.

Brian !

— Ça va ?

— Oui, merci. Désolée.

— Aucun problème. Tu as l'air énervée.

— Oui. Le lycée vient de m'apprendre que des parents d'élèves ne veulent pas que leurs enfants exposent dans ma galerie. Sérieusement, j'en ai assez de tout ça.

— C'est injuste, commenta-t-il. Tu n'appartiens même pas aux entreprises Wingate.

— Non, mais c'est ma famille, répondit-elle en soupirant. Peu importe, ce n'est pas grave. Que fabriques-tu ici ?

Il la dévisagea, la tête penchée sur le côté.

— J'espérais pouvoir te parler autour d'un dîner.

L'idée plaisait bien à Piper, seulement elle ne se sentait pas prête à tout lui avouer. Si elle refaisait un pas dans sa direction, elle éprouverait encore plus de mal à le quitter.

— Je ne peux pas.

Brian se crispa, mais finit par lui sourire. Leur rupture semblait l'affecter, pourtant il restait galant en toutes circonstances. Elle adorait cette décence de tous les instants. Il méritait le meilleur dans la vie : une belle carrière, une femme élégante, des enfants…

Une grande maison pleine à craquer.

— D'accord. Mais tu ne pourras pas toujours te cacher chez ta sœur.

— Je ne me cache pas. Je suis venue soutenir Ava, ce n'est pas facile pour elle. Elle essaie encore d'oublier Keith.

— Comment ça ? Ava n'est pas une fleur fanée, et c'est elle qui l'a quitté.

— Pourquoi agissait-elle de façon si étrange quand elle habitait chez lui ? demanda Piper, comprenant qu'elle orientait volontairement cette discussion vers une dispute.

Elle ressentait le besoin de se battre, de hurler après Brian pour mieux oublier son absence. Elle préféra se raviser.

— Excuse-moi. Contente de t'avoir revu.

Elle s'éloigna sans se retourner. Elle regagna sa voiture et quitta la ville. Rouler quelques heures au hasard des routes l'aiderait peut-être à se remettre de Brian.

Piper ne se sentait pas prête à affronter Brian lorsqu'il sonna chez Ava, plus tard. Elles s'étaient préparé des tacos, avaient passé la soirée à rire et à parler des hommes. Quel sentiment agréable de passer un peu de temps avec sa sœur, de bénéficier de son soutien.

Elle s'était sentie exclue, toutes ces années, comme si elle se collait le nez à la vitre depuis l'extérieur pour imiter une famille d'inconnus. Brian lui avait donné une chance de ne plus cacher sa vraie nature. Néanmoins, avait-elle assez confiance en elle pour s'abandonner à son côté sauvage ou passerait-elle le reste de ses jours à le craindre ?

Mais voilà qu'il se présentait à sa porte, mal rasé, l'air fatigué comme s'il n'avait pas dormi. Il n'allait sans doute pas se laisser évincer aussi facilement.

— Excuse-moi de venir à l'improviste, mais je préfère ne pas avoir cette conversation par SMS.

— Aucun problème. Je prends mon manteau, nous parlerons en marchant. Ce n'est pas chez moi, je ne sais pas si…

— Qui est-ce ? appela Ava en arrivant dans le couloir.

— Brian.

— Bonjour, Ava. Désolé de vous déranger, mais je dois parler à Piper.

Ava lui lança un regard noir avant de secouer la tête, un sourire contrit sur les lèvres.

— Vous pouvez aller dans le bureau.

Ava retourna dans la salle à manger. Piper invita Brian à l'intérieur, lui désignant la pièce à sa gauche. Elle le suivit puis referma. Il alla s'asseoir sur un canapé en cuir, elle resta debout, adossée à la lourde porte en bois, trop inquiète de perdre son sang-froid.

Là, si près de lui, elle comprit à quel point elle se languissait de sa présence. Malgré ses cernes, elle le trouvait tellement beau. Elle s'imprégnait de lui comme si elle ne l'avait pas vu depuis des années. Même sa voix grave et ses intonations lui avaient manqué. Il la fixait, enfoncé sur le canapé, les bras écartés sur le dossier.

— Pardon ?

— Je te demandais si tu comptais t'asseoir, dit Brian. Tout va bien ?

Non. Elle était à bout. Par ailleurs, tenir compagnie à

sa sœur dépressive ne lui avait pas du tout rendu service. Piper priait simplement pour qu'il ne remarquât rien.

— Bien sûr, répondit-elle d'un sourire.

Elle s'installa sur le dossier d'un fauteuil avant de modifier sa position en se penchant en arrière, espérant se donner des airs détachés.

— Que fais-tu là, Brian ?

— Tu te moques de moi ? s'enquit-il, saisi d'une intensité inédite.

Il devait ressembler à cela au tribunal et, en toute franchise, il l'intimidait presque.

— Non, affirma-t-elle en croisant les jambes et les bras. Je crois que nous nous sommes tout dit, la dernière fois.

— Absolument pas. J'espérais que la distance t'aiderait à comprendre.

— À comprendre quoi ?

— Que notre histoire est trop belle pour abandonner si facilement. Si tu préfères ne pas t'embarrasser de sentiments, très bien, je saurai m'en accommoder.

— Ce que j'aime chez toi, c'est ta franchise. Alors, s'il te plaît, ne commence pas à me mentir.

— Très bien. Je ne veux pas d'une relation frivole. Crois-tu vraiment que ces sentiments ne me pèsent pas ?

— Non, lui accorda-t-elle, pas du tout prête à affronter cela si tôt. Et si nous en restions là jusqu'après Thanksgiving, et quand je rentrerai à Dallas, nous…

— Non, Piper, je ne veux pas en rester là, j'aimerais arranger les choses. Je ne comprends même pas pourquoi tu m'as quitté. Et ne me parle pas de ton âge.

— Il s'agit d'autre chose. Tu as des espoirs, et je…

— Mais arrête donc de t'obstiner, la coupa-t-il en se levant.

— C'est mieux que de feindre l'ignorance, argua-t-elle en quittant le fauteuil à son tour.

— Nous savons très bien que ce n'est pas mon cas. Si tu comptes m'insulter, il faudra trouver plus original.

— Je ne compte rien faire du tout, je suis adulte, bon sang, et si je veux rompre avec toi, alors personne ne m'en empêchera.

— Incroyable, Piper ! Tu m'agaces !

— Parfait. Peut-être que tu comprendras, comme ça.

— Voilà ce que tu fais avec tous tes petits amis, tu les quittes avant que ça ne devienne sérieux.

Il avait vu un peu trop juste, elle lui en voulait de l'avoir percée à jour si facilement.

— Ça, ça ne te regarde pas.

Brian s'avança à quelques centimètres d'elle, mais elle connaissait trop son calme naturel, il n'allait pas l'embrasser. Seigneur, elle souhaitait se pendre à son cou, le dévorer sur place. Aucun autre ne lui ressemblait. Cependant, elle devait se ressaisir, reprendre le contrôle de ses sentiments. Une tempête se déchaînait en elle et, quand bien même elle aurait préféré s'y abandonner, elle ne put se résoudre à laisser cette destruction les emporter, elle et lui.

— Détrompe-toi, Piper. Je veux tout partager avec toi, mais tu t'accroches à ton passé.

— C'est faux, nous ne sommes pas aussi compatibles que tu l'espères, ajouta-t-elle pour se donner raison.

— Tu sais quoi ? Laisse tomber. Je m'en vais.

Il se dirigea vers la porte à grands pas.

Il s'en allait.

Elle réalisa tout à coup… Elle l'aimait. Du plus profond de son être. Elle souffrait tant de le voir lui tourner le dos. Peu importe, tout irait bien. C'était mieux ainsi.

Alors, pourquoi tant d'amertume ?

— Tu veux savoir ce que je pense ? lui demanda-t-il en s'arrêtant sur le seuil avant de se retourner.

Elle préférait ne pas affronter cette vérité, sur le point de vaciller, de lâcher prise. Par pur désespoir, elle se recroquevilla dans sa carapace indestructible.

— Je t'en prie, éclaire-moi donc de tes lumières, le défia-t-elle, s'efforçant de ne pas craquer.

— Tu refuses d'éprouver des sentiments pour les hommes. Je ne sais pas si c'est un problème de contrôle, mais je comprends pourquoi tu vis seule.

— Tais-toi, pauvre imbécile ! fulmina-t-elle, hors d'elle. Je ne suis pas seule. J'ai ma famille et mon art !

— Tes proches n'arrêtent pas de se chamailler. Je crois que tu aimerais avoir des enfants.

— Ne t'avise pas de critiquer les miens alors que c'est ton oncle qui a causé tous ces problèmes à ma sœur. Je refuse de me perdre pour un homme. C'est là qu'on commet les pires erreurs imaginables. De toute manière, je ne peux pas avoir d'enfants. Je suis stérile. Maintenant, rentre chez toi.

Sans attendre de réponse, elle le contourna pour aller se réfugier dans sa chambre, à l'étage.

Elle était hors d'elle, elle détestait cela. Cependant, il devait savoir la vérité pour comprendre que rien ne fonctionnerait entre eux.

Il aurait voulu lui courir après. Or, quand une femme partait en trombe dans une maison où elle était invitée, mieux valait ne pas s'attarder. Il aperçut Ava au fond du couloir. Elle lui exprima son mépris sans un mot.

— Elle ne me connaît pas du tout si elle croit que ne pas avoir d'enfants me pose problème, lança-t-il.

Puis, il sortit, regagna sa voiture et quitta le quartier sans se soucier des limitations de vitesse.

Il pila à un croisement pour ne pas renverser des pêcheurs en train de traverser, leurs cannes sur l'épaule. Bravo… Elle le mettait dans tous ses états.

Non, ce n'était pas elle, mais l'amour. Il ressassait tous les arguments d'une dispute fictive. Quand avait-il parlé d'enfants ? Quand lui avait-il imposé d'oublier sa famille pour lui ? Pour qui le prenait-elle, enfin ? Avait-elle seulement fait l'effort d'apprendre à le connaître ? Sans doute pas. Elle ne se serait pas fait autant de fausses idées à son sujet si elle avait cherché à comprendre ce qui lui importait.

En chemin vers sa résidence secondaire, il écarta de telles pensées. Pour couronner le tout, son oncle lui écrivait sans cesse, car il voulait le voir pour Thanksgiving.

Lui avait préféré l'éviter à cause de sa relation avec Piper, mais à quoi bon désormais ? Tant pis si tous les Wingate soupçonnaient Keith. Quelles preuves possédaient-ils ? À en croire la diatribe irréfléchie de Piper, les conclusions hâtives constituaient une tradition familiale.

Plutôt que de rentrer se morfondre dans la solitude, Brian se rendit au Texas Cattleman's Club. Il devait se soûler, mais redoutait l'idée de boire seul. Mieux valait éviter d'aller trop loin ; il serait retourné camper devant chez Ava comme un imbécile, pour hurler le nom de

Piper ou jouer la chanson sur laquelle il l'avait serrée dans ses bras pour la première fois.

Il ne tomberait pas aussi bas.

Il lui restait un tant soit peu de fierté.

Du moins quand il était sobre. Une fois l'ivresse installée, son côté émotif avait toujours tendance à reprendre le dessus. Il ne pouvait plus parler à Piper, elle s'était montrée très claire à ce sujet. À deux reprises. Combien de fois une femme devait-elle lui répéter qu'elle ne voulait pas de lui avant qu'il assimile l'information ?

Brian croisa des amis d'enfance et se joignit à eux. Ils discutèrent sport autour d'un whisky, pile ce dont il avait besoin, jusqu'au moment où il se rappela la promesse de Piper de l'accompagner chez ses parents pour Thanksgiving.

— Hé, ça va ? demanda l'un d'eux.

— Oui, pourquoi ? répondit Brian.

— Tu fusilles ce verre du regard comme si tu allais le jeter contre un mur, lui expliqua Leon.

— Personne n'aime se faire plaquer, marmonna-t-il en vidant son whisky d'une traite avant de redemander la même chose au barman. Et la tequila en semaine, ce n'est pas une bonne idée.

— Effectivement. Moi, ma femme avait une réunion avec les anciens de l'université et la maison me paraissait bien vide, ajouta Leon.

— Je te comprends. J'essayais justement de changer ça. Comment as-tu rencontré Vivi ? Moi, je pensais avoir la cote, mais apparemment, je me trompais.

Son ami agita son verre entre ses mains avant de le porter à ses lèvres.

— Nous nous sommes rencontrés après l'université.

J'étais rentré reprendre le ranch quand elle m'a croisé au café du coin puis m'a demandé si je comptais l'inviter à sortir.

Brian éclata de rire. Il reconnaissait bien Vivian. Elle avait toujours assumé cet aplomb sans jamais craindre de foncer après ce qu'elle voulait.

— Et toi, tu as eu la bonne idée de lui obéir.

— Si tu savais. Une femme pareille, on n'en croise pas deux dans la vie. Mais parle-moi de ta copine. Tu veux la reconquérir ?

— Oui, assura Brian en sirotant son verre.

Il voulait retrouver sa place dans son cœur, peu importe le nombre de fois où elle l'éconduirait. Il ne pouvait pas se passer d'elle. En revanche, il avait sa fierté. Il ne pouvait pas vraiment la harceler.

— C'est euh… Piper Holloway. Tu la connais ?

— Oui, mais mon gars, vous ne jouez pas du tout dans la même catégorie, elle est trop sophistiquée pour toi.

— Je gagne très bien ma vie et j'ai une excellente réputation, Leon.

— Je sais, mais Piper a un truc à part. Enfin, pourquoi t'a-t-elle quitté ?

Brian faillit tout lui dévoiler mais se ravisa, cela ne concernait personne d'autre. Selon elle, elle craignait de se perdre en lui. Avait-il trop pris les devants, l'avait-il trop étouffée ? Comment pouvait-elle s'effacer face à lui alors qu'elle lui avait caché sa vraie personnalité ?

— Apparemment, nous sommes trop différents.

— Mais, toi, tu ne veux qu'elle, soupira Leon.

— Parfaitement… Je suis fichu.

# - 11 -

Ava s'était absentée au moment où Piper se réveilla. Elle envisageait de rentrer à Dallas. Sa sœur se remettrait, et elle aussi d'ailleurs. En général, il lui suffisait de se consacrer à son art.

Une cliente de New York lui avait passé une commande. Le Texas lui manquait, elle voulait un souvenir de ses terres natales. Piper se munit de son cahier à dessin, en vain. Malgré tous ses efforts, rien ne lui venait. Ainsi se contenta-t-elle d'agiter son crayon sur le papier, ce qui donnait parfois vie à des créations inattendues. Elle aimait le grattement de la mine. Elle commença par de simples traits : un visage. Puis, peu à peu, elle traça une mâchoire plus volontaire avant de placer des repères pour les yeux et le nez.

Les détails lui rappelèrent immédiatement quelqu'un. Elle préféra ne pas y songer, laissa libre cours à ses pensées et se mit à dessiner. L'image prit forme assez vite autour du nez effilé. Brian.

Elle avait reproduit son visage au moment où elle lui avait avoué son problème de fertilité. Cela aurait été plus simple de voir du dégoût chez lui, mais il était resté sous le choc et, fidèle à lui-même, avait compati. S'il s'était emporté, c'était parce qu'elle l'avait mal jugé.

Piper jeta son carnet dans un coin. Elle se mit à tourner en rond devant la fenêtre ouverte sur l'arrière-cour. Ava n'avait pas quitté la maison en fait, mais prenait l'air sur un banc.

Voilà donc à quoi ressemblerait la vie des sœurs Holloway, dorénavant : deux femmes esseulées, égarées dans leurs songes. Ava avait passé un cap à la mort de Trent et après s'être tournée vers la mauvaise personne. Quant à Piper… Elle avait tout perdu, incapable d'accorder sa confiance à un autre homme depuis Ron. Elle ne voulait plus aimer par peur de souffrir.

Cette fois-ci en revanche, elle restait persuadée d'avoir blessé Brian. Plus que de raison. Elle aurait pu se chercher mille excuses, se dire qu'il s'en remettrait, mais la vérité semblait tout autre.

Se relèverait-elle après avoir évincé le seul dont elle était tombée amoureuse ? Elle le savait, rien n'était aussi simple. Brian ne reviendrait pas après leur dispute. De plus, comment gagner sa confiance quand elle-même ne pouvait s'ouvrir aux autres ?

Elle devrait baisser sa garde, rester fidèle à ses principes, s'accepter. Elle ignorait si elle en trouverait la force.

Piper envisageait de lui faire confiance uniquement parce qu'il l'avait quittée pour de bon. Elle s'assit par terre, genoux relevés contre la poitrine, la tête entre les jambes. Tout cela… Voilà pourquoi elle ne ressemblait pas à cette sage déesse. Sans jamais s'être remise d'une blessure de jeunesse, elle avait continué de lester son âme fracturée.

Elle avait beau prétendre ne pas s'en soucier, elle se mentait. Elle n'avait plus connu le bonheur depuis ses fiançailles… Puis, Brian l'avait invitée à danser. Il l'avait balayée d'un souffle, avait provoqué une myriade de changements en elle, mais elle avait continué à se barricader. Et elle était parvenue à l'éloigner à tout jamais.

Elle se trouvait à l'abri. Plus personne ne la blesserait. Seule. Encore. Par choix.

Elle se releva en poussant un cri de frustration.

Elle s'agaçait elle-même à force de s'apitoyer sur son sort. Si elle désirait tant récupérer Brian, alors, par tous les diables, elle y arriverait. Elle s'excuserait et avouerait ses torts en dépit de toute réticence.

Il le méritait.

Ava lui avait expliqué à quel point Keith et lui se ressemblaient autant qu'elle et Piper. Mais Brian était un honnête homme, travailleur, gentil et amusant. Et séduisant comme tout.

Elle n'en trouverait jamais un autre comme lui. Jamais.

Cela suffit à la convaincre de regagner Dallas. Elle se vit alors dans un miroir. On aurait cru qu'elle ne s'était pas lavée depuis des jours. Toutes ses petites rides ressortaient… comme celles d'une femme résignée.

Une femme qui avait oublié qui elle était. Non, elle était bel et bien cette déesse de la sagesse, elle le savait. Elle avait bataillé toute sa vie pour en arriver là et pour s'entourer de personnes qu'elle aimait.

Elle ne voyait aucune raison de ne pas inclure Brian dans l'équation. Peu importent les éventuels doutes de sa famille, Piper trouverait un moyen de le reconquérir.

Elle se lança un clin d'œil dans la glace. Elle se sentait bien mieux, tout à coup. Elle agirait au lieu de se morfondre.

Elle prit une douche, se maquilla, enfila son jean moulant préféré assorti à un pull extravagant et rejoignit

Ava. Celle-ci parlait au téléphone. Piper attendit ; seuls les indécis se précipitaient.

Quand on savait où on allait, rien ne pressait. Piper patienterait aussi longtemps que nécessaire afin de récupérer Brian.

. Malgré une attitude étrange, l'oncle Keith semblait ravi de revoir Brian lorsque celui-ci le retrouva pour le dîner. Le grand manoir était désert à l'exception de l'employée de maison qui avait elle aussi fini par partir après leur avoir servi le repas. Keith se montrait plutôt généreux sur les whiskys coca.

— Je ne t'attendais plus avant décembre, avoua-t-il en conduisant Brian dans son bureau pour regarder ESPN.

C'était ici qu'il rangeait ses meilleurs alcools. Brian se demanda s'il partageait ce vide éveillé par des amours mortes.

Keith leur versa un autre verre puis s'assit près de son neveu. La pièce mal éclairée sentait le cigare et le pin. Ce bureau très masculin croulait sous les dossiers, et une télé géante dominait un mur en face d'imposantes bibliothèques.

— Je suis venu pour parler à Piper, j'espérais…, commença Brian avant de se perdre dans ses pensées.

En vérité, il ne voulait plus y songer. Il allait se transformer en larve de tristesse s'il continuait.

— Piper Holloway ?

— Parfaitement, assura-t-il en s'inclinant dans le fauteuil, une cheville calée sur le genou. Je sortais avec elle, mais elle a préféré arrêter d'un seul coup.

— C'est elle qui t'a quitté ? demanda Keith, incrédule.

— Oui. Elle doute trop de moi. Elle a peur de ne plus être elle-même.

— Vraiment ? Je ne la pensais pas aussi indépendante.

— Ah ! ça, elle renferme des secrets insoupçonnés.

Il s'agissait probablement de ce qui l'avait convaincu de ce lien si particulier entre eux. Elle s'était ouverte, avait cherché au-delà des apparences, avait vu sa vraie nature à lui aussi.

— Ava est pareille. Tout le monde la considère comme un modèle de volonté, et à juste titre. Mais, à la mort de Trent, elle a tout simplement perdu pied.

— Ça n'a pas dû être évident pour toi. Perdre ton meilleur ami puis assister au chagrin de sa veuve. J'aurais aussi voulu m'en mêler pour tout arranger.

— Dis donc, mon petit, nous nous ressemblons plus que je ne l'imaginais. J'ai fait de mon mieux. Moi, je voulais m'occuper d'elle, rien de plus. Je l'aime.

— Si elle ressemble à Piper, elle a dû vouloir se débrouiller seule.

— Exactement, commenta Keith en se levant pour aller se verser un autre verre. Comme à l'université.

— Je croyais que vous n'étiez qu'amis à l'époque…

— J'espérais autre chose, mais Trent m'a coupé l'herbe sous le pied, admit Keith, visiblement ému. Il était plus riche que moi et n'hésitait pas à le montrer. Ava a très vite passé plus de temps en sa compagnie.

— Tu as dû en souffrir, mais tu étais jeune, tu t'en es remis, lui rappela Brian. Tu as vécu de bons moments avec tes femmes.

Keith se tourna, les yeux injectés de sang, puis regagna son fauteuil d'un pas mal assuré, la bouteille de Jack Daniels en main.

— C'est vrai, mais aucune n'arrivait à la cheville d'Ava.

Son oncle s'était-il donc torturé pour elle toutes ces années ? Cela ne lui ressemblait pas, mais la plupart des hommes de la famille n'aimaient pas parler de leurs sentiments.

— Puis, d'un coup, quand Trent est tombé malade, elle a eu besoin de moi, continua-t-il dans sa barbe.

— Une vraie tragédie. Je sais à quel point tu les as aidés.

— C'était normal.

— J'en aurais fait autant pour Piper.

Se voilait-il la face ? Il ignorait s'il pourrait rester ami avec elle si elle en épousait un autre. Il sortirait peu à peu de sa vie, pas comme Keith.

— Je sais, fiston.

— Alors, que s'est-il vraiment passé entre Ava et toi ? Je croyais que vous étiez en train de vous rapprocher.

— C'était le cas, mais dès notre retour d'Europe… Eh bien, personne ne peut se mesurer à Sa Sainteté Trent et aux enfants sacrés Holloway-Wingate. Ils ne m'aiment pas. Ils ont poussé leur mère à déménager après les scandales financiers. J'ai cherché à la joindre, mais elle m'a bien fait comprendre qu'elle n'avait plus besoin de moi.

— Elle se trompe peut-être. L'enquête semble révéler que le responsable connaît bien la famille et l'entreprise.

— Vraiment ? Ce serait assez logique. Seul quelqu'un de haut placé aurait pu organiser ce coup monté.

Brian s'adossa, prit une gorgée de whisky.

— As-tu une idée du coupable ?

— Bien sûr, Brian. Tu ne me croirais pas, cependant.

— À qui penses-tu ? s'enquit-il, penché en avant.

Toutefois, son oncle se concentra soudain sur le match de basket à la télé. Il marmonna quelque chose dans sa barbe, et Brian dut s'avancer pour l'entendre.

Il fit non de la tête, il devait se tromper, car il espérait sincèrement qu'il ne s'agissait pas de la vérité.

— Est-ce que tu viens de dire que c'est ta faute ?

— Comment, fiston ? souffla Keith.

— Qui est le coupable ? insista Brian en se postant devant l'autre homme.

— Vu l'attitude d'Ava à mon égard, j'imagine qu'il s'agit d'un proche évincé par une bande de petits salopards étroits d'esprit.

Brian observa Keith. Venait-il d'avouer ? Après tout, il était la seule personne extérieure hormis les Wingate à disposer d'une telle main mise sur leurs affaires.

Lorsqu'ils terminèrent leur verre, Brian prétexta une urgence pour s'en aller. Il resta assis dans sa voiture un long moment. Il avait dû se tromper. Peut-être se cherchait-il une excuse pour jouer les héros auprès de Piper.

Oui, il ne voyait pas d'autre explication.

Il était rentré se coucher, mais, le lendemain, les paroles de son oncle le tracassaient encore. Keith avait géré l'entreprise pendant un certain temps quand on y réfléchissait.

Soudain, les doutes de Piper lui semblèrent plus clairs. Avait-elle perçu quelque chose en Keith que les autres avaient raté ?

Brian prit la décision de parler à Zeke. Il avait précisé que la police collaborait avec le FBI dans sa quête d'indices.

Dans le pire des cas, son oncle ferait l'objet d'une enquête…

Sa conscience ne permettait pas à Brian de se taire. Il devait agir. Piper lui avait avoué aimer sa famille plus que tout. Sa flamme pour elle dictait à Brian de les aider coûte que coûte, dût-il dénoncer son propre oncle.

Comme Ava était partie retrouver ses enfants afin de discuter de l'enquête, Piper en profita pour préparer des tartes pour Thanksgiving. Elle n'avait rien de la parfaite femme au foyer, mais cette période de l'année lui donnait envie de cuisiner. À l'époque, sa mère aussi s'affairait toujours plus aux fourneaux en novembre.

Piper commença par un dessert aux noix de pécan, son préféré ; ces arômes familiers soulevés dans toute la maison la rassuraient. Puis, vinrent les recettes à la pomme, à la citrouille et une tourte à la viande hachée. Elle prépara ensuite des cakes à la banane et au potiron, tout ce qui pouvait l'empêcher de penser à Brian. Quelques jours à peine après leur rupture, elle avait l'impression de ne pas l'avoir vu depuis des années. Plus le temps passait, plus il devenait difficile de croire à leur histoire.

Les obstacles la tourmentaient de plus belle. Ils n'avaient jamais vraiment disparu, mais près de Brian, et non à Royal où toutes ses habitudes de petite fille reprenaient le dessus, tout cela ne semblait plus si insurmontable. Ce n'était que seule dans son grand lit froid qu'elle se rappelait l'avoir éliminé de sa vie.

Il se remettait sans doute déjà de leur rupture… Elle préféra écarter cette idée ; inutile de s'apitoyer. Ces sentiments allaient de pair avec la fin d'une relation.

Piper connaissait ses défauts mieux que quiconque, et la solitude les exacerbait.

La porte d'entrée s'ouvrit, des voix retentirent. Ava venait de rentrer avec les enfants.

— Ça sent tellement bon.

— Merci, je voulais faire quelque chose de productif, souffla Piper.

— Je ne tiendrai pas jusqu'à Thanksgiving pour y goûter, s'exclama Zeke. Sauf si…

— Vas-y, c'est là pour ça, lui assura Piper. J'ai trop envie de tarte à la noix de pécan. Quoi de neuf ?

— Eh bien, la situation a plus évolué que nous l'espérions, commença Ava, hésitante. Apparemment, Brian était chez Keith, hier soir, et il aurait une piste…

— Qu'a-t-il dit ?

— D'après Brian, ils avaient bu, alors il vaut mieux ne pas trop s'y fier, continua Ava. Mais Keith lui aurait indiqué qu'il s'agissait d'un proche des personnes haut placées. Je ne vois que lui. Mais quand Brian a insisté, son oncle lui a simplement fait un clin d'œil.

Brian ? Pourquoi avait-il fait cela ? Cherchait-il à prouver qu'il était différent de son oncle ? Piper le savait déjà.

— Bonne nouvelle, mais ces informations restent trop vagues pour la police.

— Les enquêteurs vont équiper Brian d'un mouchard la prochaine fois qu'il ira chez Keith. Pour l'instant, ces rumeurs ne tiendraient pas la route au tribunal. Il n'a plus qu'à pousser son oncle aux aveux. Ironie du sort, c'est votre rupture qui a mené à cette conversation.

— Désolée, Piper, gémit Harley en prenant sa tante dans ses bras.

— Si ça vous tire de ce mauvais pas, alors tant mieux, affirma Piper.

Ils s'installèrent ensuite dans la salle à manger pour savourer les tartes et cakes autour d'un café. Là, Piper comprit quelque chose : sa maison, ce n'était pas un manoir ni sa propriété à Frisco, non, c'étaient simplement ces instants passés avec ses proches. Eux… et Brian. Elle aurait voulu qu'il soit là. Il aurait adoré.

Elle aurait du mal à s'excuser. Elle lui avait dit que la famille comptait plus que tout, mais force était d'avouer que Brian était lui aussi devenu un membre de la sienne.

Elle voulait lui écrire, mais se ravisa ; il tentait peut-être de tirer les vers du nez à Keith en ce moment. Elle se joignit donc aux autres pour une partie de canasta, le sourire aux lèvres, faisant mine de ne pas s'inquiéter pour Brian. Keith ne lui opposerait aucune résistance s'ils en venaient aux mains, mais il restait dangereux.

S'il s'avérait coupable de tout, sa haine pour les Wingate ne ferait aucun doute, et quiconque les aiderait deviendrait un traître, notamment Brian. Piper ne pouvait s'empêcher de se faire du mouron, d'autant plus quand ses neveux et nièces les laissèrent seules, Ava et elle.

— Je me suis trompée sur Brian, dit Piper à sa sœur, le soir, dans le salon. Je ne m'attendais pas à ce qu'il fasse ça pour nous.

— Ça ne me surprend pas tellement, admit Ava. Je l'ai vu quand tu es montée dans ta chambre, l'autre jour. Tu aurais tout aussi bien pu lui arracher le cœur à mains nues pour le piétiner. Nous l'avons mal jugé, et je tiens à m'excuser.

Piper hocha la tête. Un nœud s'était formé dans sa gorge, elle n'arrivait pas à parler. Elle se recroquevilla dans son fauteuil, obnubilée par l'idée d'avoir laissé ses peurs lui dicter sa conduite à un tel point que Brian ne lui pardonnerait jamais.

Et s'il aidait les Wingate dans le seul but de prouver ses torts à Piper ? Il s'en irait ensuite, après lui avoir montré qu'elle avait abandonné le seul homme digne de confiance.

Piper observa le feu danser dans la cheminée. Si elle avait pu revenir en arrière, elle le savait, elle aurait agi de la même manière. En vérité, elle n'avait changé qu'après lui avoir fait du mal. Elle espérait qu'il n'était pas trop tard.

# - 12 -

Brian n'attendait plus d'appel de Piper. Il la comprenait, étant donné l'évolution de la situation. Il lui laisserait le temps mais, au moment voulu, il reviendrait la conquérir.

Il l'aimait.

Il ne lui donnerait plus de raison de le quitter. Plus jamais.

Pour l'heure, il devait agir pour la justice malgré ses réticences. Il se trouvait dans l'arrière-salle du Texas Cattleman's Club, où un policier l'équipait d'un micro. Il valait mieux que personne ne l'aperçoive aux alentours du commissariat.

Brian allait essayer de pousser Keith à donner des noms, quitte à le rendre coupable de dissimulation d'informations. Certes, Brian apparaîtrait peut-être en héros aux yeux de Piper, cependant, son sens éthique lui interdisait de laisser quiconque échapper à la justice. Il aurait agi de la même manière en toutes circonstances. Brian ignorait encore comment réagirait son oncle, il devait donc aiguiller la conversation vers Ava en douceur. L'agent du FBI lui avait conseillé de ne pas trop prendre les commandes.

Les parents de Brian l'attendaient pour Thanksgiving, à Dallas, aussi devait-il obtenir les informations nécessaires dans la journée, sans quoi il faudrait patienter encore quelques semaines. Tout le monde comptait sur lui et préférait ne pas perdre de temps, ce qu'il concevait.

Il se gratta la nuque avant d'enfiler sa chemise.

— Parfait, nous commencerons à enregistrer dès que vous parlerez, lui apprit l'agent. Il y a un capteur vocal, vous n'aurez rien à activer. Encore une fois, ne l'agressez pas. Ce ne serait pas forcément recevable devant le juge. Il nous faut des preuves tangibles.

— Compris. L'autre soir, il s'est mis à parler quand je lui racontais mes déboires avec la sœur d'Ava. Je crois qu'il a dû faire une sorte de transfert.

— Allez-y à l'instinct. Vous le connaissez, vous connaissez la loi. Cependant, ne forcez pas trop. Soyez naturel.

L'agent lui donna d'autres indications, testa le micro puis partit. Brian resta assis seul un moment, à mettre de l'ordre à ses idées. La dernière fois, Keith avait commencé à boire sans lui. Et s'il était sobre, ce soir ?

Brian prit alors une grande inspiration comme avant un procès difficile. Il savait où il allait et ce qui se passerait. Rien ne pouvait l'arrêter.

Leon et les autres se trouvaient au bar. Ils l'invitèrent, mais Brian s'excusa d'un geste en gagnant la sortie. Le crépuscule pesait sur le froid de novembre. *Les fêtes approchent*, songea-t-il. Il repensa à ses plans avec Piper, sans doute fichus.

Il poussa un long soupir rauque. Autant ne pas se bercer d'illusions. Cette histoire ne l'aiderait pas à la reconquérir. Elle devait lui faire confiance, croire assez en elle pour admettre leur amour.

D'habitude, elle savait percer les autres à jour d'un coup d'œil. Il se demanda donc ce qui l'avait menée à tant de conclusions hâtives, mais il préféra ne pas s'attarder là-dessus.

La seule manière de pousser Keith à parler restait encore de lui faire croire qu'il partageait la même haine envers Ava, Piper et les autres.

Brian s'arrêta pour acheter de l'alcool en chemin. Une fois devant chez son oncle, il entra dans le rôle : il avala une ou deux gorgées de whisky pour parfumer son haleine, s'en versa quelques gouttes sur la manche comme s'il avait bu toute la journée, vida deux tiers d'une des deux bouteilles dans la rue.

À bien y réfléchir, Brian aurait noyé son chagrin dans l'alcool sans cet échange mystérieux avec Keith. Cette mise en scène devenait cathartique. Il espérait au moins que Piper verrait à quel point il était un homme bon. Peut-être comprendrait-elle qu'il n'avait jamais voulu la blesser.

Il entra ensuite dans la propriété. Il toqua à la porte, tenant ses deux bouteilles du bout des doigts. La femme de ménage le mena au bureau de son oncle. Keith, déjà à moitié ivre, l'accueillit à bras ouverts en le voyant.

— Content de te revoir, fiston. Personne ne devrait recoller les morceaux de son cœur brisé tout seul.

— Tout à fait, acquiesça Brian. Je t'ai apporté une bouteille.

— Attends, je te sors un verre, lança Keith.

Brian prit une grande inspiration avant d'entrer. Il ne savait pas ce que son oncle allait dire, mais il irait au bout de cette affaire. Il s'occuperait de Piper plus tard.

— On s'en souviendra de cette année ! s'exclama Brian.

Il avait connu mieux comme introduction pour

aiguiller la conversation de façon naturelle. De toute manière, cette époque de l'année le poussait toujours à réfléchir à son passé.

— L'ouverture de ton cabinet d'avocats, ça, c'est quelque chose. Ton père est fier de toi, en tout cas.

— Oui. Mais, avec maman, ils aimeraient que je me trouve une femme.

— Choisis bien, mon grand, l'avertit Keith. Tu sortais avec Piper, non ? Est-ce vraiment terminé ?

— Sans doute. Mes parents l'appréciaient beaucoup, ils étaient un peu tristes d'apprendre notre rupture. Ils ne comprennent pas autant que toi…

Brian se rendait bien compte qu'il exagérait peut-être trop pour créer un lien avec son oncle. Il devait devenir comme lui. C'était déjà le cas, en quelque sorte. Piper l'avait quitté par peur de devoir changer, idée ridicule au possible. Si seulement elle avait compris à quel point il l'aimait telle qu'elle était.

— Les femmes Holloway ont un don pour réduire les hommes en cendres, gronda Keith. Même Trent ne se la coulait pas douce. Il se plaignait toujours qu'Ava était trop bornée.

— Qu'on me garde de ces têtes de mule, pesta Brian, conscient de devoir paraître amer et frustré. Piper est tellement persuadée que je ne la respecte pas. Elle croit tout savoir de moi.

— Ava n'a jamais cherché plus loin, non plus, hormis pour ce qui l'arrangeait. J'étais à ses côtés quand Trent est tombé malade, quand elle a eu besoin d'aide avec la compagnie. Je lui ai prêté main-forte pour qu'elle ne soit pas submergée.

— Tu as bien agi, assura Brian.

À ce rythme, son oncle allait sûrement trahir le responsable de ces affaires de drogue. Brian prévoyait même de représenter Keith si on retenait des charges contre lui. Jusque-là, il s'agissait uniquement d'un homme désavoué par la femme de ses rêves.

— Merci de me soutenir, continua Keith. Bien sûr, elle n'y a même pas prêté attention. Après l'Europe, elle a changé.

— Le procès après l'incendie de leur usine aéronautique a dû la secouer, fit remarquer Brian.

— Je m'en doute bien, mais j'étais son roc. J'étais là pour elle. Elle aurait dû me faire confiance. Je crois que c'est Beth qui lui a raconté des histoires.

— Comment le sais-tu ?

— C'était évident. Les enfants n'aimaient pas que je passe tellement de temps avec elle si tôt après la mort de leur père. Je le sentais à son attitude, toujours froide avec moi.

— Ça n'a pas dû être facile pour eux. J'ignore comment je réagirais si papa mourrait et si maman se mettait à fréquenter quelqu'un. Beth voulait sans doute protéger sa mère, rien de plus.

— Peut-être.

— J'en suis persuadé.

— Après ça, tous les petits progrès que je pensais avoir faits vers le cœur d'Ava se sont écroulés, pesta Keith d'un ton acide. Apparemment, je ne suis bon que pour l'épauler quand elle va mal.

— La tristesse nous pousse parfois à faire n'importe quoi.

— Et moi qui prenais Ava pour la femme de ma vie, surenchérit Keith, de plus en plus énervé. En fin de compte, elle a grappillé ce dont elle avait besoin sans rien donner en retour. Comme si je la logeais par pure charité. Elle aurait dû se douter que j'attendais autre chose.

La conversation s'orientait comme Brian le voulait. La colère amènerait son oncle à citer des noms. Bon gré, mal gré, Brian se mettait à la place de l'autre homme, se prenant à croire qu'il ne reverrait jamais Piper.

— Comme Piper. Je lui ai ouvert mon cœur. Je lui ai demandé d'être la seule pour moi, et elle m'a ri au nez. Je suis trop jeune pour elle… Ma vieille, tu peux t'estimer heureuse d'avoir eu quelqu'un comme moi dans ton lit.

— Ne te fatigue pas, va. Elle s'est toujours crue au-dessus de tout, celle-là. Ava, au moins, a du charme, c'est presque justifié. Mais elle s'assure que tout le monde s'en rend compte.

Il ne mentait pas, Ava aimait occuper le devant de la scène. Brian sirota son whisky, ignorant s'il trouverait la force d'insulter Piper assez longtemps. Jusque-là, Keith s'était contenté de se plaindre de Beth, il n'avait pas parlé de Wingate Enterprises.

— Malgré tout…, continua le vieil homme, elle ne peut pas tout contrôler. La compagnie de Trent est en chute libre, et elle n'est même pas capable de me demander mon aide à cause de ses satanés enfants. Zeke ne m'a jamais aimé, lui non plus.

— Je me demande pourquoi.

— Si j'avais pu la manipuler, comme ils le racontent tous, je l'aurais poussée à tomber amoureuse de moi.

— Elle ne t'aimait pas ?

La conversation lui échappait. Sa seule façon de

forcer Keith aux aveux consistait désormais à assurer vouloir se venger de Piper. Et si son oncle n'avait rien à se reprocher, alors il resterait un simple imbécile, pas un criminel.

— Tu as vraiment trop bu, toi, rouspéta Keith. Je t'ai dit que non.

— Comme Piper. J'aimerais lui rendre la monnaie de sa pièce, qu'elle comprenne qu'elle n'aurait pas dû me rejeter.

— Attaque-toi à sa galerie, répondit Keith. Empare-toi de tout ce qu'il lui reste dans la vie et réduis-le en cendres. Qu'elle voie ce que c'est de se faire tailler en pièces. Elle n'aura plus personne chez qui pleurer.

— Je ne pense pas que ça fonctionnerait…, hésita Brian, qui n'aimait pas du tout la tournure prise par la conversation.

Où voulait en venir son oncle ?

— Mais si, insista-t-il en avalant une grande gorgée. Fais-moi confiance, il faudrait d'abord qu'elle perde absolument tout.

— C'est le cas d'Ava. Du moins, elle risque de tout perdre. Tu disais connaître les coupables. Ne devrais-tu pas les retrouver ? Tu serais son héros.

Brian avait parlé sans réfléchir. Lui aussi tentait de résoudre un problème qui ne le regardait en rien dans l'espoir de briller aux yeux de Piper.

— Alors, là, gamin, n'y compte pas. C'est moi qui ai organisé l'incendie et les détournements de fonds. J'ai même caché la drogue pour que les autorités saisissent sa maison. Et, malgré tout ça, je l'ai perdue, parce qu'elle aime encore son Trent.

Brian resta bouche bée. Il ne s'était pas attendu à des

aveux aussi directs. Et voir la colère du vieil homme, comprendre à quel point il souffrait, n'aidait en rien.

Ava s'en prenait à tout ce qui bougeait pour mieux s'excuser de sa mauvaise humeur quelques secondes plus tard. Une atmosphère pesante régnait dans toute la maison, surtout depuis le départ des enfants. L'aînée des Holloway encaissait mal la trahison de l'homme en qui elle avait placé toute sa confiance. Selon Piper, sa sœur aurait déjà fulminé si elle avait été la seule à le savoir, mais désormais tout le monde allait être au courant. Cela avait toujours été son talon d'Achille.

— Quand vont-ils enfin se décider à appeler ? s'exclama Ava pour la énième fois.

— Quand ils auront trouvé des preuves, insista Piper. J'aimerais moi aussi que ça aille plus vite, mais je vois mal Keith avouer si facilement.

Elle se demandait sans cesse si Brian agissait par intégrité et pour le bien des Wingate ou pour elle. Ils ne s'étaient pas parlé depuis leur dispute, et, d'une certaine façon, elle espérait.

— Qu'as-tu donc à sourire ? rouspéta Ava.

— Je pense à Brian. Je n'en reviens pas qu'il aille si loin pour nous.

— Ça n'a rien d'étonnant. Tout le monde aime notre famille. Tu ne pensais pas qu'il se donnerait cette peine pour toi ?

Piper secoua la tête. Elle s'efforçait de se montrer patiente avec sa sœur, déjà à cran en l'absence de nouvelles des enquêteurs. Par ailleurs, si Keith était vraiment coupable, Ava passerait de longs moments à s'excuser auprès de ses enfants, et à se pardonner à elle-même de n'avoir pas vu clair dans le jeu de son ami. Elle se déchaînait sur tout ce qui passait à portée. Cependant, Piper ne supportait plus cette attitude.

Peut-être en raison de sa rupture avec Brian, ou du fait qu'il se battait quand même pour elle. Peut-être à cause de sa déesse intérieure et de son courage retrouvé pour l'homme de sa vie. Ou peut-être en avait-elle simplement assez d'une existence sous le joug tyrannique d'une grande sœur qui profitait de ses instants de faiblesse. En tout cas, quelque chose explosa en Piper.

— Ava, tu aurais eu de la chance si Keith avait été un tant soit peu comme Brian, lança-t-elle avant de prendre une longue inspiration pour ne pas craquer. Alors, épargne-moi tes commentaires ! La seule coupable dans cette histoire, c'est toi et personne d'autre. Je veux bien concevoir que ton deuil ne t'ait pas facilité la tâche. N'importe qui se sentirait perdu en de telles circonstances et nous le comprenons tous. Mais tu as commis une erreur… Il serait temps de l'admettre.

— Et comment suis-je censée m'y prendre, toi qui sembles tout savoir ?

— Excuse-toi auprès de tout le monde, essaie de regagner la confiance de tes proches. En tout cas, passer tes journées à m'insulter et jouer les divas ne t'aidera pas, sauf si tu veux mourir toute seule. Tu n'as aucune raison de te montrer si dure envers les enfants et moi. C'est déjà assez compliqué sans cela.

Ava la dévisagea, de toute évidence choquée. Piper lui adressa un signe de tête.

— Pour ta gouverne, si Brian le veut bien, je compte passer le reste de mes jours avec lui. Je me moque de savoir si tu approuves ou si tu le soupçonnes d'être mal intentionné. C'est ma vie, et je la mène comme je l'entends.

À cet instant, Piper comprit. Ses angoisses avaient repris le dessus, le soir du gala. Elle s'était retranchée dans une routine malsaine, comme si Brian était son ex-fiancé, comme si elle n'avait plus aimé personne après une éternité d'agréable solitude. Elle n'avait besoin d'aucun homme, mais elle voulait Brian.

— Ah, encore une chose. Appelle tes enfants.

— Et que suis-je censée leur dire ? l'interrogea Ava d'une voix lasse.

— Que tu les aimes, mais que tu as commis des erreurs. Ce ne sera pas facile, cependant assumer tes responsabilités te permettra de renouer des liens petit à petit. Bien, je vais dessiner dans ma chambre.

Piper se retourna pour quitter la pièce, quand soudain Ava la prit par le bras.

Sa sœur se leva pour l'enlacer le plus fort possible.

— Pardonne-moi, Piper. Je ne pensais pas à mal, mais mes angoisses ont fini par me submerger. Je m'en veux tellement d'avoir laissé un homme que Trent et moi prenions pour notre ami détruire tout ce que nous avons bâti. Tu as raison… C'est ma faute. J'ai si peur de l'admettre.

— C'est normal, répondit calmement Piper en se reculant un peu. Mais, si tu ne dis rien, la blessure va se gangrener et dégénérer. Perdre la compagnie, c'est une chose, tu peux la reconstruire. Perdre ta famille… Même l'invincible Ava Wingate ne saurait s'en remettre.

— Tu as raison, avoua-t-elle en séchant ses larmes. Je ne serais rien sans vous, j'aurais dû vous protéger.

Les protéger. Piper avait cherché à éloigner Brian

de ses peurs à elle, ne parvenant qu'à le blesser en fin de compte. Désormais, elle savait qu'elle ne pouvait plus continuer ainsi.

— Tes enfants sont tous adultes, maintenant, ils n'ont pas besoin que tu les maternes mais que tu les traites d'égal à égal, que tu les respectes.

— Depuis quand es-tu si maligne ?

— Ma grande sœur m'a donné le bon exemple.

— Je t'aime, Piper, chuchota Ava.

— Moi aussi.

# - 13 -

Brian quitta son oncle vers minuit. Il avait préféré recueillir assez d'informations pour pouvoir l'inculper. Il comptait même y retourner au besoin. Keith avait oscillé entre la colère, l'amertume et la tristesse, mais, cette fois-ci, plus aucun doute ne subsistait, il avait bel et bien avoué.

Brian se rangea sur le côté, une fois hors du quartier. Il n'en revenait pas que son oncle ait pu tomber aussi bas pour séduire Ava. Pour la garder auprès de lui.

Ce genre de manœuvres rendait Brian malade, comme tout ce qu'il avait entendu cette nuit-là. Sans compter ce qu'il avait dû dire dans le simple but de pousser Keith aux aveux.

Brian se demanda même si le vieil homme ne souffrait pas d'un quelconque trouble mental. Il savait cependant à quel point la perte de l'être aimé pouvait affecter quelqu'un.

Sur le chemin du commissariat, il appela Miles Wingate. Celui-là avait essayé de démêler le vrai du faux dès le départ, il aurait sans doute voulu apprendre la nouvelle le plus vite possible.

— Oui, allô.

À sa voix fatiguée, Brian se rendit compte qu'il aurait pu attendre le lendemain. Il prit une longue inspiration.

— Miles. C'est Brian. Désolé de te déranger si tard.

Je sors de chez mon oncle, il a tout avoué. Il cherchait à ruiner ta mère et le reste de la famille. Selon lui, si elle ne l'aime pas, c'est à cause de vous, mais il lui en veut de l'avoir repoussé. Je dois retrouver le responsable de l'enquête, je voulais simplement te tenir au courant.

— Merci beaucoup. Je n'en reviens pas. Cela suffira-t-il à l'envoyer en prison ?

— En théorie, mais ce n'est pas mon domaine. En tout cas, le procureur devrait lancer un mandat d'arrestation assez rapidement. Avec ses aveux et ce que tu as découvert, le puzzle devrait prendre forme.

— Bon sang, je le savais. Je ne pensais pas qu'on parviendrait à l'attraper. Merci beaucoup, Brian. Bonne nuit.

— Bonne nuit, Miles.

Il raccrocha, tiraillé entre l'envie d'appeler Piper et celle d'en finir avec cette enquête. D'ailleurs, si elle entendait l'enregistrement, croirait-elle seulement un traître mot de ce qu'il dirait par la suite ? Elle pensait encore que Brian voulait des enfants avant de la vouloir, elle. Il se gratta la nuque en arrivant devant le commissariat. L'inspecteur l'attendait.

— J'ai tout entendu. Mince, vous êtes doué. J'ai contacté l'assistant du procureur. Il a envoyé le tout à un juge pour obtenir un mandat. Il ne devrait plus tarder. En temps normal, on ne se donnerait pas cette peine en pleine nuit, mais Keith est une vraie anguille, il pourrait essayer de prendre la fuite. S'il se rend compte de ce qu'il vous a dit, il pourrait quitter la ville, voire le pays.

— Il dormait à moitié quand je suis parti. Mieux vaudrait le pêcher à l'aube avant qu'il ne se souvienne de la soirée. Je, euh… Allez-vous faire écouter le fichier aux Wingate ?

— Oui. Je crois qu'ils seront contents d'entendre ça.

— Pourriez-vous leur… préciser que je ne pensais pas ce que j'ai dit ?

— Ils comprendront, j'en suis sûr, affirma l'inspecteur.

Brian en doutait. Piper réagirait très mal. Il aurait dû l'appeler, mais il avait dérangé assez de monde en pleine nuit. Ainsi, il rentra chez lui, à Royal, où il se retrouva devant son ordinateur, à fixer le portrait qu'elle avait fait de lui. Comment une femme capable de percer son âme à jour n'avait-elle pas compris à quel point il l'aimait ?

Il ne le lui avait jamais dit ; la simple idée d'admettre cet amour le terrifiait. Elle, si indépendante, sûre d'elle. Elle n'avait besoin de personne, mais il souhaitait tout de même la reconquérir, s'assurer de la garder à ses côtés pour toujours…

Même sans leur histoire, Brian se serait réjoui du dénouement de cette affaire. Il faillit écrire à son père. Celui-là aurait voulu savoir ce que son frère avait manigancé. Cependant, la prudence lui dictait de ne rien faire avant l'arrestation de Keith.

Il préférait ne pas risquer un vice de forme ni même donner des arguments à la défense. Car le vieil homme disposait d'excellents avocats. Le procès allait s'avérer mouvementé.

Brian éteignit son ordinateur pour aller se coucher. Il ne trouva pas le sommeil. Les paroles de Keith le hantaient ; il n'avait pas réussi à pousser Ava à l'aimer. Ce genre de méthodes le répugnait. Puis, peu à peu, Brian comprit que Piper lui avait peut-être avoué son secret pour adoucir leur rupture. Si elle ne l'avait jamais aimé, alors il était temps de passer à autre chose.

Ou, du moins, de retourner à Dallas, loin de Royal, Piper et le reste de la famille Wingate.

Au petit matin, quand Piper arriva dans la cuisine, elle y trouva tous ses proches rassemblés. Sa sœur débordait d'une vie nouvelle. Elle paraissait soulagée.

— Quoi de neuf ? Brian a-t-il réussi à le faire avouer ?

— Oui, assura Harley. Piper, il a été génial. Il n'a même pas eu besoin de parler de maman… Keith s'en est occupé tout seul.

— Je savais qu'il était coupable, mais toute cette haine en lui… J'ignorais qu'il était si aigri, ajouta Beth.

Les deux filles épaulaient de nouveau leur mère, le pire venait sans doute de passer.

— Vous avez entendu la cassette ?

— C'est un enregistrement numérique, Piper, lui indiqua Ava. Mieux vaut que tu ne l'écoutes pas. Brian a dû inventer certaines choses à ton sujet… Il ne les pense sûrement pas, mais c'est assez blessant.

Piper se demanda de quoi il pouvait bien s'agir. Cependant, Ava avait raison. Elle savait où elle allait avec Brian et préférait ne pas se soucier de tout ce qu'il avait pu inventer pour faire inculper son oncle.

— Où est-il ?

Elle voulait retrouver Brian, le remercier pour tous ses efforts. Cela lui servirait de rameau d'olivier. Puis, au fil de la conversation, elle prendrait un gros risque et lui avouerait ses sentiments les plus secrets. Elle accepterait enfin la femme qu'il avait éveillée.

— Keith ? s'enquit Ava.

Sans avoir vraiment pensé à lui, Piper se demanda soudain où il se trouvait, lui aussi. Mais elle voulait avant tout s'expliquer avec Brian.

— Oui.

— Au commissariat, répondit Beth. La police l'a arrêté pour l'interroger. D'après l'inspecteur, le juge devrait bientôt décider de sa caution. Quel soulagement !

— Bien d'accord, fit Ava. Les garçons arrivent. Je crois que nous allons devoir faire une déposition, nous aussi.

Piper les serra tous dans ses bras avant de les laisser à leurs affaires. Elle sortit son téléphone de sa poche pour s'assurer qu'elle n'avait raté aucun message ou appel de Brian.

Piper : Merci pour ton aide. Où es-tu ?

Brian : Au café, si tu veux me rejoindre pour le petit déjeuner.

Piper : Donne-moi trente minutes.

Brian : Super.

Piper aurait préféré plus d'intimité, mais comprenait qu'il souhaitât discuter dans un lieu public. Elle lui en avait fait voir de toutes les couleurs lors de sa dernière visite. Elle s'habilla, se coiffa et sortit en moins de dix minutes. Elle ne s'était pas préparée aussi vite depuis longtemps. Brian lui manquait trop, elle ne supportait plus cette distance entre eux.

Elle envisageait l'avenir avec lui. Elle l'avait su dès l'instant où elle avait appris ce qu'il était prêt à faire pour les Wingate. Par ailleurs, elle n'en pouvait plus de fuir la vie et de déverser sa passion uniquement dans son art. Elle voulait peindre son univers avec cet homme. Chacun éveillait le meilleur de l'autre. Plus que tout au monde, elle le désirait à ses côtés.

Devant le café de Royal, plusieurs personnes la saluèrent pour lui apprendre à quel point elles se réjouissaient de l'arrestation et que, même si d'autres avaient cru les rumeurs sur sa famille, elles n'y avaient jamais prêté attention. Piper dut serrer les dents à plusieurs reprises pour retenir quelques remarques bien senties. Ava, pour sa part, allait se délecter de ce revirement de situation.

Brian patientait dans un box au fond de la pièce. D'autres personnes voulurent accoster Piper, mais elle se contenta de les saluer d'un signe sans s'arrêter. Royal avait vite retourné sa veste, mais cela venait d'un fort sentiment de justice. Tout le monde se défoulerait sur Keith dorénavant.

Piper se glissa sur la banquette en face de Brian. Il lui sourit. Malgré ses traits tirés, sa simple présence la soulageait.

— Merci, dit-elle.

— Ce n'est rien.

— Non, et tu le sais, insista-t-elle. Ce que tu as fait pour nous… Surtout après la façon dont je t'ai traité.

— Ne t'inquiète pas, Piper. Je voulais me rendre utile. En fin de compte, sans notre séparation, oncle Keith n'aurait jamais rien avoué. C'est peut-être à moi de te remercier.

— Non, affirma-t-elle en posant la main sur la sienne. J'aurais préféré mieux gérer la situation. Tu as toujours été merveilleux avec moi, je n'aurais pas dû partir en vrille pour si peu.

Brian lui serra les doigts et lui caressa la paume avant de se retirer. *Il ne veut pas me toucher. Ça commence bien.*

Toute cette histoire allait mal se terminer, et elle ne pourrait s'en prendre qu'à elle-même.

— C'est vrai, mais je comprends tes raisons. Je crois que je suis allé trop vite par peur de te perdre… et ça n'a pas raté. Tu ne me connaissais pas assez bien pour m'avouer tes problèmes, et je m'en excuse.

— Moi aussi, souffla-t-elle quand elle remarqua enfin la serveuse postée non loin en attente d'un moment opportun.

Comme Piper lui faisait signe, celle-ci se précipita alors pour lui servir un café et prendre sa commande avant de leur rendre leur intimité.

— Écoute, je ne sais pas si tu as entendu les aveux de Keith, hésita Brian.

— Non. Ava me l'a déconseillé. D'après elle, tu as dû dire certaines choses.

Brian déglutit.

— Oui. Pour le convaincre que je te détestais, la seule solution consistait à mentir. Bon, j'ai dit que tu étais têtue, mais ça me plaît, j'aime ta force et ton indépendance qui te rendent si unique. Oncle Keith, lui, ne supportait pas ça chez Ava. Il voulait qu'elle compte sur lui, qu'elle ait besoin de lui et de personne d'autre.

— Toi, tu es différent. Tu veux une femme qui se tienne à tes côtés, pas dans ton ombre.

— Exactement.

Il se pencha par-dessus la table pour l'embrasser. Un tonnerre d'applaudissements retentit dans toute la salle. Au moment où ils se séparèrent, Piper se rendit compte que certaines occasions nécessitaient un minimum de calme.

— Que dirais-tu de rentrer chez moi pour discuter plus en détail ?

— Est-ce qu'on peut discuter tout nus ? lui demanda-t-elle d'un air malicieux.

— Ce que femme veut…, rétorqua-t-il avec un clin d'œil.

Elle se leva d'un coup, et il la suivit en laissant quelques billets sur la table. Aussitôt sur le parking, à l'abri des regards indiscrets, il la prit dans ses bras.

# - 14 -

Piper ne pensait plus connaître un tel bonheur, mais Brian venait tout chambouler. Il l'avait conduite chez lui, dans son ranch moderne où se dressait une maison tentaculaire à deux étages. Le silence régnait entre les murs tandis qu'il la portait jusqu'à la chambre, au premier.

Pour s'assurer un avenir avec lui, elle allait devoir lui raconter son passé. Il devait comprendre pourquoi elle ne pouvait se résoudre à accepter une nouvelle fois l'idée d'un mariage.

Brian la reposa sur la moquette épaisse.

— Euh, viens t'asseoir avec moi sur le lit, proposa-t-elle. Je dois te parler avant.

Il retira ses chaussures pour s'installer en plein milieu du matelas géant, tout près d'elle. Elle ne put s'empêcher de lui sourire. Le bonheur l'inondait, elle se demandait quelle raison stupide la raccrochait à ses vieilles peurs. Elle préférait s'en tenir à Piper et à Brian, à une relation sans pression, plutôt que revivre l'excitation de fiançailles puis une rupture soudaine.

— J'ai failli me marier, autrefois… Je t'en ai parlé au gala, je crois.

— Oui.

— Tout se passait bien, le mariage approchait à grands

pas. Puis, mon gynécologue a repéré une anomalie. C'est là que j'ai su que je ne pourrais pas avoir d'enfants…

Elle se rappela son trouble au moment d'apprendre la nouvelle.

— J'ai beaucoup de polypes dans l'utérus. Enfin, peu importe. Quand je l'ai dit à Ron, mon ex-fiancé, il m'a demandé si c'était vraiment impossible. Comme il a insisté et que je ne savais pas, je suis retournée voir le médecin. Selon lui, j'avais moins de quatre pour cent de chances de tomber enceinte.

Elle resta là, à dévisager Brian, gentil, irrésistible, et comprit à quel point c'était éprouvant de parler de tout cela. Leur amour l'aidait à se confier. Elle n'avait jamais tout raconté. Pas même à sa sœur. Seulement, Brian devait savoir. Piper voulait lui montrer qu'elle n'avait pas exagéré au moment de leur séparation.

— Ron m'attendait à la maison, continua-t-elle d'une voix de plus en plus frêle. Quand il a appris le verdict, il s'est énervé puis m'a quittée. Se marier devenait complètement inutile si nous ne pouvions pas avoir d'enfants. J'ai essayé de le convaincre du contraire, que nous pouvions rester tous les deux. Mais il a refusé catégoriquement. Il attendait plus qu'une vie avec une soi-disant artiste stérile. Je lui ai rendu sa bague… Enfin, je la lui ai jetée au visage… et je lui ai dit d'aller se faire voir.

— C'était encore trop gentil pour cette ordure, grommela Brian. Mais, sans sa bêtise, je ne t'aurais pas connue. Je me fiche de tout ça tant que tu es là.

— Moi, non, murmura-t-elle. Après cette histoire, je me suis juré de ne plus jamais relâcher ma garde. Je me suis consacrée à l'art, et tout allait bien jusqu'à ce que tu arrives. J'espère que tu sais que je partage tes sentiments, mais je ne veux pas me fiancer.

— Aucun problème, lança-t-il d'un clin d'œil. Nous ne vivons plus au Moyen Âge. Tant que nous sommes ensemble.

— Exactement.

Brian se pencha pour la serrer contre lui. Il posa la tête sur son épaule, une main sur la poitrine de Piper, l'autre agrippée à sa taille, la réchauffant par sa chaleur.

Leurs corps s'épousaient à la perfection, sensation qu'elle avait toujours considérée comme une légende urbaine. Brian Cooper n'avait rien d'un rêve. Il s'était démené pour la conquérir, elle n'en revenait pas d'avoir rencontré un homme à qui elle avait pu dévoiler son cœur brisé et son âme meurtrie.

La sage déesse s'était trouvé un partenaire, elle n'allait plus le laisser partir.

Il l'allongea sur les draps pour la surplomber.

— Tu as tellement bien fait de venir me parler, au mariage.

— Je craquais pour toi depuis si longtemps, je ne pouvais plus rester sans rien faire. Je l'aurais regretté toute ma vie.

— C'est vrai, ironisa-t-elle en agitant les sourcils. Tu n'aurais pas pu vivre sans mes baisers.

— Rafraîchis-moi la mémoire, demanda-t-il en s'avançant.

Il posa ses lèvres fermes sur les siennes. Il prit son temps, jouant avec elle jusqu'à ce qu'elle s'abandonne à son souffle chaud. *Un vrai délice,* songea-t-elle. Elle en voulait plus, et sa langue trouva la sienne.

Brian la mordilla en douceur et la suçota. Piper en frémit de plaisir.

Il l'enivrait, comme un verre de Baileys, un soir d'automne. Elle n'allait pas pouvoir se contenter de si peu.

Elle lui effleura l'épaule puis glissa les doigts entre ses cheveux noirs. Brian Cooper lui appartenait désormais.

Lui aussi laissa ses mains vagabonder sur le cou de Piper pour aller tracer le contour délicat de sa poitrine. Il allait et venait sur ses courbes. Il s'invita sous son haut, toujours plus profondément, et lui caressa le téton.

Un frisson exquis l'emporta sous la magie de ses mains. Brian lui ôta son pull, le jeta par terre. Il se recula pour admirer ses seins sous le caraco en dentelle.

— Je n'aurais pas pu vivre sans cette vision, s'extasia-t-il. J'aurais dû me contenter de mon imagination.

— Pauvre chéri, chuchota-t-elle en se cambrant pour observer les yeux de Brian se perdre sur son corps.

Les tétons de Piper se tendaient sous la dentelle.

Brian la prit soudain par la taille pour la soulever contre lui.

— Serre-moi entre tes jambes, lui intima-t-il.

Elle s'exécuta, immédiatement submergée par ses audaces.

Il lui embrassait la poitrine, lui empoignait les fesses, la mordillait. Il la titillait par-dessus le tissu tout en lui caressant le dos. Puis, lorsqu'il lui prit un sein en bouche, elle se contracta, les reins étouffés par une chaleur intenable.

Son esprit semblait s'être absenté. Seule comptait cette avalanche de sensations alors qu'il ne s'occupait que de sa poitrine.

Sa cuisse incroyablement musclée lui écarta les

jambes. Elle sentit le bout de son sexe contre le sien, et se colla un peu plus contre lui pour exacerber le plaisir.

Elle voulait le toucher, incapable de le lâcher au moment où ses lèvres descendirent sur son abdomen puis sur son nombril. Il releva la tête, et leurs regards se croisèrent.

— Je ne peux pas vivre sans toi, Piper.

Il recommença ensuite à lui taquiner le ventre, traçant le contour de son nombril avec la langue. Elle sentait son clitoris se gonfler au moindre mouvement. Elle remua les hanches instinctivement.

Brian se mit à défaire lentement le bouton du jean de Piper puis la braguette. Son souffle et ses lèvres lui réchauffèrent le bas-ventre.

Sa barbe négligée lui fit l'effet d'une douce caresse. Elle pensait déjà tout connaître de lui, mais il semblait encore receler des surprises.

— Soulève les hanches, Piper.

Elle enfonça ses pieds sur le matelas pour lui obéir, puis sentit son pantalon glisser le long de ses cuisses. Il ne lui resta plus que son string noir.

Quand il lui prit l'entrejambe en coupe, elle se mit à se tortiller. Elle ne tenait plus.

Elle n'eut pas à le supplier, car il la déshabillait déjà avec les dents sans s'arrêter de caresser sa chair si tendre, allant et venant entre le ventre et les cuisses de Piper. Ensuite, il se recula pour la contempler.

— Tu es si merveilleuse.

Sa voix grave, presque éraillée, lui remua le sang. Tout chez lui l'excitait toujours plus de seconde en seconde.

— C'est grâce à toi, répondit-elle, la gorge nouée. C'est toi qui me rends belle.

— Je suis ton âme sœur.

Ces quelques mots suffirent à l'électriser. Il n'en existait aucun autre, elle le savait. L'idée de finir ses jours à ses côtés la porta aux nues.

Le plaisir l'emporta de nouveau au moment où il se frotta le menton à son mont de Vénus. Un simple va-et-vient suffisant pour exciter son clitoris. Puis, il suivit la fine toison jusqu'au sexe de Piper.

— Je n'ai qu'un regret, haleta-t-il.

— Quoi donc ?

— Je n'aurais pas dû partir après notre première nuit. Nous aurions dû rester au lit, découvrir nos secrets, nous ouvrir nos cœurs.

Il lui écarta les lèvres avec le pouce et l'index de la main gauche, elle sentit son souffle chaud puis sa langue au creux de son intimité. Douce et sensuelle… Piper s'agita de plus belle, pleine de désir, non, d'un appétit insatiable.

Ses petits assauts du bout des dents la poussèrent au bord de l'orgasme, mais il se releva pour lui sourire juste avant. Elle le connaissait déjà assez bien pour savoir qu'il aimait prendre son temps.

Elle s'agrippa à ses épaules pendant qu'il continuait de la combler. Ses doigts se perdirent vite dans la chevelure de Brian pour appuyer son visage contre elle tandis qu'elle soulevait les hanches. Il gémit, et la vibration de sa voix contre sa peau l'électrisa des pieds à la tête.

De son autre main, Brian parcourait la chair tendre de Piper. Il la rendait folle. Sa poitrine se tendit, ses tétons durcirent quand il enfonça légèrement deux doigts en elle.

Les premières vaguelettes de son orgasme se mirent

à palpiter, mais il se retira pour aller lui embrasser les cuisses. Il la torturait. Elle en voulait toujours plus.

— Brian…

— Oui ? demanda-t-il en lui effleurant le ventre pour lui prendre les seins en coupe.

— Viens, tout de suite. J'ai l'impression de ne pas t'avoir fait l'amour depuis un siècle.

Piper tremblait tant elle voulait connaître l'extase, sentir ses muscles contre elle, son sexe en elle pour des assauts téméraires et frénétiques. Elle lui attrapa le pénis à travers son pantalon. Impatiente, elle ouvrit sa braguette, mais il l'arrêta en lui calant la main au-dessus de la tête.

— Non, je ne vais pas tenir. Je pensais ne plus jamais te revoir.

— Moi, non plus. C'est pour ça que j'ai envie de toi. Tout de suite.

— Sois patiente, lui susurra-t-il en se penchant sur elle.

Elle sentit sa chemise se frotter à sa poitrine puis ses muscles virils se coller à elle. Alors sa cuisse se cala entre ses jambes pour un mouvement lent contre sa chair exaltée ; elle voulut hurler quand son être tout entier se contracta encore et encore.

Cela ne suffisait pas. Elle se cambra de plus belle. Seulement, il ralentit pour des sensations toujours plus intenses. Il descendit de nouveau, son souffle caressa son mont de Vénus. Elle rouvrit les paupières, cette fois ; elle sentait que quelque chose avait changé sans savoir quoi, trop perdue dans son plaisir.

Chaque coup de langue la portait plus haut, lui tendait davantage le corps dans l'attente de la caresse ultime qui la propulserait au firmament. Elle releva les jambes, encore plus excitée par le contact de ses cheveux soyeux.

Piper sentit de nouveau les doigts de Brian en elle, de plus en plus loin, à mesure qu'il mordillait gentiment son bouton de rose. Elle cria son nom, noyée sous les premiers déferlements de son orgasme.

Ses hanches s'agitèrent, ses tétons durcirent. L'entrejambe de Piper s'embrasait sous les frottements de Brian contre son point G. Elle se laissa aller à des spasmes, mais il ne s'arrêta pas pour autant. Il continuait de jouer avec elle pour la pousser toujours plus loin dans la volupté, où elle put hurler de plaisir au milieu des étoiles.

Elle se cramponna à ses épaules. Elle ne comprenait presque pas ce qu'il lui arrivait. Elle devait garder les yeux fermés. Elle le ramena vers elle, en quête de réconfort après cette tempête d'extases.

Lui la serra fort pour la bercer.

— Je respire enfin, maintenant que tu es là, Piper.

— Moi aussi.

Brian ne se serait pas senti tranquille s'il n'avait pas abordé de nouveau le sujet de l'enregistrement. Les choses qu'il avait dites, il n'en pensait pas un traître mot.

— Si, un jour, tu entendais cette conversation entre Keith et moi, sache que j'ai dû mentir pour…

— Je le sais, Brian, lui assura-t-elle en lui caressant la joue. Tu t'es donné tout ce mal pour aider ma famille.

— C'est vrai. En fait, je ne m'attendais pas du tout à ce qu'il soit réellement coupable. Je pensais que, dans le pire des cas, il connaîtrait les responsables… Pas que c'était lui le cerveau de toute cette opération. Il voulait détruire tout ce qu'Ava aimait.

Piper n'en revenait toujours pas.

— J'ai lu un article, il y a quelques années, sur la frontière très fine entre l'amour et la haine. Franchement, je n'y avais pas vraiment cru jusqu'à aujourd'hui. Je suis navrée que tu aies dû te résoudre à ça.

— Moi, non. Quand tu m'as tout avoué, je me suis rendu compte que, même si je me pensais assez mature et prêt à passer une vie avec toi, nous n'avions pas eu de vraie discussion. Je t'ai seulement amenée dans ma chambre en espérant trop vite te capturer.

— Ne t'approprie pas tout le mérite de m'avoir attirée sous tes draps, rétorqua-t-elle d'un air taquin.

Brian pensait de plus en plus que Piper ne se montrait pas uniquement reconnaissante. Elle lui parlait avec prudence. Il savait désormais comment son passé avait affecté sa vision du mariage, mais… regrettait-elle de l'avoir quitté ?

Il prit une grande inspiration, incertain de pouvoir se remettre d'un nouveau coup au cœur. Cependant, il retenterait sa chance, au moins une fois. Sans elle, sa vie s'ancrerait dans une interminable routine grisâtre. Étirant un bras le long du dos Piper, il se perdit dans ses beaux yeux. Seigneur, qu'elle lui avait manqué ! Deux jours à peine s'étaient écoulés, et pourtant une éternité semblait s'être installée entre eux.

Tant de choses avaient changé depuis ce jour où il s'était rendu chez Ava. Tant de choses hormis ses sentiments pour Piper. Il la voulait d'autant plus désormais. Et ce désir ne s'étiolerait pas avec le temps. La confrontation avec son oncle et la haine de ce dernier envers les Holloway, et envers Piper par extension, avaient poussé Brian à redresser le tort fait à cette famille.

Il avait réussi.

Il ne restait rien d'autre, à part mettre son âme à nu devant la femme de ses rêves dans l'espoir de la retrouver. Voir si elle lui accorderait la seconde chance qu'il cherchait éperdument. Et si elle refusait ? Bon sang, il en mourrait, mais respecterait sa décision.

— Je dois avouer que j'ai fait tout ça pour toi, précisa-t-il. Enfin, je ne pouvais pas rester les bras croisés après ses insinuations, mais c'est surtout parce que tu m'as dit à quel point ta famille comptait. Dans le fond, j'aimerais en faire partie, moi aussi. Je veux que, toi, tu sois ma famille…

— Brian, je ne peux pas…

— Piper, je me moque du mariage. Je veux vivre avec toi. Je t'aime. Je sais, je vais trop vite, mais le temps ne changera rien à mes sentiments pour toi, alors autant ne pas se voiler la face.

Il posa une main sur la hanche nue de Piper en attendant sa réaction. Elle ancra son regard au sien.

— Je suis stérile. Et ça ne changera pas, Brian. Quand tout le monde autour de toi commencera à avoir des enfants, et que tu te retrouveras coincé avec…

— La plus belle femme du Texas ? La seule que j'aie jamais aimée ? Sauf si tu ne m'aimes pas, je ne vois aucune raison de ne pas vivre avec toi. Partout dans le monde, des enfants ont besoin d'une nouvelle famille, et, quand nous serons prêts, ils nous trouveront.

Elle lui sourit. Il se rendit compte qu'il retenait sa respiration. Elle n'avait rien répondu à ses déclarations passionnées, mais tant pis. La décision lui revenait à elle, lui se plierait à sa volonté.

Dût-il en mourir.

— Je t'aime, Brian. Si tu es sûr de…

— Arrête, Piper, je n'ai qu'une parole.

— D'accord, s'excusa-t-elle en le prenant par l'épaule pour l'embrasser.

Elle sembla ne jamais vouloir le libérer. Soit, lui non plus ne comptait plus la lâcher avant un très long moment.

— Je regrette de ne pas avoir pris le temps de voir ce que tu me cachais, reprit Brian. Désolé qu'on t'ait fait souffrir.

— Tu ne pouvais pas deviner. Je n'affrontais pas cette vérité, non plus. Je pensais n'avoir besoin de rien de plus jusqu'à ce mariage. Tout à coup, je me suis mise à envisager le bonheur de vivre avec toi.

— Pour toujours.

— Pour toujours.

# Épilogue

Piper ne s'était pas du tout imaginé organiser Thanksgiving chez elle, mais elle voulait s'entourer de ses proches et de Brian. Elle était quelque peu angoissée, réaction idiote, car, même si elle ne cherchait pas leur consentement, elle espérait qu'ils l'acceptent. Son amoureux avait même décidé de laisser tomber la tradition du match des Cowboys chez ses parents ; il voulait seulement passer du temps avec Piper.

La dinde rôtissait dans le four, Brian jouait les hôtes de maison dans le séjour. La télévision restait allumée sur la parade, inconditionnelle des fêtes chez les Holloway. Brian avait apporté la célèbre tourte à la citrouille et à la cannelle de sa mère. Ses parents passeraient plus tard d'ailleurs. L'arrestation de Keith avait laissé les Cooper sous le choc. Cependant, ils ne l'appréciaient pas assez pour ne pas s'en remettre.

Beth et Camden arrivèrent les premiers. Camden fut envoyé au salon où Brian lui servit un verre depuis le bar, un meuble ancien que Piper avait déniché dans une vente aux enchères. Vinrent ensuite Harley, Grant et Daniel, puis Zeke, Reagan et Luke. Ce dernier s'inquiétait à l'idée de remettre la compagnie sur pied. Enfin, Sutton et sa fiancée, Lauren, les rejoignirent en compagnie d'Ava. Sebastian avait prévenu Piper qu'il arriverait pour le match et le repas. Quant à Gracie, elle passait quelques jours en Floride avec sa famille. Presque tout le monde était là. Ils allaient et venaient entre la cuisine ouverte et le séjour.

Un peu plus tard, Ava emmena sa petite sœur à part. Piper sentit une pointe de tension la gagner.

— Je me trompais à propos de Brian, s'excusa Ava. Je préfère te le dire tout de suite. C'est quelqu'un de bien, il te convient parfaitement. Je n'oublierai jamais ce qu'il a fait pour nous.

— Moi, non plus, répondit Piper en enlaçant sa sœur. Je suis heureuse, je n'en reviens pas.

— Tant mieux. Il était temps que tu trouves quelqu'un.

Piper n'aurait pas su la contredire. Quand ils furent tous à table, elle serra la main de Brian sous la nappe et invita ses proches à exprimer leur gratitude.

La plupart parlaient d'amours nouvelles, de la fin des rumeurs à propos de Wingate Enterprises, de leurs idées pour relancer les affaires. Ava, elle, se réjouissait d'avoir renoué des liens avec tout le monde ; Piper sut que son aînée ne les considérerait plus jamais pour acquis.

— Je suis content que Keith soit en prison, mais rebâtir la compagnie va nous prendre du temps, dit Sebastian.

— Mais ça ne vous fait pas peur, lança Piper.

— Pas du tout.

Ils savourèrent un excellent repas puis, après le dessert, Zeke demanda devant toute l'assemblée si Brian comptait rendre officielle sa relation avec Piper.

— J'aimerais m'assurer que tu prendras bien soin de tata, précisa Zeke d'un clin d'œil à Piper.

— C'est déjà officiel, mais nous ne nous embêterons

pas avec un mariage. Cependant, vous devrez vous habituer à me voir à ses côtés pour le reste de nos jours.

Zeke leur leva son verre, suivi de tous les autres, et Piper savoura le bonheur d'être entourée de sa famille.

Retrouvez prochainement,
dans votre collection

# PASSIONS

**Un si délicieux mensonge, de Cat Schield - N°935**

Qui est donc cette Lia Marsh et que fait-elle au chevet de son grand-père malade ? Si Paul voit bien que la présence de la jeune femme réconforte le vieil homme, il ne peut s'empêcher d'être méfiant. Persuadé que la belle et ses mensonges représentent une menace pour son illustre famille, il décide de la confondre... en faisant sa conquête.

**La mésalliance inattendue, de Niobia Bryant**

Jamais Monica n'aurait dû céder à la tentation entre les bras de Gabriel Cress, dont elle est la gouvernante. Hélas, cet homme a le pouvoir de lui faire perdre la raison d'un seul regard. Chaque fois qu'il s'approche d'elle, son cœur s'emballe, son corps s'embrase. Or, malgré le bonheur insensé qu'elle éprouve auprès de lui, Monica doit oublier ce moment d'égarement. Car, dans le monde de Gabriel, toute mésalliance est interdite...

---

**Le chantage d'un mari, de Jules Bennett - N°936**

Paisley n'a pas le choix : pour retrouver son père biologique, elle doit faire appel à un détective privé. Or le meilleur de Houston n'est autre que Lucas Ford, l'homme qu'elle a dû quitter douze ans plus tôt. Le revoir lui cause un choc d'autant plus grand que, si elle éprouve encore pour lui des sentiments vifs, Lucas la couve d'un regard chargé de haine. Pire, il la place devant un terrible chantage : il l'aidera à la seule condition qu'elle l'épouse...

**Intimes négociations, de Nicki Night**

Alors qu'elle pénètre dans les luxueux bureaux de Blackwell Wealth Management, Zoe a du mal à contenir sa joie. Ce nouveau poste est l'occasion rêvée de donner un élan à sa carrière ! Seule ombre au tableau : son patron, Ethan Blackwell, la trouble au plus haut point. Or pas question pour Zoe de trahir l'émotion qu'Ethan suscite en elle car, à vouloir mélanger sentiments et travail, elle pourrait bien perdre son emploi...

## Passion au Texas, de Sara Orwig - N°937

Depuis la mort de son époux au combat, Vivian vit en recluse dans son ranch. Jusqu'au jour où Mike, le meilleur ami de son mari, se présente chez elle pour lui offrir son soutien. Peu à peu, cet irrésistible cow-boy lui redonne goût à la vie, et Vivian sent naître pour lui de tendres sentiments. Des sentiments contre lesquels elle lutte, toutefois. En effet, a-t-elle seulement le droit d'aimer à nouveau ?

## Alliée à son ennemi, de Reese Ryan

Quinn a un problème de taille : pour sauver son entreprise, elle doit conclure un accord avec ses rivaux... et travailler avec son ex, Max Abbott ! Treize ans plus tôt, tous deux ont passé ensemble un été délicieux, avant que son amant lui brise le cœur. Alors aujourd'hui, malgré le désir brûlant qui les lie encore, Quinn est résolue à garder ses distances avec Max...

---

## Le défi de Tara, de Karen Booth - N°938

SÉRIE : TROIS FEMMES POUR UN EMPIRE TOME 1

Tara n'en revient pas : son ex-mari lui a légué des parts de son empire immobilier ! Si elle voit dans cet héritage inattendu l'occasion de propulser sa carrière, elle redoute de collaborer avec Grant Singleton. En effet, le nouveau P-DG de Sterling Enterprises se montre particulièrement hostile à son égard. À croire que l'animosité entre eux est aussi forte que le désir...

## L'héritière en détresse, de Brenda Jackson

Fuir le mariage arrangé par ses parents. C'est l'unique pensée de Sloan quand elle monte à bord d'une voiture de collection. Seulement voilà, à peine est-elle arrivée à Phoenix que Sloan est rattrapée par le propriétaire de l'auto, un play-boy notoire. D'abord furieux contre elle, Mercure Steele, touché par sa détresse, lui propose son aide pour lui permettre d'échapper à son destin d'héritière... Mais peut-elle se fier à lui alors qu'il accumule les conquêtes ?

## Un mariage, un secret, de Maxine Sullivan- N°939

Épouser Tate Chandler ? À cette idée, Gemma sent sa poitrine se serrer, car il ne s'agit pas là d'un mariage d'amour. Après avoir découvert qu'elle a eu un bébé de lui, Tate est résolu à assumer ses responsabilités de père, voilà tout ! Hélas, Gemma n'a d'autre choix que d'accepter ses conditions. En effet, l'homme qui fait encore battre son cœur ne reculera devant rien pour obtenir ce qu'il désire – pas même à lui enlever son bien le plus précieux : leur enfant...

## L'amant du Colorado, de Barbara Dunlop

Alors qu'elle croyait avoir trouvé la paix dans les montagnes du Colorado, Niki déchante. La distance n'a pas suffi à décourager les ennemis de sa mère, plus que jamais décidés à récupérer le document compromettant en sa possession. Quant à l'attirance qu'elle ressent pour Sawyer, son voisin, elle lui est interdite. Jamais elle ne devra céder à la tentation d'une aventure entre ses bras car, s'il découvrait sa véritable identité, Niki serait en danger...

---

## Vengeance interdite, de Tracy Wolff - N°940

Nic est fou de rage. La belle inconnue avec qui il a passé une nuit de passion quelques mois plus tôt s'est jouée de lui. Desi se trouve être une journaliste et l'accuse aujourd'hui de vendre des diamants de sang ! Mais, au cours de leur confrontation, le ventre rond de la jeune femme lui apprend qu'elle est enceinte de lui. Dès lors, Nic n'a plus le choix : au lieu d'assouvir sa vengeance, il lui faut protéger Desi envers et contre tout...

## Fiancée à son patron, de Joss Wood

Mais qu'est-ce qui lui a pris ? Sous le coup de la panique, Jaci s'est jetée dans les bras de son patron et l'a fougueusement embrassé. Tout ça pour se débarrasser d'un homme qui lui faisait des avances un peu trop poussées. Provoquer un scandale était bien la dernière chose dont elle avait besoin... Mais il est trop tard. Désormais, elle n'a qu'une seule solution pour réparer son erreur : se faire passer pour la fiancée de son patron, afin de lui permettre de sortir de l'embarras...